ワンダー

R・J・パラシオ＝作　中井はるの＝訳

ほるぷ出版

WONDER
by R. J. Palacio

Japanese translation rights arranged with
Trident Media Group, LLC.
through Japan UNI Agency, Inc., Tokyo.
Japanese language edition published by HOLP SHUPPAN, Publishing, Tokyo.
Printed in Japan.

Jacket art by Tad Carpenter; art copyright © 2013 R. J. Palacio

日本語版装幀＝タカハシデザイン室

この本では、不適切ともとれる表現が一部に使われていますが、
作者の意図と作品の内容を尊重し、そのまま翻訳しています。

ラッセル、ケイレブ、ジョセフのために

【Wonder】ワンダー………驚異《きょうい》、驚嘆《きょうたん》、驚《おどろ》き、不思議、奇観《きかん》、奇跡《きせき》。

——研究社・現代英和辞典より

遠い町から医師《いし》たちが
わたしを見るためやってきた
そろってベッドのわきに立ち
目にしたものに息をのむ

そして言う
これは神の手による奇跡《きせき》だと
どんなに頭をひねっても
説明することなどできないと

——ナタリー・マーチャント『ワンダー』より

part 1

オーガスト
AUGUST

この子がわたしのゆりかごにきて、

運命の女《め》神《がみ》はほほえんだ

——ナタリー・マーチャント『ワンダー』より

ふつうってこと

自分がふつうの十歳《さい》の子じゃないって、わかってる。といっても、もちろんふつうのことをするよ。アイスクリームを食べる。自転車に乗る。ボール投げをする。ゲーム機を持ってる。そういう意味でいえば、ぼくはふつう。たぶん。そして、ふつうの感情《かんじょう》がある。心のなかはね。だけど、ふつうの子なら、公園で会ったふつうの子に悲鳴をあげられて逃《に》げられることはない。ふつうの子なら、どこへ行くたびに、じろじろ見られることもないよね。

もしも魔法《まほう》のランプを見つけて、ひとつだけ願いをかなえてもらえるなら、めだたないありきたりの顔になりたい。外を歩くとき、じっと見られてさっと目をそらされないようになりたい。思うんだけど、ぼくがふつうじゃないのは、だれからもふつうだって思われてないからじゃないかな。

だけど、今では、自分の外見に慣《な》れちゃっている。ほかの人が顔をしかめているのだって、気づかないふりをする。ぼくの家族はみんな、パパもママも、ヴィア姉ちゃんも、そういったことはだいぶ前からうまくできるんだ。——いや、みんなじゃないな。お姉ちゃんはうまくない。失礼な人には、かっとなっちゃう。たとえば、公園で年上の子たちが騒《さわ》いでいたことがある。ぼくには、なにを言ってるのかよく聞こえなかったけど、お姉ちゃんが聞きつけて、その子たちにむかってどなりはじめた。

とてもお姉ちゃんらしい。でもぼくは、そんなことしない。お姉ちゃんはぼくをふつうだと思っていない。そうだと思ってるって言うけど、ふつうの弟なら、こんなにまでして守ろうとしないよね。パパとママだって、ぼくをふつうだと思っていない。特別ないい子だなんて言う。ぼくがすごくふつうだってわかっているのは、世界中でただ一人、ぼくだけなんだ。

ところで、ぼくの名前はオーガスト。オギーと呼《よ》ばれることもある。外見については説明しない。きみがどう想像《そうぞう》したって、きっとそれよりひどいから。

学校へ行かなかったわけ

来週から、ぼくは学校へ行く。今まで一度も通ったことがないから、本物の学校ってやつにすっかりびびっている。人からは、この外見のせいで学校に通っていなかったんだと思われるけれど、それはちがう。手術《しゅじゅつ》ばかりしていたせいなんだ。生まれてから二十七回もしたんだよ。うんと大きな手術はどれも四歳になる前で、ぼくは覚えていない。だけど、それから毎年二、三回は、大きい手術や小さい手術を受けてきた。ぼくの体は年のわりに小さかったし、今の医学ではわからない問題がいくつもあった。つまり、病気がちだったんだ。だから、パパとママが、学校へ行かせないほうがいいと決めた。でも、今は前よりずっと体もじょうぶになった。最後に手術《しゅじゅつ》を受けたのは八か月前で、たぶんこれから二年間は手術を受けないですむだろう。

今までは、ママから勉強を教わってきた。ママは昔、子どもの本のイラストレーターだった。妖精《ようせい》とか人魚を描《か》くのはものすごくうまいけど、男の子むけの絵はイマイチなんだ。一度ぼくのために『スター・ウォーズ』のダース・ベイダーの絵を描いてくれたんだけど、できてみたら、マッシュルームみたいな形の変なロボットだった。もう長いあいだ、ママが絵を描いているのを見ていない。ぼくやお姉ちゃんの世話で忙《いそが》しいんだろうな。

ずっと学校へ行きたかったっていうと、正直ちょっとちがう。たしかに行きたかったんだけど、それはあくまで、ほかの子たちと同じようになれるのならっていう条件《じょうけん》つきだ。いっぱい友だちができて、放課後みんなで遊んだりできるのならってこと。

何人かは、仲のいい友だちもいるよ。一番の親友はクリストファーで、その次はザッカリーとアレックスだ。赤ちゃんのときから仲良しで、ぼくのことをずっと知っているから、もうこの顔に慣《な》れているんだよね。小さいころはいつもいっしょに遊んでいたんだけど、クリストファーはコネチカット州のブリッジポートへ引っ越《こ》してしまった。ぼくらが住んでいるノース・リバー・ハイツはニューヨークのマンハッタン島の北の先っぽにあって、会いに行くにはたっぷり一時間以上かかる。ザッカリーとアレックスは学校に通いだした。おかしな話だけど、二人よりも、遠いところに引っ越したクリストファーに会うことのほうが多い。ザッカリーやアレックスは学校で新しい友だちができたんだ。でも道でばったり会ったときなんか、今でもやさしいよ。「ようっ」ってあいさつする。

ほかにも友だちはいるけど、その三人ほど仲良くはない。たとえば、小さいときにザッカリーやアレックスは毎年ぼくを誕生会《たんじょうかい》に呼《よ》んでくれたけど、ジョエルやエーモンやゲイブは呼んでくれなかった。エマは一度だけ呼んでくれたけど、もう長いこと会っていない。もちろん、クリストファーの誕生会には毎年行っている。もしかしたら、ぼくは誕生会のことを気にしすぎかもしれないな。

ぼくが生まれたときのこと

ママにこの話をしてもらうのが大好きだ。いつもおかしくて大笑い。お笑い番組でやるようなコメディとはちがうけど、ママの話を聞くたび、ぼくもお姉ちゃんもお腹《なか》を抱《かか》えて笑っちゃう。

まず、ぼくがママのお腹にいるとき、こんな外見の赤ちゃんが生まれてくるなんてだれも思っていなかった。四年前にお姉ちゃんを生んだときは「ちょちょいのちょい」（ってママが言ってる）の安産だったので、特別な検査《けんさ》を受けなくてもよかった。ところが、ぼくが生まれる二か月くらい前、お医者さんたちがぼくの顔になにか問題があると気づいたんだ。でも、そんなにひどいことになるとは思っていなかったんだって。口蓋裂《こうがいれつ》やなんかがあるとパパとママに説明して、「軽度の異常《いじょう》」と言っていたそうだ。

ぼくが生まれる夜、分娩室《ぶんべんしつ》には二人の看護師《かんごし》さんがいた。一人はとてもやさしくて世話好きだった。けど、もう一人は、ママによると、まったくやさしくなくて、ぜんぜん親切じゃなかった。その人はとても太い腕《うで》をしていた。しかも――ここからがすごくおかしいんだけど――ひっきりなしにおならをしていた。ママに氷を届《とど》けにきて一発、血圧《けつあつ》を測《はか》りにきて、また一発。信じられないことに、あやまりもしなかったんだって。おまけに、いつも診《み》てもらっていた先生はその晩《ばん》の当直じゃなかったから、ママは、きげんの悪い子どもみたいな若《わか》い先生に診てもらうはめになった。パパとママはその先生に「天才ぼうや」なんてあだ名をつけた（もちろん、面とむかっては呼《よ》ばないけどね）。分娩室のみんながいらいらしていても、パパだけは一晩中《ひとばんじゅう》ずっとママを笑わせてくれたのよ、とママは言う。

さて、とうとうぼくがママのお腹《なか》から出てくると、分娩室はシーンと静まりかえったそうだ。ママはぼくを一目見ることすらできなかった。というのも、あの親切な看護師さんが、大あわてで部屋の外へ連れだしたんだ。その看護師さんを、パパがこれまた大あわてで追っかけた。あわてすぎて、ビデオカメラを落っことしてこわしちゃったくらい。ママは不安で、どうなっているのかを見たくて起きあがろうとしたんだけど、おならの看護師さんにごっつい腕でベッドへ押《お》しもどされた。それで二人はもう、けんか状態《じょうたい》になったらしい。ママはヒステリーを起こし、おならの看護師さんは「落ちつきなさい」ってどなりつけていたから。それで、二人して先生に、なんとかしてーってさけんだんだって。だけど、いったいなにが起きてたと思う？　先生は気絶《きぜつ》してたんだ！　床《ゆか》にバタンだよ。それを見たおならの看護師さんは、起こそうとして、足で先生の体をぐいぐい押しながら、わめき続けたんだって。「医者のくせに！　起きて！　起きなさいったら！」

そしてとつぜん、おなら史上最大のおならをしたんだ。とんでもなくすごい音で、とんでもなくクサイやつ。でもまあ、そのおならのおかげで、先生は目を覚ましたんだって。ママは、この話をするときはいつも、お芝居《しばい》でもしているかのように声色《こわいろ》を変えて語ってくれる。もちろん、おならのすごい音真似《まね》つきでね。だから、とにかく、すごく、すごく、すごーく、おかしいんだ。

結局のところ、おならの看護師さんは、とてもやさしい女の人だった。ずっとママにつきそってくれた。パパが先生から、どんなにぼくの具合が悪いか聞いてもどってきたあとも、かたときもママのそばから離《はな》れなかった。そして先生が、たぶんぼくはその晩もたないだろうと言ったとき、看護師さんが耳元でささやいてくれた言葉を、ママは今でもはっきり覚えている。

「神様から生まれた者はみな、世に打ち勝つのです」

聖書《せいしょ》の言葉だ。そして次の日、一晩《ひとばん》もちこたえたぼくとはじめて対面したとき、ほかでもないその看護師《かんごし》さんが、ママの手をぎゅっと握《にぎ》ってくれていたんだって。

そのときにはもう、ママはぼくのことをすっかり聞かされていた。だからどんな顔をしてるか、あれこれ想像《そうぞう》していたはずだ。でも、はじめてこのぐちゃぐちゃな顔を見て、なんてきれいな目なのとしか思わなかったらしい。

ところで、ぼくのママはすごい美人だ。パパもハンサムだし、お姉ちゃんのヴィアもきれい。知りたいかなと思うから、言っておくね。

クリストファーの家

クリストファーが三年前に引っ越《こ》してしまったとき、ぼくはすごくがっかりした。ぼくたちが七歳《さい》ぐらいのときだ。いっしょに何時間もぶっ続けで『スター・ウォーズ』のフィギュアで遊んだり、ライトセーバーで戦ったりしたんだ。なつかしいよ。

この春、車でブリッジポートのクリストファーの家に行った。キッチンでクリストファーといっしょにおやつを物色していたら、ママたちの話し声が聞こえてきた。ぼくが秋から学校へ通うって、ママがクリストファーのママのリサおばさんに言ってたんだ。そんなこと、ぼくは一度も聞いてないのに。

「ママ、どういうこと？」

ママはびっくりしたようだった。ぼくに聞かせるつもりはなかったみたいに。

「イザベル、オギーに話してやるべきだ」パパが言った。パパは、リビングで、クリストファーのパパとおしゃべりしているところだった。

「あとで話しましょうね」ママはそう答えたんだけど、ぼくは言い返した。

「いやだ。今知りたい」

「オギー、もうそろそろ学校に行ってもいいころだって、思わない？」

「思わない」

「パパも思わない」とパパが口をはさんだ。

「じゃあ、もうこの話は終わりだね」ぼくは肩《かた》をすくめると、赤ちゃんみたいに、ママのひざにすわった。

「ママが教えられることだけじゃなく、オギーはもっといろんなことを勉強したほうがいいと思うの。たとえば、分数なんて、ママはすごく苦手でしょ？」

「どこの学校？」ぼくはもう泣きそうだった。

「ビーチャー学園というところで、うちの近くよ」

「すごいわ！　とてもいい学校よ、オギー」リサおばさんが、ぼくのひざを、ぽんっとたたいた。

「どうしてお姉ちゃんの学校じゃないの？」ぼくが聞くと、ママが答えた。

「あそこは大きすぎて、オギーにはむいてないと思うの」

「行きたくないよ」わざと、小さな子みたいにあまえた声で返事をした。

「オギー、行きたくないなら、行かなくていいんだよ」パパは、ママのひざからぼくを抱《だ》きあげると、そのまま自分のひざの上にぼくをのせてソファへすわった。「パパたちは、いやなら無理に行かせるつもりはないんだ」

「でも、オギーのためなのよ、ネート」ママが言うと、パパはぼくを見つめて言う。

「本人が望まないのに、ためになるわけがない。行く気がないなら、行くべきじゃない」

リサおばさんがママに近寄《ちかよ》って手をぎゅっと握《にぎ》ったんで、ママはおばさんの顔を見た。

「どうするのがいいか、答えは見つかるわ。いつもそうだったじゃない」おばさんがママに言う。

「あとで話すことにしましょう」ママが言った。

夫婦《ふうふ》げんかをする気だ。パパに勝ってほしい。だけど、心のどこかで、ママの言うことが正しいってわかってた。だって、ほんとうにママは分数がすごく苦手だから。

帰りの車のなか

家までの帰り道は長かった。ぼくは後ろの座席《ざせき》でいつものように眠《ねむ》っていた。ヴィア姉ちゃんのひざに頭をのせ、枕《まくら》がわりにして。眠っているお姉ちゃんによだれをたらさないように、シートベルトにタオルが巻《ま》いてある。パパとママは、ぼくには関係ない大人だけの話を小さな声で続けていた。

どれくらい眠っていたんだろう。目が覚めると、車の窓《まど》の外に満月が見えた。紫色《むらさきいろ》の夜空が広がり、ぼくたちの車は、混《こ》みあうハイウェイを走っていた。そのとき、パパとママがぼくのことを話しているのが聞こえたんだ。

ママは、小さな声で、運転中のパパに言った。「ずっとあの子を守り続けるなんて無理よ。目が覚めたら、ああ、夢《ゆめ》でした、なんてことにはならないの。だって、現実《げんじつ》なんだから。ネート、あの子に現実とどうむきあうか学ばせるのが、わたしたちの役目でしょ。ただ避《さ》けて通るばかりじゃなくて……」

「だからあの子を学校に行かせるっていうのかい？　まるで、と場《じょう》に引かれていく子羊じゃないか……」

パパはすごく怒《おこ》って話してたんだけど、ぼくが起きているのをミラー越《ご》しに見つけて、だまってしまった。

「と場に引かれていく子羊みたいって、どういうこと？」ぼくは寝《ね》ぼけた声で聞いた。

「オギー、寝てなさい」パパがやさしく言った。

「みんなきっとぼくのことをじろじろ見るよ」ぼくは思わず泣きだしてしまった。

助手席のママが、後ろをふりむいて手をのばし、ぼくの手に重ねた。「オギー……行きたくないのなら無理に行かなくてもいいわ。だけど、校長先生と会ってオギーのことを話したら、すごく会いたがっていたの」

「ぼくのこと、なんて言ったの？」

「とってもおもしろくて、やさしくて、賢《かしこ》い子ですよって。『エラゴン』を六歳《さい》のときに読んだって言ったら、『そりゃすごい！　ぜひ会わなくちゃ』っておっしゃったわ」

「ほかにもなにか教えた？」

ママがにっこりした。その笑顔に、ぎゅっと抱《だ》きしめられたような気がした。

「今までの手術《しゅじゅつ》のことをすべて話したわ。どんなに勇気があるかってこともね」

「じゃあ、校長先生はぼくがどんな顔かもわかってる？」

パパが答えた。「去年の夏にモントークの海で撮《と》った写真を持っていった。先生に家族全員の写真を見せたんだ。それから、おまえがボートの上でヒラメをつかんでいる、あのすごい写真もだ」

「パパも行ったの？」正直言って、パパもいっしょにこのことを進めてたなんて、ちょっとがっかりした。

「そうだよ。パパも校長先生と話した。とてもいい先生だ」

「きっとオギーも好きになるわ」ママが言い足した。

急に、なんだかパパとママが二人で組んでいるような気がしてきた。

「ねえ、いつ先生に会ったの？」

「校長先生の案内で、去年学校見学をしたのよ」

「去年？　じゃあ、一年間ずっと考えてたのに、ぼくにはだまってたんだね？」

「入れるかどうかもわからなかったからよ。合格《ごうかく》するのがとてもむずかしい学校なの。審査《しんさ》がいろいろあって。結果が出る前に話して、むだに混乱《こんらん》させちゃう必要はないと思ったのよ」

「でも、オギーの言うとおりだ。先月、合格が決まったときに、話すべきだったよ」

「あとから考えると、そうかもしれないわね」ママはため息をついた。

「前に家に来た女の人も、このことと関係ある？　ぼくに試験を受けさせた人」

「ええ、そうよ。そのとおり」ママは申し訳《わけ》なさそうな顔をした。

「ママは、知能《ちのう》テストだって言ったよね」

「ええ、ちょっとしたウソよ。学校に入るために必要なテストだったの。オギーの点数はとてもよかったそうよ」

「ウソつき」

「悪気のないウソだけど、たしかにそうね。ごめんなさい」ママはにこっとしかけたんだけど、ぼくがむっとしたままなんで、ひねった体をもどして前をむいた。

「と場《じょう》に引かれていく子羊ってなに？」

ママがため息をついて、パパをにらんだ。

「ごめんごめん、言わなきゃよかったよ」パパは、バックミラー越《ご》しにぼくを見ている。「いい表現《ひょうげん》じゃなかったな。つまりね、パパとママは二人とも、おまえをものすごく愛していて、どんなことをしても守りたいと思っている。ただ、そのためにちがう方法を取りたくなるときもあるんだ」

「ぼくは、学校に行きたくない」腕《うで》を組んで答えた。

「オギーにとって、いいと思うのよ」

「来年から行くっていうのは？」ぼくは窓《まど》の外を見ながら言った。

「オギー、今年入るほうがいいのよ。なぜかわかる？　五年生になるでしょ。ちょうど中等部の一年目なの。どの子にとってもね。だから、一人だけ新入りにならないのよ」

「こんな顔なのは、ぼく一人だよ」

「かんたんだとは言わない。だれよりオギーがわかってるもの。でも、自分のためになる。たくさん友だちができるし、ママから教えてあげられないことが学べるの」ママはまた助手席からふりむいて、ぼくを見つめた。「学校見学のとき、理科室でなにを見せてもらったと思う？　ちょうど卵《たまご》から生まれたばかりのヒヨコよ。すごくかわいいの。それを見たら、赤ちゃんのときのオギーを思い出しちゃった。大きな茶色い瞳《ひとみ》がとってもきれいで……」

ふだんなら、赤ちゃんのころの話を聞くのは大好きだ。そういうときは、体をくるんと小さく丸めて抱《だ》きしめてもらい、全身にキスしてほしいような気持ちになることもある。なにも知らない赤ちゃんにもどれたらって思うんだ。でも今は、そんな気分じゃない。

「行きたくない」

「じゃあ、こうしたらどう？　せめてトゥシュマン先生に会ってから、決めたらいいんじゃないかしら？」

「トゥシュマン先生ってだれ？」

「校長先生よ」

「ほんとにトゥシュマン先生っていうの？」ぼくはくりかえした。

「だよな？　そんな名前、ありかよってなあ」パパが、にやりとしながらバックミラーのなかのぼくを見る。「トゥシュはおしりって意味だから、トゥシュマンはずばり、おしり男だ。ミスターおしり男なんて名前で、うれしい人なんかいるか？」

笑顔なんて見せたくなかったのに、思わずにやりとしちゃったよ。ぜったい笑いたくないときでも、この広い世界でパパだけは、ぼくを笑わせることができるんだ。パパはいつだって、みんなを笑わせてくれる。

パパが、興奮《こうふん》した口調で話す。「なあ、オギー、学校へ行って、トゥシュマン校長が校内放送で呼《よ》びだされるのを聞いたほうがいいって！　笑えるぞ。おしり男先生《トゥシュマン》、おしり男先生、至急《しきゅう》おもどりください！」

パパったら、かん高いおばさんみたいな声を出すんだよ。

「おしり男先生、今日は予定が遅《おく》れてらっしゃいますね。お仕事をしり切れとんぼにしないでください。おしりに火がつくまでやらないんじゃ困《こま》ります。先生の車、またおしりから追突《ついとつ》ですか？　わたしにしりぬぐいさせないでくださいね」

ぼく、思わず笑いだしちゃったよ。パパがおかしかったからっていうより、ずっと怒《おこ》っている気分じゃなくなったから。

「だけど、おしり男のトゥシュマン先生なんて、まだましさ。パパとママは、大学でバット先生という女性《じょせい》の教授《きょうじゅ》に教わってたことがある。バットっていったら、意味はケツだぞ。おしりなんていう上品な言い方じゃない」

ママも笑っている。

「ほんとう?」ぼくは聞いた。

ママが、まるで宣誓《せんせい》でもするように片手《かたて》を上にあげる。「ロベルタ・バット先生よ。愛称《あいしょう》でボビー・バット先生とも呼ばれてたわ」

「おケツ《バット》のほっぺは大きかったなあ」とパパが言った。

「ネートったら!」

「顔のほっぺだよ」

ママがあきれたように首をふって笑いだした。

「おい、名案があるぞ! 二人を紹介《しょうかい》してデートさせたらどうだ? 想像《そうぞう》つくか? おケツ先生、こちらはおしり男先生です。おしり男先生、おケツ先生です。もし二人が結婚《けっこん》したら、ちっちゃなおしりがいっぱい生まれるんだろうなあ」

「トゥシュマン先生にあんまりよ。オギーはまだ先生に会ってもいないのに、ネートったら」ママがあきれて言った。

「んん~、トゥシュマン先生ってだれ?」お姉ちゃんがちょうど目を覚まして、寝《ね》ぼけ眼《まなこ》で聞いた。

「ぼくが通う学校の校長先生だよ」ぼくは言った。

トゥシュマン校長

新しい学校へトゥシュマン校長に会いに行くとき、生徒たちにも会うことになると知っていたら、もっと緊張《きんちょう》していただろう。だけど、ぼくは知らなかったから、どっちかというと、クスクス笑いたい気分だった。だから、トゥシュマン先生の名前についてパパが言っていたじょうだんを、どうしても思い出しちゃう。だから、新学年がはじまる数週間前、ママとビーチャー学園に行ったときには、そこにトゥシュマン先生が立っているのを見て、すぐに笑いだしちゃったんだ。だけど先生は、ぼくが頭に思い描《えが》いていたのとぜんぜんちがった。きっと大きなおしりをしているんだろうって想像《そうぞう》してたけど、そんなことはなかった。じつのところ、先生は、すごくふつうの人だった。背《せ》が高くやせていて、年はとっているけど、すごい年寄《としよ》りではない。やさしそうに見えた。先生は、まずママと握手《あくしゅ》をした。

「こんにちは、トゥシュマン先生。またお会いできて光栄です。息子のオーガストです」

トゥシュマン先生はまっすぐぼくを見て、ほほえみ、うなずいた。そしてぼくと握手をしようと手をさしだした。

「やあ、オーガスト。よく来てくれた」先生は、まったくふつうに言った。

「はじめまして」ぼくは小さい声であいさつをすると、そっと手を握《にぎ》った。下をむいていたので先生の靴《くつ》が見えた。赤いアディダスだった。

「ところで、お父さんとお母さんから、きみのことをいろいろ教えてもらったよ」先生はそう言いながらぼくの前でかがんだ。そしたらもうスニーカーだけを見ているわけにはいかなくて、先生の顔を見なくちゃならなかった。

「どんなことを聞いたの？」

「すまない。今、なんと言ったのかな？」

「オーガスト、はっきり話しなさい」ママが言った。

「たとえば、どんなこと？」ぼくは、口ごもらないように聞いた。たしかに、もごもご口ごもってしまう癖《くせ》があるんだ。

「そうだな、読書が好きで、なかなか美術《びじゅつ》が得意だとか」先生の目は青くて、まつ毛が白かった。「それから、理科は特に好きなんだってね」

「うん」ぼくはうなずいた。

「このビーチャー学園には、おもしろい理科の選択《せんたく》科目があるんだ。どれかとるといいぞ」

「うん」でもぼくは、選択科目ってのがなんのことなのか、まったくわからなかった。

「さて、それじゃあ、校内見学ツアーに行こうか」

「今からですか？」

「映画《えいが》にでも出かけると思ってたかな？」先生はにこっとして、立ちあがった。

「そんなことするなんて、教えてくれなかったじゃないか」ぼくは責《せ》めるようにママに言った。

「オギー……」ママがなにか言いかけると、先生がこう言った。

「うまくいくよ、オーガスト。約束する」

先生は手をさしだした。ぼくと手をつなぎたかったんだろうけど、ぼくはママの手を取った。先生はほほえみ、入り口にむかって歩きだした。

そのとき、ママがぼくの手をぎゅっと握《にぎ》りしめた。ぼくには、それが「大好きよ」のぎゅっなのか、「ごめんね」のぎゅっなのか、わからなかった。たぶん、ちょっとずつどっちもなんだろう。

今までなかに入ったことがある学校といえば、お姉ちゃんの学校だけだ。パパとママといっしょに、お姉ちゃんが春のコンサートで歌うのを見に行ったんだ。でも、この学校はずいぶんちがう。もっと小さくて、病院みたいなにおいがする。

親切なガルシアさん

ぼくたちはトゥシュマン先生のあとについて廊下《ろうか》を歩いた。あんまり人はいなかった。何人かはいたけど、ぼくのことを気にもしていないようだった。顔を見なかったからだろうけどね。ぼくはママにかくれるようにして歩いた。赤ちゃんみたいだって思われるかもしれないけれど、そのときは、とても勇気を出せるような気分じゃなかったんだ。

そして、小さな部屋に到着《とうちゃく》した。ドアには「中等部校長室」と書いてある。なかに入ると、やさしそうな女の人が机《つくえ》のところにすわっていた。

「ガルシアさんだ」

トゥシュマン先生が紹介《しょうかい》すると、女の人はママににこっとして、メガネをはずし、椅子《いす》から立ちあがった。

ママは握手《あくしゅ》をしながら言う。「イザベル・プルマンと申します。よろしくお願いします」

「こちらがオーガスト」トゥシュマン先生が言った。

ママがちょっとわきに寄《よ》ったので、ぼくは前に出ることになった。そのとき、いつものあれが起きた。今まで百万回もされたこと。ぼくと目が合うと、ガルシアさんはさっと目をふせたんだ。あっというまの出来事で、顔はまったく動かなかったから、ほかの人はだれも気づかなかっただろう。ガルシアさんは愛想よくにこにこした。

「オーガスト、はじめまして。ようこそビーチャー学園へ」ガルシアさんは握手《あくしゅ》しようと手をさしだした。

「こんにちは」ぼくは小さい声で言いながら手をさしだした。けれど、ガルシアさんの顔は見たくなかったんで、首からチェーンでぶらさがっているメガネをずっと見つめていた。

「あらまあ、力が強いのね」ガルシアさんの手はほんとうにあたたかい。

「オーガストの握力《あくりょく》はヘビー級だよ」トゥシュマン先生が言うと、ぼくの頭の上でみんなが笑った。

「ミセスG《ジー》って呼《よ》んでちょうだいね」

ガルシアさんはぼくに話してたんだと思うけど、ぼくはガルシアさんの机《つくえ》の上のものを見ていた。

「みんなそう呼んでるの。ミセスG、ロッカーの鍵《かぎ》の番号を忘《わす》れちゃいました。ミセスG、遅刻届《ちこくとどけ》の用紙をください。ミセスG、選択《せんたく》科目を変更《へんこう》したいんですが」

「ミセスGこそ、この学校を動かしてる人物だ」

トゥシュマン先生の言葉に、大人たちはまたそろって笑った。

「毎朝七時半にはここに来ているわ」

ガルシアさんは、まだぼくを見ながら話し続けているのに、ぼくのほうは足元を見ていた。茶色いサンダルのバックルに、小さな紫色《むらさきいろ》の花かざりがついている。

「オーガスト、なにか必要なことがあったら、まずわたしに聞いてちょうだいね。どんなことでもいいのよ」

「はい」ぼくはつぶやいた。

そのとき、とつぜんママが、ガルシアさんの掲示板《けいじばん》に貼《は》ってある写真を指さした。「まあ、なんて愛らしい赤ちゃん。お子さんですか?」

ガルシアさんは、うれしそうにほほえんだ。さっきまでの愛想笑いとは、ぜんぜんちがう。「まあ、とんでもない！　なんてうれしいことを言ってくれるのかしら。孫ですよ」

「ほんとうにかわいらしい！　おいくつなんですか?」

「たぶん、その写真は五か月のころね。今は、ずいぶん大きくなったわ。もうすぐ八歳《さい》よ」

ママはうなずいて、にっこりした。「それにとても利発そうなお孫さんですね」

「ありがとうございます」ガルシアさんは、もっと孫のことを話したそうに、うなずいていた。だけど、急に真剣《しんけん》な目をして続けた。「オーガストのことは、わたしたちにおまかせください」

ガルシアさんが一瞬《いっしゅん》ママの手をぎゅっと握《にぎ》った。そのとき、ママの顔を見て気がついた。ママも、ぼくと同じくらい緊張《きんちょう》してたんだ。ぼくは、たぶんミセスGを好きだと思う——あの愛想笑いをしてなければね。

ジャック・ウィルとジュリアンとシャーロット

トゥシュマン先生に続いて、ミセスGの机《つくえ》のむかいにある小さな部屋に入った。先生は話しながらドアを閉《し》め、大きな机についたのだけど、ぼくは先生の言っていることをちゃんと聞かないで、机の上にあるいろんなものを見ていた。宙《ちゅう》に浮《う》いている地球儀《ちきゅうぎ》とか、小さな鏡でできたルービックキューブとか、かっこいいものがある。この部屋がとても好きになった。生徒たちの絵が壁《かべ》にかざってある。額《がく》に入れて、大切にしているのがわかる。

ママはトゥシュマン先生の机の前にある椅子《いす》にすわった。そのとなりにもうひとつ椅子があったけど、ぼくはすわらないで、ママのそばに立っていた。

「どうして先生には自分の部屋があるのに、ミセスGにはないんですか？」

「部屋を持っているのがなぜわたしだけなのかが、不思議なのかね？」

「だって、ミセスGがこの学校を動かしてるっておっしゃったから」

「ああ、うん、それはじょうだんだよ。ミセスGはわたしのアシスタントなんだ」

「トゥシュマン先生はね、中等部の校長先生なのよ」ママが説明した。

「みんな、先生のことをミスターT《ティー》って呼《よ》んでるんですか?」

ぼくの質問《しつもん》に、先生はにやっとした。

「ミスターTって俳優《はいゆう》を知ってるかい。『バカは哀《あわ》れなものだ』……ってね」先生は、おかしなドスのきいた声を出して、だれかのモノマネをしてるみたいだった。

ぼくには、先生がなにを言ってるのか、ぜんぜんわからなかった。すると、先生は首を横にふって答えた。

「ともかく、そう呼ばれてないな。だれもわたしをミスターTとは呼ばない。ただ、わたしの知らないいろんなあだ名があるような気はするなあ。わたしみたいな名前だと、いろいろ苦労するからね。わかるだろ?」

これを聞いて、ぼくは大笑いしちゃった。だって、先生の言いたいことが、すごくよくわかったから。

「パパとママは、おケツ《バット》先生に教わってたらしいよ」

「オギー!」ママがさけんだけど、トゥシュマン先生は笑いだした。

「そりゃひどい。わたしの名前ていどで文句《もんく》を言うもんじゃないね。さてと、オーガスト、今日予定していることなんだが……」

「あれは、カボチャですか？」ぼくは、先生の机《つくえ》の後ろにある額《がく》に入った絵を指さした。

「オギー、いい子だから、先生のお話をじゃましないで」ママが言った。

でも、先生はふりむいて、その絵を見た。「気に入ったかい？　わたしもだよ。それに、わたしもカボチャだと思ったんだ。ところが、その絵をくれた生徒がそうじゃないって説明してくれたよ。聞いて驚《おどろ》くんじゃないぞ。そいつは、わたしの肖像画《しょうぞうが》なんだとさ！　さて、オーガストくん、どう思う？　きみに聞きたい。わたしは、そんなにカボチャそっくりかな？」

「似《に》てません！」

ほんとうは、似てると思ったんだ。笑うとふくらむ先生のほっぺは、なんとなくハロウィーンのカボチャのおばけみたいなんだもん。そう思ったら、おかしくてたまらなくなった。パパが言った「おケツのほっぺ」を思い出したんだ。思わず笑いがこみあげてきたんで、手で口を押《お》さえた。

するとトゥシュマン先生は、ぼくの心のなかがわかったみたいに、にっこりした。

ぼくがなにか言おうとしたとき、いきなりドアのむこうでだれかの声がした。子どもたちの声だ。大げさじゃなく、ぼくの心臓《しんぞう》は、まさに世界一長い長距離走《ちょうきょりそう》を走り終えたばかりのように、すごいいきおいでドキドキしはじめた。あんなに笑っていたのに、楽しい気持ちは全部、消えてしまった。

小さいころは、知らない子にはじめて会うのも、ぜんぜん気にならなかった。相手の子も小さかったから。小さい子は、人を傷《きず》つけようとしてものを言ったりしない。ときには、言葉が人の心を傷つけてしまうことがあるけれど、小さい子のは、わざとそうしようとして言ったわけじゃない。だけど、大きい子はちがう。人を傷つけるとわかっていて言うんだ。ぼくはそれがイヤなんだ。ぼくは去年から髪《かみ》の毛をのばしてる。前髪《まえがみ》が目にかかっていたら、見たくないものを見なくてすむからね。

そのとき、ミセスGがノックしてドアを開き、顔だけのぞかせた。

「トゥシュマン先生、みんなが来ましたよ」

「だれが?」ぼくはたずねた。

「どうも」先生はそうミセスGに言うと、ぼくに話しだした。「オーガスト、今年同じホームルームのクラスになる生徒に紹介《しょうかい》しようと思っている。その子たちに学校のなかを案内してもらったら、どんなところかわかるだろう」

「だれとも会いたくないよ」ぼくはママに言った。

すると、トゥシュマン先生はぼくの目の前に来て、肩《かた》にそっと手を置いた。それから体をかがめると、ぼくの耳元でとてもやさしく言った。「大丈夫《だいじょうぶ》だ、オーガスト。とてもいい子たちだよ。約束する」

「オギー、大丈夫よ」ママも、せいいっぱいの気持ちをこめてささやいた。

そして、ママがさらになにか言うひまもなく、先生が部屋のドアを開けた。

「きみたち、なかに入りなさい」

男の子二人と女の子一人が入ってきた。だれも、ぼくやママのほうに目をむけようとしない。ドアのところに立って、まっすぐトゥシュマン先生を見ている。まるで、自分の命が先生にかかっているとでもいうような感じだ。

「今日は来てくれて、ありがとう。新学年がはじまるのは来月なんだが。夏休みを楽しくすごせているかい？」

全員うなずいたけど、だまったままだった。

「よかった、よかった。さて、オーガストを紹介《しょうかい》しよう。今年新しく入る生徒だ。オーガスト、この子たちはね、幼稚部《ようちぶ》のころからビーチャー学園に通ってるんだ。もちろんこのあいだまで初等部にいたわけだけど、中等部のこともなにからなにまで知っている。全員、同じホームルームになるから、新学期がはじまる前に知りあっておくといい。わかったかい？　さてこの子がオーガスト、この子はジャック・ウィルだ」

ジャック・ウィルは、ぼくを見て手をさしだした。ぼくが握手《あくしゅ》をすると、ジャックは少しにっこりした。

「やあ」そしてすぐに下をむいた。

「この子はジュリアンだ」トゥシュマン先生が言った。

「やあ」ジュリアンもジャック・ウィルと同じことをした。握手をして、作り笑いして、すぐ下をむいたんだ。

「それから、シャーロットだ」

シャーロットは、今まで見たこともないほど明るいブロンドだった。握手はしなかったけど、手をちょっとふって、にっこり笑った。「オーガストくん、こんにちは。はじめまして」

「こんにちは」ぼくは下をむいた。シャーロットは、明るい緑色のクロックスをはいていた。

「さて……と」トゥシュマン先生が、ゆっくり手を合わせた。「オーガストに学校のなかをちょっと案内してくれないか？　三階からはじめたらどうだろう？　三〇一号室が、きみたちのホームルームになると思うんだ。たぶんミセスGなら知って……」

「三〇一です！」ミセスGが、となりの部屋から大声を出すと、先生がうなずいた。

「三〇一だ。それから、理科室とコンピューター室を見せてやってくれないか？　あとは、二階の図書室と演劇《えんげき》ホールを見て、もちろん食堂にも連れていってくれ」

「音楽室へ連れていってもいいですか？」ジュリアンがたずねた。

「ああ、もちろんだよ。オーガスト、なにか楽器が弾《ひ》けるかい？」先生が聞いた。

「いいえ」

音楽は好きな科目じゃない。というのも、ぼくにはちゃんとした耳がないんだ。いや、あることはあるんだけど、だれもが持ってる耳みたいじゃないんだ。

「でもまあ、音楽室はおもしろいかもしれないぞ。いろいろ打楽器がそろってるから」

「オーガスト、ドラムを習ってみたいって言ってたじゃないの」

ママはぼくと目を合わせたがっている。だけど、ぼくの両目は前髪《まえがみ》のなか。先生の机《つくえ》の下のほうに貼《は》りついた、ガムのかみかすを見つめていた。

「よしっ！　それじゃあ、出発だ。ここへもどってくるのは……」先生はそう言って、ママのほうをむいた。「三十分でいいでしょうか？」

ママはうなずいたんだと思う。

「じゃあ、大丈夫《だいじょうぶ》かな、オーガスト？」

ぼくは答えなかった。

「オーガスト、それでいいの？」

ママが質問《しつもん》をくりかえした。ぼくはママを見た。どんなにママに対して怒《おこ》っているのか、わかってほしかったんだ。だけど、ママの顔を見たら、ただうなずいてしまった。だってママのほうが、ぼくよりよっぽどこわがっているみたいだったから。

ぼく以外の生徒たちが次つぎとドアの外に出ていく。その後ろに、ぼくは続いた。

「じゃ、あとでね」

ママの声は、いつもよりちょっと高い。ぼくは返事をしなかった。

見学ツアー

ジャック・ウィル、ジュリアン、シャーロット、そしてぼくは、広い廊下《ろうか》を通って、大きな階段《かいだん》へむかった。四人ともだまったまま階段をのぼっていく。

三階につくと、いくつもドアが続く廊下を少し歩いた。そしてジュリアンが、三〇一と書かれたドアを開けた。

ジュリアンはドアを半分だけ開けて、なかには入らずにこう言った。「ここがおれたちのホームルームだよ。担任《たんにん》はペトーサ先生。悪くない先生だって聞いてる。少なくともホームルームはね。数学を教えるときは、けっこうきびしいらしいけど」

「そんなことないよ。去年うちのお姉ちゃんが習って、すごく親切だったって言ってたもん」シャーロットが言った。

「おれはそう聞いてないんだけど、どうでもいいや」ジュリアンはドアを閉《し》めると、また廊下を歩きだした。

「ここが理科室」ジュリアンは数秒前と同じく、ドアを半分だけ開けて、その前で言った。話しながら、一度もぼくの顔を見ない。でも、ぼくだってジュリアンの顔を見てないんだから、かまわない。「新学期がはじまるまで、どの理科の先生になるのかわからないけど、ホーラー先生だといいなあ。前は初等部で教えてたんだけど、授業中《じゅぎょう》、ものすごく大きいチューバを演奏《えんそう》してくれたんだ」

「バリトン・ホルンよ」シャーロットが言った。

「チューバだ！」ジュリアンがドアを閉《し》めながら言う。

「おい、なかに入って、見せてやれよ」ジャック・ウィルが、ジュリアンを押《お》しのけてドアを開けた。

「見たいなら入ろう」ジュリアンは言いながら、はじめてぼくの顔を見ていた。

ぼくが肩《かた》をすぼめてドアへ近づくと、ジュリアンはさっとわきへどいた。ぼくが通るときに体がふれたらいやだとでもいうように。

「見るほどのものはないよ」そう言いながら、ジュリアンも、ぼくのあとから入った。そして、部屋のなかのいろんなものを指さしはじめた。「あれは孵卵器《ふらんき》。あの大きな黒いのは黒板。これは机《つくえ》で、こっちは椅子《いす》。あれはガスバーナー。これは気色悪い理科のポスター。これはチョークで、これは黒板消し」

「黒板消しなんて、わかるに決まってるでしょ」シャーロットが言う。ちょっとヴィア姉ちゃんみたいな口ぶりだ。

「なにを知ってるのか、おれにわかるわけないだろ。トゥシュマン先生から、一度も学校に通ったことがないって聞いたんだから」

「黒板消しなんて知ってるよね？」シャーロットがぼくにたずねた。

ぼくは緊張《きんちょう》しすぎてた。なんと答えていいのかわからなくて、ただ床《ゆか》を見ていた。

「ねえ、しゃべれるんでしょ？」ジャック・ウィルが聞いた。

「うん」ぼくはうなずいたけど、まだ、だれの顔もちゃんと見てなかった。

「黒板消しがなんだか知ってるよね？」ジャック・ウィルが聞いた。

「もちろん」ぼくはつぶやいた。

「だから言っただろう。見るほどのものはないって」ジュリアンが、あきれたように言う。

「質問《しつもん》があるんだけど……えっと、ホームルームってなに？　そういう科目があるの？」ぼくはできるだけしっかりした声を出そうとした。

「科目じゃなくて、クラスの集まりよ」シャーロットが、ジュリアンのにやついた顔を無視《むし》して説明する。

「朝学校についたら、まず行くところがホームルームで、担任《たんにん》の先生が出席をとったりするの。勉強はしないんだけど、学校生活の中心となるクラスなのよ。クラスってつまり……」

「わかってくれたと思うよ、シャーロット」ジャック・ウィルが言った。

「わかった？」シャーロットがぼくに聞いた。

「うん」

「よし。じゃあ、理科室は終わり」ジャック・ウィルが歩きだすと、シャーロットが言う。

「待ってよ、ジャック。ちゃんと質問《しつもん》に答えなきゃ」

「まだ質問ある？」ジャック・ウィルが聞いた。

「ううん、ないよ。ああ、えっと、じつはある。きみの名前は、ジャック？　それともジャックウィル？」

「ジャックが名前で、ウィルは苗字《みょうじ》だよ」

「そうなんだ。トゥシュマン先生がジャックウィルって紹介《しょうかい》してくれたから、ぼくはてっきり……」

「ハハハ！　ジャックウィルっていう名前だと思ったんだろ！」ジュリアンが笑う。

「なぜか、フルネームで呼《よ》ばれることがよくあるんだ。それはともかく、もう行こうよ」

「次は演劇《えんげき》ホールね。すごくすてきなの。きっとオーガストも気に入るから」

シャーロットが先頭に立って理科室から出ていった。

演劇ホール

シャーロットは、二階におりていくあいだ、ほとんどしゃべりっぱなしだった。去年やったミュージカル『オリバー!』のことを、ずっと説明し続けてたんだ。女の子なのに、主役の男の子オリバーの役を演《えん》じたんだって。シャーロットが両開きのドアを開くと、そこは大きなホールで、奥《おく》には舞台《ぶたい》があった。

シャーロットはぴょんぴょんとはねるように舞台へ駆《か》けていく。ジュリアンがそのあとを追い、通路のとちゅうでこちらをふりむいた。

「来いよ!」手招《てまね》きしながら大声で呼ばれ、ぼくもなかに入った。

「あの夜はね、すごくたくさんの人が来てくれたのよ」

一瞬《いっしゅん》なんのことかと思ったら、『オリバー!』の話がまだ続いていた。

「すごくすごく緊張《きんちょう》しちゃった。セリフがやたら多くて、歌だっていっぱい歌ったの。すごく、すっごーく大変だったんだから」

シャーロットは、ぼくにしゃべっているくせに、ほとんどぼくを見なかった。

「初日にね、うちのパパとママはホールの後ろのほうにいたの。ちょうどジャックが今いるあたりなんだけど、照明が暗くなると、あんな後ろのほうってぜんぜん見えないの。だから、パパはどこ、ママがいないって、すっかりパニックになっちゃって。そしたら去年演劇指導《えんげきしどう》だったレズニック先生に言われたの。『主役がそんなことでどうするんだ！』って。『はい！』って答えて、やっとパパたちを見つけたら、もう大丈夫《だいじょうぶ》。セリフはひとつも忘《わす》れてなかった」

シャーロットが話してるあいだ、ジュリアンがぼくを横目で見つめていた。これまでも、こういうことはしょっちゅうあった。見られていることに、ぼくが気づかないと思ってるんだろうけど、頭のかたむきかげんですぐわかる。ぼくはふりむいてジャックを探《さが》した。ジャックはホールの後ろのほうで、つまらなそうにしている。

「毎年、劇《げき》をやってるのよ」

「シャーロット、オーガストは劇に出たいなんて思わないはずだよ」ジュリアンがいやみっぽく言った。

「劇に出なくても、参加はできるわ。照明を担当《たんとう》するとか、背景《はいけい》の幕《まく》に絵を描《か》くとかね」

「へえええ、すごいや！」　ジュリアンはさらにいやみっぽく、指を宙《ちゅう》でくるくるまわしながら言った。

シャーロットはあきれているようだ。

「やりたくなければ、選択科目《せんたくかもく》で演劇をとらないでいいのよ。ダンスとか、合唱とか、バンドのクラスとかもあるし、リーダーシップっていう科目もある」

「リーダーシップなんて選択するのはダサいやつだけだ」ジュリアンが口をはさんだ。

「ちょっと、ジュリアンたら、イヤな感じ!!」

これにはジュリアンもにやっとした。

「選択科目は理科をとるんだ」ぼくは言った。

「すごいね!」とシャーロットが言う。

ジュリアンがまっすぐぼくを見た。「おい、ちょっとうら覚えなんだけど、理科って選択科目のなかでも、一番むずかしいらしいぞ。悪気があって言うんじゃないけど、今までぜんぜん学校に通ったこともないのに、いきなり理科を選択できるほど頭がいいのか？　だいたい、理科の勉強したことあるの？　ほんとうの理科だよ。ただのかんたんな実験セットとかのじゃなくて」

「うん」ぼくはうなずいた。

「オーガストは学校のかわりに家で勉強してたのよ、ジュリアン！」

「じゃあ、先生たちが家に来てくれたのか？」ジュリアンはわけがわからないみたいだ。

「じゃなくて、オーガストのママが教えてたのよ！」

「オーガストのママって教師《きょうし》なのか？」

ジュリアンが聞くと、シャーロットも聞いてきた。

「ねえ、オーガスト、ママは先生なの？」

「ちがうよ」

「な、ほんとうの先生じゃない。そういうことを言ってるんだ。ちゃんとした教師《きょうし》でもないのに、まともに理科を教えられるわけないだろ？」

「ぜったい大丈夫《だいじょうぶ》よ」シャーロットが、ぼくを見て言った。

「もう図書室へ行こうよ」ジャックがうんざりしたように大声で言った。

「なんでそんなに髪《かみ》をのばしてるんだよ？」ジュリアンがぼくに聞いてきた。いらついてるような口ぶりだ。

ぼくはなんて答えたらいいかわからなくて、ただ肩《かた》をすくめた。

「オーガスト、ちょっと質問《しつもん》してもいい？」

ぼくはまた肩をすくめた。今質問したばかりじゃないか？

「なんでそんな顔になったんだ？　つまり、火事かなんかにあったの？」

「ジュリアン！　失礼よ！」シャーロットが言った。

「失礼なつもりじゃないよ。聞いてるだけだろ。なにか知りたきゃ聞いてもいいって、トゥシュマン先生も言ってたじゃないか」

「今みたいな意地悪なのはだめ。それに、生まれつきだって先生がおっしゃってたでしょ。聞いていなかったのね」

「ちゃんと聞いてたよ。だけど、火事にもあったのかと思っただけさ」

「おいジュリアン、いいかげんだまってろ」ジャックが言った。

「おまえこそ、だまれ！」ジュリアンがどなる。

「オーガスト、さあ、もうとっとと図書室に行こう」ジャックが言う。

ぼくはジャックに近寄《ちかよ》り、あとについてホールを出た。ジャックはドアを開けて、ぼくのために押《お》さえていてくれた。そしてぼくが通ると、ちゃんとぼくの顔を見つめていた。ジャックがこっちをむけって言ってるような気がしたんで、ぼくは顔を見返した。そして、にこっとほほえんだんだ。自分でもどうしてかよくわからないんだけど、こんなふうに、泣きそうな気分がとつぜん笑いだしたい気持ちに変わっちゃうことが、ときどきある。そのときも同じような気持ちだった。だけど、たいていこの顔のせいで、知りあったばかりの人には笑っているってわかってもらえない。というのも、ぼくの口は、笑ってもほかの人と同じように口の両はしがあがらないからだ。まっすぐ横にのびるだけ。なのにどういうわけか、そのときジャック・ウィルは、ぼくがにこっとしたのがちゃんとわかったみたいで、ほほえみ返してくれた。

　そして、ジュリアンとシャーロットが来る前にささやいた。

「あいつは、やなヤツさ。だけど、きみも言うべきことは言わなきゃ」

　真剣《しんけん》な口ぶりで、力になってくれようとしているみたいだ。ぼくがうなずいたところへ、ジュリアンとシャーロットがやってきた。みんなでだまって床《ゆか》を見つめていたけど、ぼくは顔をあげ、ジュリアンの顔を見て言った。

「ところで、正しい言葉は『うろ覚え』だ」

「なに言ってんだよ？」

「さっき、『うら覚え』って言ったよ」

「言ってないぞ！」

「言ってたわ。ちょっとうら覚えだけど、理科が一番むずかしいらしいって。ちゃんと聞いたもん」

　シャーロットがうなずいた。

「ぜったい言ってない！」ジュリアンが言いはった。

「なんでもいいから、行こうよ」ジャックが言った。

「そうね。行きましょ」

シャーロットも、ジャックのあとから階段《かいだん》をおりはじめた。ぼくもシャーロットに続こうとしたら、さっとジュリアンが割《わ》りこんできたせいで、後ろへよろけてしまった。

「おっと、ごめんよ！」ジュリアンが言った。

けれども、ぼくを見る目つきは、ぜんぜん申し訳《わけ》なさそうじゃなかった。

とり決め

校長室にもどると、ママとトゥシュマン先生はまだ話していた。ぼくらが部屋に入ると、ミセスGはすぐに気づいて、愛想のいい笑《え》みを浮《う》かべた。

「オーガスト、どう？　実際《じっさい》に見て気に入ってもらえたかしら？」

「はい」ぼくはママのほうを見ながら、うなずいた。

ジャックとジュリアンとシャーロットは、帰っていいのか、まだ用事があるのかわからず、ドアのところにつっ立っていた。ぼくのこと、ほかにはなにを聞かされたんだろうと思ってしまう。

「オーガスト、ヒヨコを見た？」ママが聞いてきた。

ぼくが首を横にふると、ジュリアンが言った。

「あの、理科室のヒヨコのことですか？　あれは全部、毎年学年が終わるときに農場に寄付《きふ》されるんです」

「まあ、そう……」ママはがっかりだ。

「だけど、毎年理科の授業《じゅぎょう》で新しい卵《たまご》をかえすんです。だから、オーガストも来年の春には見られますよ」

「まあ、よかった。すごくかわいいのよ、オギー」

ほかの人の前で、ぼくを赤ちゃん扱《あつか》いするような話し方をしないでほしいよ。

「それで、オーガスト、みんなの案内でじゅうぶん見学できたかい？　それとも、もっと見たいかな。体育館を見せるようにと頼《たの》むのを忘《わす》れていたよ」

「ちゃんと案内しましたよ、先生」ジュリアンが言った。

「それならよかった！」

「あと、演劇《えんげき》や選択《せんたく》科目の話をしました」シャーロットは、そう言ってからはっとした。「大変！　美術室《びじゅつしつ》を忘れちゃった！」

「かまわないよ」先生が言う。

「今すぐ案内します」

「ママ、ヴィア姉ちゃんを迎《むか》えにいかなくてもいいの？」それは、ママととり決めていた、ぼくが帰りたいと伝える合図だった。

「ああ、そうね」ママは立ちあがった。腕時計《うでどけい》を見て、時間を気にしているみたいだ。「すみません、みなさん。時間がたつのをすっかり忘れてました。娘《むすめ》を学校に迎えにいかなきゃなりません。娘も今日、新しい学校を見学させてもらってるんです」

お姉ちゃんが学校見学をしてるのはうそじゃない。だけど、ママが迎えにいくってのはうそ。お姉ちゃんはパパと帰ってくることになっている。

「どちらの学校に通われるんですか?」先生が立ちあがりながらたずねた。

「この秋から、フォークナー高校に通うんです」

「ほう、あの学校に入るのはかんたんじゃない。よかったですね」

ママがうなずいている。「ありがとうございます。通学はちょっと不便なんですよ。Aラインの地下鉄で八十六丁目駅まで出て、クロスタウンバスで街を横断《おうだん》してイーストサイドへ行かなきゃなりません。一時間もかかるんですよ。車で行くとたった十五分なんですけど」

「それだけの価値《かち》があるでしょう。フォークナーに入ったお子さんを何人か知ってますが、みな気に入ってますよ」

「ママ、ほんとうにもう行かなきゃ」ぼくはママのハンドバッグを、ぐいっと引っぱった。

それから、ぼくたちは急いで、さよならのあいさつをした。ばたばたと急に帰ることになったので、先生はちょっと驚《おどろ》いたんじゃないかな。もしかしたら、ジャックやシャーロットのせいだと思うだろうか。ほんとうは、ジュリアン一人にむかついていたんだけど。だから帰る前にちゃんと先生に言っておいたよ。

「みんなとても親切にしてくれました」

「オーガスト、生徒として迎《むか》えるのを楽しみにしているよ」先生はぼくの背中《せなか》を軽くたたいた。

「さようなら」ぼくはジャックとシャーロット、あとジュリアンに言った。だけど、三人の顔は見なかった。ずっと下をむいていたんだ。学校の建物から出るまではね。

家

学校から数十メートルほど歩いたところで、すぐママが言った。「それで……どうだった？　気に入った？」

「ちょっと待って。家についてから」

そして、家にもどると、ぼくはすぐさま自分の部屋に駆《か》けこんで、ベッドにつっぷした。どうしたのか、ママにはわからないだろうし、自分でもよくわからなかった。ただ、とても悲しくて、でも同時に、ちょっぴりうれしいような感じがしたんだ。ちょうど、あの泣き笑いするような気持ちが、ぶりかえしてきたみたいだった。

愛犬のデイジーが部屋に入ってきて、ベッドに飛びのり、ぼくの顔をなめまわした。

「どこのいい子ちゃんかな？　いい子ちゃんでしゅね」ぼくはパパの声を真似《まね》て言った。

「大丈夫《だいじょうぶ》、オギー？」

ママはとなりにすわろうとしたけど、ベッドはデイジーに占領《せんりょう》されていた。「すわらせてね、デイジー」ママは、ちょっとデイジーを押《お》しのけてすわった。

「ねえ、あの子たち、親切じゃなかったの？」

「ううん、大丈夫だったよ」半分は、うそ。

「でも、親切だったの？　トゥシュマン先生は、すごくいい子たちだって、ずいぶんおっしゃっていたけれど」

「そうなんだ」

ぼくはうなずいたけど、ママを見ずに、デイジーの鼻にキスをしたり、耳をなでたりしていた。でも、デイジーがノミでもいるみたいに後ろ足をふるわせたんで、手を止めた。

「あのジュリアンっていう男の子は、特にやさしそうね」

「それ、ちがうよ。ジュリアンは一番不親切だった。でも、ジャックはやさしくて好きだよ。ジャックウィルって名前かと思ったんだけど、ただのジャックで、苗字《みょうじ》がウィルだって」

「ちょっと待って。もしかしたらママはかんちがいしちゃってるのかも。黒い髪《かみ》を前に流してる子はだれ？」

「ジュリアンだよ」

「親切じゃなかったの？」

「うん、親切じゃなかった」

「えっ」ママはちょっと考えてる。「つまり……大人の前にいるときと子どもだけのときで、態度《たいど》を変えるタイプの子ってこと？」

「うん、たぶん」

「ああ、そういう子嫌《きら》いよ」ママはうなずいた。

「あの子はね、ぼくに言ったんだよ。『それで、オーガスト、なんでそんな顔になったんだ？　火事かなんかにあったの？』って」

　ぼくはずっとデイジーを見たまま話していた。ママはなにも言わない。でも、ちらっと顔を見ただけで、とてもショックを受けたのがわかる。ぼくはすぐ言い足した。「意地悪な感じで言ったわけじゃないよ。ただ聞いてきたんだ」

ママはうなずいた。

「だけど、ジャックはほんとうに好きだ。『ジュリアン、いいかげんだまってろ』って言ってくれた。それにシャーロットも『ジュリアン、失礼よ』って言ってた」

ママはまたうなずいた。そして、頭痛《ずつう》があるときみたいに、おでこに手をあてている。

「オギー、悪かったわ」ママが静かに言った。ママのほっぺが赤くなっている。

「ううん、大丈夫《だいじょうぶ》だよ、ママ。ほんとうに」

「もし学校に行きたくないのなら、行かなくてもいいのよ」

「ぼくは行きたい」

「オギー……」

「ほんとだよ、ママ。行きたいんだ」

うそじゃなかった。

初登校日の不安

そう、たしかに、初登校日はものすごく緊張《きんちょう》していた。心臓《しんぞう》が、ドキドキなんて通りすぎて、バクバク破裂《はれつ》しそうだった。たぶんパパとママもちょっと不安だったろうに、いっしょうけんめい盛《も》りあげようとして、出かける前にぼくとお姉ちゃんの写真を撮《と》ってくれた。お姉ちゃんにとっても初登校日だったんだ。

つい数日前まで、学校へ行くかどうか、ぜんぜん決められなかった。学校見学のあと、パパとママは意見がすっかり入れ替《か》わっちゃったんだ。ママは学校に行くべきじゃないと言い、パパは行くべきだと言うようになった。パパは、うまくジュリアンに対処《たいしょ》したとほめてくれ、ぼくが強い男に成長してきていると言った。そしてママにも、最初からずっとママの判断《はんだん》が正しかったんだと言っていた。ところが、ママのほうは気持ちがゆらいでいる。その朝も、パパとお姉ちゃんが、地下鉄の駅へ行くとちゅうだからぼくといっしょに学校まで歩いていくと言ったら、みんないっしょに行けるんで、ママはほっとしていたようだった。たぶん、ぼくもだ。

ビーチャー学園は、うちからたった数百メートルのところにあるんだけど、ぼくはその近くにもほとんど行ったことがなかった。子どもがたくさんいそうなところは避《さ》けてるんだ。だけど、うちのすぐ近所なら、みんなぼくを知ってるし、ぼくもみんなを知っている。レンガや木、歩道のひび割《わ》れまで、ひとつひとつ全部知っている。それに、いつも窓辺《まどべ》にすわっているグリマルディさんっていう女の人も、鳥の鳴き声みたいに口笛を吹《ふ》きながら散歩ばかりしてるおじいさんも知っている。ママがよくベーグルを買ってくる、角の総菜店《そうざい》も、行くと必ずやさしく声をかけてペロペロキャンディーをくれるコーヒーショップのウェイトレスさんたちも知っている。ノース・リバー・ハイツっていう、この地区が大好きだ。なのに、歩いていると、不思議なことにはじめて来る場所みたいに思えてきた。何度も何度もかぞえきれないほど歩いたことのあるエイムスフォート通りが、どういうわけか、まったくちがう場所みたいなんだ。見たことのない人たちで混《こ》みあっていて、バスを待っている人もいれば、ベビーカーを押《お》している人もいた。

エイムスフォート通りを渡《わた》って、ハイツ・プレース街へと曲がった。お姉ちゃんはいつものようにぼくのとなりを歩き、パパとママはその後ろを歩いている。曲がるとすぐ、学校の前の大勢《おおぜい》の子どもたちが目に飛びこんだ。何百人もいる。友だち同士しゃべったり、笑ったりしている。親といっしょに立っている子もいて、親同士もおしゃべりをしていた。ぼくはずっと下をむいたままだった。

「みんなだって、オギーみたいに緊張《きんちょう》してるよ。今日はだれにとってもはじめての日だって忘《わす》れないで。いい?」お姉ちゃんがぼくの耳元で言った。

トゥシュマン先生が、正面玄関《げんかん》の前で生徒や保護者《ほごしゃ》たちにあいさつしている。

うん、たしかに今のところ、いやなことはなにひとつ起きてない。だれにもじろじろ見られてないし、気づかれてもいない。ただ一度だけ、顔をあげたら、女の子たちがぼくを見て、手で口をかくしてささやきあっていた。けど、ぼくが気づいたと知ると、すぐそっぽをむいた。

ぼくらは正面玄関についた。

「いよいよだな」パパがぼくの両肩《りょうかた》に手をのせた。

「いってらっしゃい。がんばってね」お姉ちゃんがぼくを抱《だ》きしめてキスをした。

「お姉ちゃんもね」

「オギー、がんばれよ」パパも抱きしめてくれた。

「じゃあね」

ママも抱きしめてくれたんだけど、泣きそうな顔をしている。ここで泣かれたら、かなり恥《は》ずかしい。だからぼくはきゅっとハグを返すと、急いで背中《せなか》をむけて学校のなかへ入っていった。

ダイヤル錠《じょう》

まっすぐ三階の三〇一号室にむかった。あの日、見学ツアーに行っといてよかったよ。おかげで行き場所がちゃんとわかるし、一度も顔をあげないですむ。ぜったいほかの子たちにじろじろ見られてるってわかってたけど、気づいていないふりをした。

教室に入ると、先生は黒板になにか書いていて、みんなは席につきはじめていた。机《つくえ》は、黒板にむかって半円を描《えが》くように何列か並《なら》んでいた。ぼくは後ろの列のまんなかあたりの席にした。つまり、黒板から一番離《はな》れている。ここなら、ほかの子たちからあまり見えないだろう。それでもできるだけ顔をふせていた。ぎりぎり前髪《まえがみ》を通してみんなの足が見えるぐらいにだ。だいたい席がうまってきたけれど、ぼくのとなりにはだれもすわらない。二度ほどだれかがすわろうとしたけど、結局気が変わってどこかほかの席へ行ったみたい。

「おはよう、オーガスト」シャーロットが、小さく手をふって前のほうの席にすわった。わざわざ一番前の席を選ぶ子の気が知れない。

「おはよう」ぼくは軽く頭をさげてあいさつを返した。そのとき、シャーロットから少し離れた席にジュリアンがいて、ほかの子たちとしゃべっているのに気づいた。たしかにこっちを見たのに、おはようって言ってこなかった。

とつぜん、だれかがとなりにすわった。ジャック・ウィル、つまりジャックだ。

「よう、元気?」ジャックがぼくに軽くうなずいた。

「おはよう、ジャック」ぼくは手をふって答えた。でもすぐに、手をふるなんてダサかったかなと後悔《こうかい》した。

「はい、きみたち！　はい、みんな！　静かにしましょう」先生は黒板に名前を書き終わり、こっちをむいていた。ペトーサ先生だ。「みんな、席を見つけて。早く入って」先生が、教室に入ってきたばかりの子たちに言う。「そこにも席があるし、ほら、そこもあいてるわ」

先生はまだぼくに気づいてないみたいだ。

「さて、まずは全員おしゃべりをやめて……」

先生がぼくを見た。

「……バックパックをおろして、静かにして」

先生がはっとたじろいだのは、ほんの百万分の一秒だ。でも、ぼくには、先生がこっちを見た瞬間《しゅんかん》がわかった。前にも言ったけど、もう慣《な》れてるからね。

「出席をとって、席順を決めますね」先生は机《つくえ》にもたれて話を続ける。机にはファイルがずらりと三列に並《なら》べてあった。「名前を呼《よ》ばれたら、ここに来てちょうだい。名前の書いてあるファイルを渡《わた》します。時間割《じかんわり》表やロッカーのダイヤル錠《じょう》が入っているけど、わたしが言うまで開かないように。ロッカーの番号は時間割表に書いてあります。あらかじめ言っておきますが、ロッカーが教室のすぐ外じゃなくて、ちょっと廊下《ろうか》を行ったところにある人もいます。もうひとつあらかじめ言っとくけど、ロッカーの交換《こうかん》もダイヤル錠の交換もだめ。それから、あとで時間があまったら、ちょっとだけ自己紹《じこしょう》介《かい》をしましょう」

先生は机の上からクリップボードを取って、大きな声で名前を読みあげた。

「じゃあ、ジュリアン・オールバンズ」先生は顔をあげた。

ジュリアンが手をあげながら返事をする。「はい」

「はい、ジュリアン」先生は座席表《ざせき》にメモを取り、一番目のファイルをジュリアンにさしだした。「取りにきなさい」

先生がてきぱきした感じで言うと、ジュリアンは立ちあがって取りにいった。

「次、ヒメナ・チン」

先生は次つぎ名前を呼んでいき、ファイルを渡した。先生が名簿《めいぼ》どおりに読みあげていくうちに、まだあいているのはジャックと反対側のぼくのとなりの席だけだと気づいた。だけど、少し離《はな》れたところで、二人でひとつの椅子《いす》にすわってるじゃないか。そのうちの一人、ヘンリー・ジョプリンが先生に呼ばれた。体が大きくて、高校生みたいに見える。

「ヘンリー、そこのあいてる席にすわりなさいね」先生はファイルを渡すと、ぼくのとなりの席を指さした。ぼくはヘンリーに目をむけなかったけど、いかにもぼくのとなりに移《うつ》りたくなさそうだってことは、よくわかった。バックパックをずるずる引きずって、まるでスローモーションみたいにやってきたからね。そして、どさっとバックパックを机の上に置いて、ぼくの席とのあいだに壁《かべ》を作った。

「マヤ・マルコウィッツ！」

「はい！」ぼくから四つ離《はな》れた席の女の子が返事をした。

「マイルズ・ヌーリー！」

「はい」ヘンリー・ジョプリンといっしょにすわっていたやつで、席にもどるとき、同情《どうじょう》するような顔をヘンリーにむけていた。

「オーガスト・プルマン！」

「はい」ちょっとだけ手をあげて小さな声で返事をした。

「はい、オーガスト」ファイルを取りにいくと、先生がやさしくにこっとしてくれた。教室の前に立った数秒間、みんなの焼けつくような視線《しせん》を背中《せなか》いっぱいに感じた。席にもどるときは、全員が顔をふせていた。席についても、ダイヤル錠《じょう》をまわすのは、がまんしていた。みんなやってたけど、さっき先生がだめってはっきり言ったんだし。それに、どうせダイヤル錠は、いつも自転車で使ってるから、けっこううまく開けられる。ヘンリーはうまく開けられないようで、イライラして、小さな声でクソッとか言ってる。

先生がまた何人かの名前を呼《よ》んだ。最後はジャック・ウィルだ。

ジャックにファイルを渡《わた》すと、先生は言った。「はい、それでは、ダイヤル錠を開ける数字を、それぞれぜったい忘《わす》れない安全なところに書いておいてくださいね。もし忘れたら、ガルシアさんが数字のリストを持ってます。どの子も一学期に二、三回は忘れるわ。さあ、ダイヤル錠をファイルから出して、どうやって開けるのかちょっと練習しておきましょう。かまわずもうはじめちゃった子もいるみたいだけどね」先生はそう言いながら、ヘンリーを見ていた。「そのあいだに、先生が自己紹介《じこしょうかい》をするわ。そのあとそれぞれ自己紹介をする番よ。ね、それで、少しずつおたがいを知っていってほしいの。いいわよね。じゃ、はじめましょう」

先生はにこっとしたけれど、ぼくにむかって一番ほほえんでいるように思えた。ミセスGみたいな作り笑いじゃなくて、ほんとうに心からのふつうの笑顔だ。ぼくが予想していた教師《きょうし》っていうのと、ペトーサ先生はものすごくちがっていた。アニメ『ジミー・ニュートロン　ぼくは天才発明家！』に出てくる、ファウル先生みたいな人を想像《そうぞう》してたんだ。髪《かみ》を頭のてっぺんで大きいおだんごにしているおばあさん。だけど、実際《じっさい》の先生は、『スター・ウォーズ　エピソード6／ジェダイの帰還《きかん》』に出てくるモン・モスマみたいだった。男の子みたいな髪型《かみがた》をして、チュニックに似《に》た白いシャツを着ている。

先生はまた背《せ》をむけて、黒板になにか書きはじめた。

ヘンリーはまだダイヤル錠を開けることができない。だれかの錠が開くたびに、ますますいらついている。ぼくが一回で開けたのには、ほんとうにむかついていたようだ。バックパックの壁《かべ》なんて作らなければ、手伝ってあげたんだけどね。

教室で

ペトーサ先生はかんたんに自己紹介《じこしょうかい》をした。出身地のこととか、ずっと教師《きょうし》になりたかったこととか、六年ほど前ウォールストリートの金融《きんゆう》関連の仕事をやめて、「夢《ゆめ》」をかなえようと子どもたちを教えはじめたこととかで、退屈《たいくつ》な話だった。最後に、だれか質問《しつもん》があるかと聞くと、ジュリアンが手をあげた。

「はい……」先生は、名前を思い出そうと名簿《めいぼ》を見て呼《よ》んだ。「ジュリアン」

「夢をあきらめなかったのはすごいです」

「ありがとう！」

「どういたしまして」ジュリアンが得意げに、にこっとした。

「それじゃ、今度はジュリアンに少し自己紹介をしてもらおうかしら？　じつは、全員にお願いがあります。自分についてクラスのみんなに紹介したいことを、ふたつ考えてちょうだい。でも、ちょっと待って。このなかの何人がビーチャー学園の初等部からあがってきたの？」

半分くらいの生徒が手をあげた。

「わかったわ。つまり、おたがいにもう知っている人たちもいるってことね。だけど、残りのみんなはこの学園に新しく来たんでしょ？　いいでしょう。じゃあ、みんな、自分について知っておいてもらいたいことをふたつ考えてください。そして、もう知りあいのいる人は、まだ知られていない自分について考えて。わかったかしら？　いいわね。では、ジュリアンからはじめて、一人ずつみんなにやってもらいましょう」

ジュリアンは、いかにも真剣《しんけん》に考えているように、顔をしかめて、おでこをぽんぽんたたいている。

「じゃ、いつでもどうぞ」先生が言った。

「はい、一番目は……」

「まず自分の名前を言ってちょうだい。いい？　わたしはみんなの名前を覚えなきゃならないんだから」

「はい、わかりました。ぼくの名前はジュリアン。そして、ひとつ目は……Wii《ウィー》の『神秘《しんぴ》のバトルグラウンド』を買ってもらったばかりってこと。これ、サイコーにすごいんだ。それからふたつ目は、この夏、卓球台《たっきゅうだい》を買ってもらったことです」

「いいわね。先生も卓球が好きよ。だれかジュリアンに質問があるかしら？」

「『神秘《しんぴ》のバトルグラウンド』は、一人プレイ用？　それとも何人かで遊べる？」マイルズって子が聞いた。

「そういう質問《しつもん》はだめ。はい、次はあなた……」先生はシャーロットを指さした。先生に一番近い前の席にすわっていたからだろう。

「あっ、はい」シャーロットは言いたいことがもう決まっていたみたいで、ちっともためらわなかった。

「名前はシャーロットです。姉が二人います。それと、七月から、スーキーっていう名前の子犬を飼《か》っています。動物シェルターからひきとってきました。すごくかわいいです」

「すばらしいわ、シャーロット。ありがとう。それじゃ、次はだれにお願いしようかしら……」

と場《じょう》に引かれていく子羊

「と場に引かれていく子羊」とは、不幸がふりかかることも知らずに、従順《じゅうじゅん》にある場所へ行く人をさすたとえ。

昨日の夜、ぼくはネットで検索《けんさく》した。そしてこれこそ、先生に名前を呼《よ》ばれて次に話す番になったとき、ぼくの頭に浮《う》かんだ言葉だった。

「オーガストっていいます」やっぱりちょっと口ごもっちゃった。

「なんて言ったの？」だれかが言った。

「もっと大きい声で話してね」先生が言った。

「ぼくはオーガストっていいます」大きな声を出し、なんとかがんばって顔をあげていた。「えっと……ヴィアっていうお姉ちゃんがいて、デイジーっていう犬を飼っています。それから、えっと……おしまいです」

「ありがとう。だれかオーガストに質問あるかしら？」

みんなだまっていた。

「はい、では、次はきみ」先生がジャックに言った。

でもそのとき、ジュリアンが手をあげた。「待って。オーガストに質問があります。首の後ろで小さい三つ編《あ》みをしているのはどうしてですか？　パダワンの真似《まね》ですか？」

「そう」ぼくは肩《かた》をすぼめて、うなずいた。

「パダワンって？」先生がほほえみながらぼくに聞くと、ジュリアンが答えた。

「『スター・ウォーズ』に出てくるんです。パダワンってのは、ジェダイの弟子《でし》です」

「へえ、おもしろいわね。じゃあ、『スター・ウォーズ』に夢中《むちゅう》なのかしら？」先生がぼくを見て聞いた。

「ええ、まあ」ぼくはうなずいたけど、顔はあげなかった。だって、ほんとうは机《つくえ》の下にもぐりこみたかったんだから。

「好きなキャラクターは?」ジュリアンがたずねた。もしかしたら、そういやなやつじゃないのかもって気がしてきた。

「ジャンゴ・フェット」

「ダース・シディアスは?　ダース・シディアスも好き?」

「はいはい、二人とも、『スター・ウォーズ』の話は休み時間にしましょうね」先生が明るい声で言った。「じゃあ、続けましょう。きみはまだ話してなかったわよね」先生はジャックにむかってたずねた。

今度はジャックが話す番だ。だけど、正直言うと、ぼくはジャックの話を聞いてなかった。おそらくだれもダース・シディアスのことはわからなかっただろうし、もしかしたらジュリアンもいやがらせのつもりじゃなかったのかもしれない。だけど、『スター・ウォーズ　エピソード3／シスの復讐《ふくしゅう》』で、ダース・シディアスはシスのフォース・ライトニングにやられて顔にやけどを負ってしまう。皮膚《ひふ》がすっかり縮《ちぢ》んで、顔全体がぐちゃぐちゃになっちゃうんだ。

ぼくがちらっとジュリアンを見ると、ジュリアンはぼくを見つめていた。やっぱりあいつ、わざと言ったんだ。

親切を選べ

ベルが鳴ると、みんな立ちあがって教室を出ようとしたんで、あたりはごった返した。時間割表《じかんわり》を見ると、次は三二一号室で国語の授業《じゅぎょう》だ。ぼくは、同じホームルームの子が同じ授業に行くかどうかなんて気にしなかった。とにかくさっさと教室を出て、廊下《ろうか》を急ぎ、三二一号室のできるだけ後ろの席にすわった。とても背《せ》が高く、金色のあごひげを生やした先生が、黒板になにか書いている。

ほかの子たちは何人かずつ固まって笑ったり話したりしながら入ってきたけど、ぼくは顔をあげなかった。そしてやっぱりホームルームのときと同じことになった。つまり、ジャック以外だれもぼくのとなりにすわらない。ジャックは、別のホームルームの子たちとじょうだんを言いあっている。きっと、みんなに好かれるタイプなんだな。いっぱい友だちがいて、みんなを笑わせている。

ふたつ目のベルが鳴ると、みんな静かになり、先生がふりむいた。ブラウン先生というらしい。先生は名前だけのかんたんな自己紹介《じこしょうかい》をすると、さっそく今学期にすることを話しだした。そして、話しているとちゅうで――たぶん『五次元世界の冒険《ぼうけん》』や『中国民話集／海のシェン』のことを言っているあたりで――ぼくに気づいたけど、そのまま話し続けていた。

先生が話しているあいだ、ぼくはずっとノートに落書きをしていた。だけど、ほかの生徒たちのようすをちらちら見てもいた。シャーロットもいる。ジュリアンとヘンリーも。だけどマイルズはいなかった。

ブラウン先生が、大きなはっきりした文字で黒板に書いた。

格言《かくげん》！

「はい、みんな、国語のノートの最初のページの一番上に、この言葉を書いてください」

みんなは言われたとおりにした。

「では、格言ってなんだろう。わかる人はいるかな」

だれも手をあげなかった。

先生はにこっとしてうなずくと、また黒板にむかって、こう書いた。

格言！＝大事なことについてのルール！

「モットーみたいなの？」だれかが大きな声で聞いた。

「そのとおり！」先生はうなずきながら、黒板に書き続けている。「たとえば有名な古い言葉や、おみくじの紙に書いてある言葉みたいなもの。やる気を出させてくれる、行動を決める約束ごとなど。基本的《きほんてき》に、ほんとうに大事なことを決断《けつだん》するとき、答えを導《みちび》く助けになってくれる言葉なら、どんなものでも格言になる」

先生は長々とそんなことを書いたあと、またぼくたちのほうをむいた。

「それでは、大事なことってのはなんだろう？」

何人かの生徒が手をあげ、先生にさされて答えた。先生は、すごくぐちゃぐちゃな字でその答えを黒板に書いていった。

学校の決まり、勉強、宿題

「ほかには？」先生はふりむきもしないで、書きながら言った。「どんどんあげてくれ！」みんなが言うものを次つぎに書いている。

家族、両親、ペット

だれか女の子が言った。「環境《かんきょう》！」

環境

先生はそう書いてから、つけくわえた。

われわれの世界！

「サメ。海で死んだものを食べてくれるから！」リードという男の子が言うと、先生はそれも書いた。

サメ

「ハチ！」「シートベルト！」「リサイクル！」「友だち！」

先生は「なるほど」とつぶやきながら、黒板に書いていく。そして、書き終わると、またぼくたちのほうをむいた。

「だけど、まだだれも一番大事なものを言ってないなあ」

みんなは先生を見たけれど、なにも思い浮《う》かばない。

「神様？」

だれかが言うと、先生はそれも黒板に書いた。だけど、まだ先生の待っている答えじゃなかったみたい。すると先生は、だまったままこう書いたんだ。

自分

「自分……」先生は言いながら、字の下に線を引いた。「自分自身とはなんだ？　自分のことがわかるか？　どうだい？　ぼくたちはどんな人なのか？　きみはどんな人なのか？　これが一番大事なことじゃないか？　いつも自分自身に問い続けるべき問題じゃないだろうか？　いったい自分はどんな人間なのか？

この学校の入り口の横にある、プレートに気づいた人はいるかな？　なにが書いてあるのか言える人は？　だれか？」

先生は見まわしたけれども、だれもわからなかった。

「『汝《なんじ》自身を知れ』と書いてある」先生はにこにこしながらうなずいている。「そして、自分がなんなのかを学ぶことこそ、きみたちがここでやるべきことだ」

「ここでは国語を勉強するんだと思ってたよ」

ジャックがいたずらっぽく言うと、みんなが笑った。

「ああ、そうだったな。それもだ」

勉強なんかなんでもないことのように言う先生を、ぼくはかっこいいと思った。先生はまた背中《せなか》をむけると、黒板いっぱいに大きな字でこう書いた。

ブラウン先生の九月の格言《かくげん》

正しいことをするか、親切なことをするか、
どちらかを選ぶときには、親切を選べ。

「よし、じゃあ、みんな、ノートに『ブラウン先生の格言』というコーナーを作ってくれ」

ぼくたちはノートを開いた。

「最初のページの一番上に今日の日付を書いて。これからいつも月はじめに新しい『ブラウン先生の格言』を黒板に書くから、それをノートへ写すこと。そして、それがどういう意味なのか話し合う。月末には、その言葉がきみにとってなにを意味するのか作文を書いてもらおう。学年が終わるときには、自分の格言にできそうなアイデアがたくさんたまっているはずだ。

夏休み中に自分で格言となる言葉を考えついたら、それをハガキに書いて先生に送ってほしい。旅行先からでも、もちろんいいよ」

「ほんとうにみんな、そんなことするんですか?」名前を知らない女の子が聞いた。

「ああ、もちろん! みんなちゃんとやるぞ。卒業して何年もたってから送ってきた生徒までいるんだ。まったくすごいもんだ」先生は一息ついて、ひげをなでた。「しかしまあ、来年の夏なんてまだずっと先のことだよなあ」

先生の言葉に、みんな笑った。

「だから、ちょっと気を楽にして、出席をとろう。そのあと、今年やるおもしろいことを説明するからな。どれも国語の勉強だぞおっ!」

そう言いながら先生がジャックを指さしたのがおかしくて、全員どっと笑っちゃった。

「ブラウン先生の九月の格言」をノートに写したら、がぜん学校を好きになれそうな気がしてきた。

たとえなにがあってもだ。

昼休み

学校で昼休みに食事をするのは大変だって、お姉ちゃんから聞いてた。わかっているつもりだった。だけど、こんなにひどいとは思ってなかったんだ。五年生全員が同時にわっと食堂におしよせて、大声でしゃべって、もみあいになりながら、走って席につく。昼休みの監督《かんとく》当番の先生が席取り禁止《きんし》とかなんとか言ったんだけど、ぼくにはどういう意味かわからなかった。たぶんほかの子たちもわからなかったってことかな。だって、ほとんど全員が友だちの席を取っていたから。ぼくがあいている席にすわろうとしたら、そのとなりにいた子に言われたんだ。

「あっ、ごめん。そこはほかの子がすわるんだ」

それでぼくは、だれもすわっていないテーブルへ移《うつ》り、みんながすわり終えるのと、先生の話を待つことにした。先生が食堂での決まりを説明しはじめたとき、ジャック・ウィルを探《さが》してみたけど、近くには見あたらなかった。まだぱらぱらと食堂に入ってくる生徒もいたけど、先生に言われて、いくつかのテーブルにいた子たちがトレイを持ってカウンターに並《なら》んだ。後ろのほうのテーブルには、ジュリアンがヘンリーとマイルズといっしょにすわっていた。

ぼくにはママが用意してくれたチーズサンドイッチとグラハムクラッカー、それとパックジュースがあった。だからこのテーブルが呼《よ》ばれても、並びに行かなくていい。バックパックを開けて、ランチバッグを出して、サンドイッチを包んでいるアルミホイルをゆっくり開くことだけ考えた。

下をむいていても、見られているってわかった。おたがいにつっつきあって、横目でぼくを見ている。じろじろ見られることなんて、とっくに慣《な》れていると思ってたけど、そんなことなかったんだな。ぼくのことをひそひそ話している女の子たちのテーブルもあった。手で口をかくしているから、わかるんだ。その子たちの視線《しせん》やささやき声が、次から次に飛んできて、ぼくにぶちあたる。

ぼくは自分の食べ方が嫌《きら》いだ。不気味に見えるってわかっている。口蓋裂《こうがいれつ》を治す手術《しゅじゅつ》を、赤ちゃんのときと、もう一回、四歳《さい》のときにもしたけど、まだ口蓋、つまり口のなかの天井《てんじょう》部分に穴《あな》が開いている。だから、せっかく数年前あごの矯正《きょうせい》手術を受けたのに、口の前のほうだけで食べ物をかまないといけない。じつは、それがどんなふうに見えるのか、ある誕生日《たんじょうび》パーティーに行くまでぜんぜん気がつかなかった。一人の男の子が、誕生日の男の子のお母さんに、ぼくのとなりにすわりたくないって言ったんだ。ぼくの口から食べかすが飛びちって、汚《きたな》いからだって。意地悪するつもりで言ったんじゃないってわかってたけど、その子はあとですごくしかられるはめになり、夜になって、その子のお母さんがうちのママにお詫《わ》びの電話をかけてきた。誕生日パーティーから帰ってくると、ぼくはバスルームへ行った。鏡の前でクラッカーを食べて、ものをかんでいるとき、自分がどんなふうに見えるのかをチェックしてみたんだ。その子の言うとおりだった。ぼくの食べ方はカメみたい。カメが食べるところを見たことがないと、わからないかな。とにかく、はるか昔の沼《ぬま》にすんでいた気味の悪い生き物みたいだった。

夏のテーブル

「ちょっと、この席あいてる？」

ぼくが顔をあげると、今まで見たこともない女の子が、食べ物でいっぱいのトレイを持ってテーブルのむこう側に立っていた。ウェーブのかかった長い茶色の髪《かみ》で、紫色《むらさきいろ》のピースサインのついた茶色いTシャツを着ている。

「えっ、いや、あ、あいてるけど」ぼくは答えた。

女の子はトレイをテーブルにおろすと、バックパックをどさっと床《ゆか》に置き、ぼくのむかいにすわった。そして、皿のマカロニチーズを一口食べた。

「あーあ。あんたみたいにサンドイッチ持ってくればよかったなあ」

「うん」ぼくはうなずいた。

「ところで、あたしの名前はサマー。あんたは？」

「オーガスト」

「うわっ、それってサイコー‼」

そのとき、女の子がもう一人トレイを持ってやってきた。

「サマー！　なんでここにすわってるの？　もどっておいでよ」

「混《こ》んでるんだもん。ここに来なよ。いっぱいあいてるよ」サマーが答えた。

女の子はちょっと困《こま》った顔をした。そういえば、さっきぼくをじろじろ見ていたテーブルの子だ。口に手をあてて、ひそひそ話していた。ってことは、サマーもあのテーブルにすわってたんだろう。

「好きにしなよ」と言って、女の子は離《はな》れていった。

するとサマーは、なにあれって顔でぼくに笑いかけ、またマカロニチーズを食べだした。

「ね、あたしたち名前の相性《あいしょう》がいいね」

ぼくがなんのことだかわからないでいると、サマーはこう言った。「サマーの意味は夏。オーガストは八月」そして目を大きく見開いてにこっとすると、ぼくが理解《りかい》するのを待ってくれた。

「あ、そうか」ぼくは一秒後に答えた。

「このテーブル、夏のランチ・テーブルにしちゃおうよ。夏の名前の子だけがすわれるの。そうねえ、六月って意味のジューンとか、七月って意味のジュライって名前の子、いたかなあ?」

「マヤがいるよ」

「マヤのスペルは、メイに似《に》てるけど、五月は春だよ。ま、でも、すわりたがったら、例外にできるよね」サマーは、まるでじっくり考えたかのように言う。「ジュリアンもいるよ。ジュリアみたいにジュライ《七月》に似ている名前でしょ」

ぼくは、それには返事をしなかった。

「国語のクラスにリードって子がいる」

「ああ、リードなら知ってる。でも、なんでリードが夏の名前なの?」

「うん、ちょっとスペルがちがうけど思い浮《う》かんだんだ。リードって夏草の葦《あし》っていう意味になるだろ」

「そう、いいよ」サマーはうなずくと、ノートを引っぱりだした。「それなら、ペトーサ先生もすわってオッケーだね。ペトーサって、花びらって意味のペタルという言葉に似てるもん。夏のものってことでいいよね」

「ぼくのホームルームの先生だ」

「あたしは数学を習ってる」サマーが顔をしかめている。

そして、ノートの最後から二ページ目に名前を書いていった。

「じゃあ、あとだれが入るかな？」サマーが聞いた。

ランチが終わるころには、このテーブルにすわりたければすわっていい子と先生のリストがすっかり完成した。ほとんどは、じつのところ夏の名前ってわけじゃなかったけど、なにかしら夏とつながる名前だった。なんとジャック・ウィルの名前まで、夏に関係させちゃう手を思いついちゃった。「ジャック、はうみにいる」ってね。サマーもいいってさ。

「だけど、もし夏の名前じゃないのに、あたしたちとすわりたがる子がいたらどうする？　親切な子だけ、すわらせてあげることにしない？」サマーが真剣《しんけん》な顔で言った。

「いいよ。冬の名前でもね」ぼくはうなずく。

「うん、いい考え」サマーが親指を立てた。

サマーは夏っていう名前がぴったりだった。日に焼けて、葉っぱみたいな緑色の目をしていた。

一から十

ママは、なにかというと、ぼくがどう感じるかを十段階《だんかい》で聞いてくる癖《くせ》がある。それは、ぼくがあごの手術《しゅじゅつ》を受けたあと、針金《はりがね》で口を閉《と》じられていて、話せなかったときからだ。おしりの寛骨《かんこつ》をけずったかけらをほおにはめこんで、正常《せいじょう》な顔に近づく手術を受けたから、体のあちこちが痛《いた》かった。包帯を巻《ま》かれた傷《きず》をママがひとつひとつ指さし、ぼくはどのくらい痛いのか指を立てて答えた。一本ならちょっとだけ。十本ならとびきり痛い。そして、調整してほしい部分なんかを、回診《かいしん》に来たお医者さんにママが説明した。ときどき、ママは驚《おどろ》くほどぼくの気持ちがわかっていた。

それからというもの、痛いところがあるときは、たいがい一から十の数字で伝えることが習慣《しゅうかん》になった。のどがただ痛いだけのときでも、ママは聞いてくるんだ。

「一から十のどれ？」

「三」とか、ぼくは答える。

学校が終わり、ぼくは外に出て、ほかの親やベビーシッターたちといっしょに正面入り口で待っているママのところに行った。ママはまずぼくをハグして聞いた。「で、どうだった？　一から十のどれ？」

「五」ぼくは肩《かた》をすくめて言った。ママがすごく驚いているのがわかる。

「まあ！　ママが予想してたのよりも、いいじゃないの」ママが静かに言った。

「これから、お姉ちゃんも迎《むか》えにいくの？」

「お姉ちゃんは今日、ミランダのママの車に乗せてもらえるの。オギー、バックパックを持ってあげるわよ」

生徒や親でごった返しているなかを歩きはじめると、みんなぼくを見ていた。こっそり指さして、ぼくのことを教えあっている。

「大丈夫《だいじょうぶ》だってば」

「重そうよ、オギー」ママは、ぼくからバックパックを取ろうとした。

「ママ！」ぼくはバックパックを引きもどすと、人ごみをかきわけてママの前を歩いた。

「また明日《あした》ね、オーガスト！」サマーだ。ぼくとは反対方向へ歩いている。

「さよなら、サマー」ぼくは手をふった。

通りを渡《わた》って人ごみから離《はな》れると、すぐにママがたずねた。「だれなの、オギー？」

「サマーだよ」

「同じ教室なの？」

「うちの学校は、授業《じゅぎょう》によって、教室もいっしょにいる子も変わるんだよ」

「いっしょに受けている授業があるの？」

「わかんない」

ママは、ぼくが続きを言うのを待っていたけれど、ぼくは話したい気分じゃなかった。

「ね、学校はうまくいった？」聞きたいことが百万個《こ》くらいありそうだ。「みんな親切だった？　先生は気に入った？」

「うん」

「先週会った子たちは？　親切だった？」

「うん、親切だよ。けっこうジャックといっしょにいたんだ」

「よかったわ、オギー。あのジュリアンって子は？」

ぼくはダース・シディアスのことを思い出したけど、今はもう、百年前に起きたことみたいに思える。

「うん、まああだよ」

「あの金髪《きんぱつ》の女の子は？　名前はなんだっけ？」

「シャーロット。ママ、みんな親切だったって、さっき言ったよ」

「わかったわ」

なぜだかわからないけれど、ぼくはママにいらついていた。エイムスフォート通りを渡《わた》り、うちの近くに来るまで、ママはだまっていた。

「じゃあ、同じクラスじゃないのに、どうしてサマーと知りあったの？」

「ランチのとき、いっしょにすわったんだ」

ぼくは、サッカーボールのドリブルみたいに小石を蹴《け》りはじめた。小石を追って歩道をジグザグに進む。

「すごく親切そうな子ね」

「うん、親切だよ」

「それにとてもきれいな子だったわ」

「うん、そう。ぼくたち、まるで美女と野獣《やじゅう》みたいなんだ」

ぼくはママを見もしないで、思いきり石を前へ蹴り、それを追って歩道を走りだした。

パダワン

その夜、ぼくは、頭の後ろの小さな三つ編《あ》みを切った。最初に気づいたのはパパだ。

「おっ、いいぞ。パパはそれ、ずっと気に入らなかったんだ」

お姉ちゃんは信じられないって顔をした。

「そこまでのばすのに何年もかかったのに！　なんで切っちゃったのよ？」

怒《おこ》ってるみたいだ。

「わかんない」

「だれかに、からかわれたの？」

「ううん」

「切るって、クリストファーに言った？」

「もう友だちじゃないもん！」

「そんなわけないでしょ！　かんたんに切っちゃうなんて、信じられない」

お姉ちゃんったら、えらそうに。そして、ぼくの部屋のドアを思いっきり閉《し》めて行ってしまった。

そのあとパパがぼくを寝《ね》かしつけにきたとき、ぼくはベッドの上でデイジーを抱《だ》いていた。パパはデイジーをやさしくどかして、毛布《もうふ》の上でぼくのとなりに横になった。

「おい、オギー・ドギー、ほんとうに大丈夫《だいじょうぶ》だったのか？」

このオギー・ドギーってのは、古いアニメに出てくるダックスフンドの名前だ。ぼくは四歳《さい》のころ、そのＤＶＤをネット・オークションで買ってもらい、パパといっしょに何度も見た。特に入院中のころの話。パパがぼくをオギー・ドギーと呼《よ》んで、ぼくはパパをドギー・ダディって呼んでいた。ちょうどアニメで子犬がダックスフンドのパパを呼ぶみたいに。

「うん、ぜんぜん平気だよ」ぼくはうなずいた。

「今夜はずっとおとなしかったじゃないか」

「疲《つか》れたのかも」

「長い一日だったろうね」

ぼくはうなずいた。

「だけど、ほんとうに平気だったのか？」

ぼくはまたうなずいた。パパがだまっていたんで、一息ついて、ぼくは言った。

「あのね、平気どころか、なかなか気に入ったんだよ」

「そりゃよかった、オギー。ママの言ったとおり、学校へ行って正解《せいかい》だったようだな」パパはぼくのひたいにキスをしながら、小さな声で言った。

「うん。だけど、いやなら行くのをやめていいんだよね？」

「そういう約束だ。だけど、どうして行きたくないかの理由によるかもしれないな。パパたちに説明してくれなきゃ。思っていることや、なにが問題になっているのか、教えてくれよ。いいか？　ちゃんと話すと約束するか？」

「うん」

「それじゃ、聞こう。なにかママに怒《おこ》ってるのか？　今夜ずっとママに対してつんけんしてたけど。なあ、オギー。おまえを学校へ行かせたことなら、責任《せきにん》はパパにもあるんだぞ」

「いや、パパよりもママのせいだよ。ママの考えだもん」

そのときママがドアをノックして、部屋のなかをのぞいた。

「おやすみを言いにきただけよ」ちょっとためらっているみたい。

「ハーイ、ママ」パパがぼくの手をつかんで、ママにむかってふった。

「三つ編《あ》みを切っちゃったそうね」ママはベッドのすみのデイジーのとなりに腰《こし》かけた。

「たいしたことじゃないよ」ぼくはすぐ答えた。

「そうかもしれないけど」

「今日はママがオギーを寝《ね》かせたらどうだ?」パパは体を起こした。「パパは仕事をしなきゃならないんだ。おやすみ、息子よ、息子よ」

これもあのオギー・ドギーのアニメのセリフからなんだけど、ぼくは、ドギー・ダディなんてこたえる気になれなかった。

「オギーはりっぱなもんだぞ」パパはベッドから立ちあがった。

二人はいつも交代でぼくを寝かせる。なんか赤ちゃんみたいなんだけど、いつもそうしてるんだ。

「ヴィアのようすを見てくれる?」ママはパパに頼《たの》んで、ぼくのとなりに横たわった。

パパはドアのところで立ち止まり、ふりかえった。「ヴィアがどうかしたのか?」

「ううん、っていうか、少なくとも本人は、べつに問題はないって言ってるわ。だけど……高校の第一日目なんだから」

「ふうん、子どもってのは、いつもなにやらあるもんだな」パパはぼくを指さしてウィンクをした。

「息つくひまもないわ」ママが言った。

「ああ、息つくひまもない。おやすみ、二人とも」

パパがドアを閉《し》めるとすぐ、ママは二週間前から読んでくれている本をつかんだ。ほっとしたよ。話をしたがるかと心配だったんだ。今は話したくない。ママも同じみたいで、だまって前に読んだ続きのページを開いた。『ホビットの冒険《ぼうけん》』のまんなかあたりだ。ママが声を出して読みはじめた。

「……『やめろ！　やめろ！』トーリンはさけんだ。けれども、遅《おそ》すぎた。興奮《こうふん》したドワーフたちは最後の矢をむだにしてしまい、今となってはビヨルンから受けとった弓も役立てることができない。その夜、みんなはふさぎこみ、日を追うごとにさらに暗く、うち沈《しず》んでいった。魔《ま》の川を渡《わた》ったものの、それから先の道のりもだらだらと続き、今までと似《に》たようなものだ。森のなかに入っても、まったく変わりなかった……」

そのとき、なぜだかわからないけど、ぼくはとつぜん泣きだしてしまった。

ママは本を置き、両腕《りょううで》でぼくを抱《だ》きしめてくれた。ぼくが泣いてもママは驚《おどろ》いていないようだ。

「大丈夫《だいじょうぶ》。大丈夫よ」ママがぼくの耳にささやいた。

「ごめんなさい」ぼくはしゃくりあげながら言う。

「しーっ。あやまることなんか、なにもないの」ママは手の甲《こう》でぼくの涙《なみだ》をぬぐった。

「ママ、ぼくはどうして、こんなにみにくいの？」ぼくはささやいた。

「ううん、オギー、そんなこと……」

「わかってるんだ」

ママは、ぼくの顔中にキスをした。ぼくのたれすぎた目にキスをした。パンチを食らったようなほっぺにキスをした。カメのような口にキスをした。

ぼくをなぐさめようとやさしい言葉をかけてくれたけど、言葉でぼくの顔を変えることはできない。

十月になったら起こして

それから九月の終わりまでは大変だった。ぼくは、朝早く起きるのに慣《な》れてなかったし、宿題ってものにも慣れてなかった。月末にははじめての「テスト」を受けた。ママが家で教えてくれていたときは、テストなんてなかったのに。それから、自由時間がなくなったのもいやだった。前はいつでも遊びたいときに遊べたのが、今は、いつも学校のためにやることがある。

それに、最初は学校にいるのもつらかった。新しい授業《じゅぎょう》に行くたびに、みんなはぼくを「じろじろ見ない」ようにした。ノートにかくれてのぞいたり、ぼくが見ていないときに見たり。そしてぶつからないように、ぼくからできるだけ離《はな》れていた。この顔が伝染《でんせん》するとでも思ってるんだろうか。

廊下《ろうか》はいつも混《こ》んでいて、ぼくのことを知らなかった子とすれちがうと、みんなびっくりして息をのむ。水にもぐる前に息を吸《す》いこむときのような、はあっという音を立てる。それが、最初の数週間、一日に四、五回はあった。階段《かいだん》で、ロッカーの前で、図書室で。この学園には五百人生徒がいる。いずれは全員がぼくの顔を見ることだろう。学校がはじまって二、三日もすると、ぼくの話はすっかり広まったようだった。通りすがりにおたがいをひじでつついたり、ぼくが通ると手で口をかくしてひそひそ話をするのを、しょっちゅう見かけた。ぼくのことをなんと言っているのかは想像《そうぞう》するしかない。だけど正直言って、想像したくもないよ。

ちなみに、どの子も意地悪でそういうことをしてたわけじゃない。笑ったり、騒《さわ》いだりしてた子は一人もいない。みんな、ただふつうにびっくりしただけだって、わかってる。わかってるよって、みんなに言ってやりたいぐらいさ。大丈夫だよ、ぼくは自分の見かけが変だって知ってるよ、見たって、かみつきゃしないよってね。うん、たとえば、もし『スター・ウォーズ』のウーキーが急に学校に来たら、きっとぼくは驚《おどろ》いて、じろじろ見るだろう。もしジャックやサマーといっしょに歩いていたら、ひそひそささやきあうだろう。ウーキーがいるってね。それをもしウーキーが耳にしても、意地悪じゃないってきっとわかるはずだ。ウーキーがいるっていう事実を話してただけなんだからね。

クラスのみんなが、ぼくの顔に慣《な》れるのには一週間ほどかかった。毎日ぼくが教室で会う子たちのことだ。

同じ学年のほかのクラスの子たちが、ぼくの顔に慣れるのには、二週間かかった。ランチのときとか、体育、音楽、図書室、コンピューターの授業《じゅぎょう》でだけ会う子たちだ。

そして、そのほかの学園中の子たちが、ぼくに慣れるには、一か月ほどかかった。別の学年の子たちのことだ。大きい子たちもいる。奇抜《きばつ》なヘアスタイルの子や、鼻にピアスをしている子や、ニキビだらけの子もいる。けれど、だれもぼくみたいな顔はしていない。

ジャック・ウィル

ホームルーム、国語、歴史、コンピューター、音楽、理科の授業で、ぼくはジャックといっしょにいる。どのクラスの席順も先生が決め、必ずぼくはジャックのとなりの席になった。きっと、ぼくとジャックをいっしょにすわらせるようにと、校長先生かだれかに言われたんだろう。じゃなかったら、信じられないほどの偶然《ぐうぜん》だ。

ぼくはジャックといっしょにそれぞれの教室へ移動《いどう》した。ジャックは、ほかの子がぼくをじろじろ見ているのに気づいてるはずだけど、知らないふりをした。だけど一度、歴史の教室へ行くとちゅう、一段抜《いちだんぬ》かしでいきおいよく階段《かいだん》をおりてきた大きな八年生が、ぼくらにまともにぶつかった。そのはずみで、ぼくは床《ゆか》に倒《たお》れてしまった。八年生は手をさしのべて助けてくれながら、ぼくの顔を見て、思わずさけんだ。「わあっ！」そして、ほこりをはらうようにぼくの肩《かた》を軽くたたくと、友だちの後を追った。どういうわけか、ぼくとジャックはふきだしてしまった。

「あいつの顔、すっごくおかしかったな！」席につきながらジャックが言った。

「うん、そうだよね？　こんな感じ。『わあっ！』」

「ぜったい、もらしてたぞ！」

二人であんまり大笑いしてたんで、ロッシュ先生に注意されちゃったよ。

しばらくして、シュメール人がどのように古代の日時計を作ったかについて読んだあと、ジャックが小声で聞いてきた。「ほかの子たちをぶっとばしてやりたくなったこと、ある？」

「かもね。わかんない」

「ぼくはあるね。高性能《こうせいのう》の小さい水鉄砲《みずでっぽう》とか、こっそり手に入れておけよ。それをまぶたに取りつけておいて、じろじろ見るやつがいたら、水鉄砲でそいつの顔に水をかけてやるんだ」

「緑色のスライム入りとかどう？」

「いやいや、ナメクジのねばねばと犬のおしっこを混《ま》ぜたのだ」

「そりゃ、いい！」ぼくはすっかり賛成《さんせい》した。

「きみたち、授業中《じゅぎょう》は静かにしてなさい」また、先生に言われちゃったよ。

ぼくたちはうなずき、教科書にむかった。そのとき、ジャックがささやいた。「オーガスト、ずっとこの顔のままなの？　整形手術《しゅじゅつ》とかは受けないの？」

ぼくはにっこりして自分の顔を指さした。「あのさ、この顔は整形手術後の顔なんだよ」

ジャックはおでこをぽんとたたき、大声で笑いはじめた。「そりゃ、おまえ医者を訴《うった》えろよ！」

今度は二人で笑って笑って、笑いころげた。お腹《なか》が痛《いた》くなってもまだ止まらない。先生がやってきてぼくらの席を離《はな》しても、まだ笑っていた。

ブラウン先生の十月の格言《かくげん》

ブラウン先生の十月の格言はこれだ。

あなたの行いは、あなたの記念碑《きねんひ》だ。

数千年も前に死んだエジプト人の墓石《ぼせき》に書かれていたそうだ。歴史の授業で古代エジプトについて勉強しはじめるから、ちょうどいい言葉だろうって。

宿題は、この言葉の意味について考えたり感じたりしたことを作文にすることだ。

ぼくの作文はこれ。


この格言は、人はそれぞれの行いでほかの人に覚えられる、という意味です。そもそも、行いというものは、一番大事です。発言や外見よりも重要です。ぼくたちがしたことは、ぼくたちが死んでも残るのです。自分の行いというのは、英雄《えいゆう》の名誉《めいよ》をたたえるために死後に建てられる、記念碑のようなものです。ちょうど、エジプト人たちが古代エジプト王の栄誉《えいよ》をたたえて築《きず》いたピラミッドのように。ただ、ちがうのは、石ではなく人びとの記憶《きおく》によって作られるということです。つまり、人の行いは、その人の記念碑で、その記念碑は、石のかわりに記憶で築かれているのです。

リンゴ

ぼくの誕生日《たんじょうび》は十月十日だ。十がふたつ並《なら》ぶ日付は気に入っている。もし、朝でも夜でもいいから十時十分ぴったりに生まれてたら、もっとすごかったんだけどな。でも、実際《じっさい》はそうじゃなくて、ぼくは、夜中の十二時をまわってすぐ生まれた。それでも、この日が誕生日《たんじょうび》ってのはいい感じだ。

たいていい家でちょっとしたパーティーをするんだけど、今年はボウリング場で大きなパーティーをしたいってママに頼《たの》んだ。ママは驚《おどろ》いたけど、喜んだ。そして、学校の友だちのなかからだれを招待《しょうたい》してほしいのかたずねた。ぼくは、同じホームルームの子全員とサマーを呼《よ》びたいって答えた。

「ずいぶん大勢《おおぜい》ね、オギー」

「全員招待しなきゃ。だって、ほかの子が呼ばれたのに自分が呼ばれなくて傷《きず》ついちゃうような子がいたら、いやだからね」

「わかったわ。あの『なんでそんな……』の子も呼んでほしいの？」

「うん、ジュリアンも呼んでいいよ。ママったら、そんなこと、もう忘《わす》れるべきだよ」

「ええ、そのとおりね」

それから二週間後、だれがパーティーに来るのか、ぼくはママに聞いてみた。

「ジャック・ウィル、サマー、リード・キングスリー。二人のマックス。それから、ほかに二人ほど、できるだけ来るようにするって返事をくれたわ」

「だれ？」

「シャーロットのお母さんから連絡《れんらく》があったの。シャーロットはその日、ダンスの発表会があるんですって。でも、そのあと間に合いそうなら、できるだけ来たいって。それから、トリスタンのお母さんからも連絡があったわ。サッカーの試合が終わってから、来られそうなら来るそうよ」

「それだけ？　たったの……五人か」

「五人より多いわよ、オギー。みんな、もういろいろ予定があったのよ」

ぼくたちはキッチンにいた。ママは、さっき二人でいっしょに青空市場で買ってきたリンゴを、ぼくが食べられるように小さく小さくきざんでいる。

「どんな予定？」ぼくは聞いた。

「知らないわ、オギー。招待のメールを出したのが、けっこう遅《おそ》かったのかも」

「だけど、たとえば、どんなことを言ってきたの？　どんな理由をママに説明してた？」

「それぞれ、ちがう理由よ」ママはちょっといらついているようだ。「ほんとうなの、オギー。どんな理由かなんて、かまうことないの。だれだって、予定があるのは、あたりまえなんだから」

「ジュリアンはなんだって言ってた？」

ママがぼくを見て答えた。「あのね、ジュリアンのお母さん一人だけ、まったく返事をくれなかったの。トンビはタカを生まないってわけね」

ぼくは、ママがジョークを言っているのかと思って笑ってしまったのだけれど、ジョークじゃないんだと気がついた。

「どういう意味？」

「たいしたことじゃないわ。さあ、もう手を洗《あら》って食べなさい」

ぼくのバースデーパーティーは、期待してたのよりずっと少人数のパーティーになったけど、それでも楽しかった。学校の友だちは、ジャック、サマー、リード、トリスタン、二人のマックス。それからクリストファーも、両親といっしょに、わざわざブリッジポートから来てくれた。ベンおじさんも来た。あと、ケイトおばさんとポーおじさんも、はるばるボストンから車を走らせて来てくれた。おじいちゃんとおばあちゃんは冬のあいだじゅうフロリダから動かなかったけど。そして、大人たちもみんな、ぼくたちのとなりのレーンを使ってボウリングをした。だから、たくさんの人がぼくの誕《たん》生日《じょうび》を祝ってくれてるような感じで、すごく楽しかった。

ハロウィーン

次の日のランチのとき、サマーから、ハロウィーンになんのかっこうをするのか聞かれた。もちろん、ぼくは去年のハロウィーンのときからずっと考えてたんで、すぐ答えた。

「『スター・ウォーズ』のボバ・フェット」

「ハロウィーンの日は、学校へ仮装《かそう》してきていいって知ってる?」

「まさか。ほんとう?」

「偏見《へんけん》とか、問題のある仮装じゃなければね」

「えっと、銃《じゅう》を持ってきちゃダメとか、そういうこと?」

「そのとおりよ」

「ブラスター・ライフルは?」

「ブラスター・ライフルも銃みたいよね、オギー」

「そんなあ……」ぼくは首を横にふった。ボバ・フェットはブラスター・ライフルを持ってるんだ。

「少なくとも、本の登場人物にならないですむだけいいよ。初等部では、そうしなきゃいけないの。あたしは去年、『オズの魔法使《まほうつか》い』に出てくる、西の国の悪い魔女《まじょ》になったんだから」

「だけど、それって本じゃなくて映画《えいが》だよ」

「まったくもう! 原作は本なんだってば。あたしが世界一好きな本なんだよ。一年生のころ、パパが毎晩《まいばん》読んでくれてたの」

サマーは、夢中《むちゅう》になって話していると、まるでお日様でも見ているように目を細める癖《くせ》がある。

ランチ以外のときにサマーを見かけることは、ほとんどない。でも、はじめてランチを食べたときから、ぼくらは毎日あの夏のテーブルでランチを食べている。たったの二人だけで。

「で、サマーはなにになるの?」ぼくはたずねた。

「まだ決めてないの。なりたいものはあるんだけど、ダサいんじゃないかって気がしてね。サバンナたちのグループなんか、今年は仮装《かそう》しないんだって。もうハロウィーンなんか子どもっぽすぎるって」

「えっ? そんなばかかな」

「でしょ?」

「あの子たちがどう思おうと、サマーはかまわないって思ってたよ」

サマーは肩《かた》をすくめると、ゆっくり時間をかけてミルクを飲んだ。

「で、どういうダサいかっこうをしたいんだよ?」ぼくは、笑顔でサマーにたずねた。

「笑わないって約束してね」サマーは恥《は》ずかしそうに、ちょっと眉《まゆ》をあげて肩をすくめながら言った。

「ユニコーンよ」

ぼくは、にやっとして、自分のサンドイッチに目を落とした。

「ちょっと、笑わない約束でしょ!」サマーは笑っている。

「わかった、わかった。だけど、たしかにちょっとダサい」

「そうなのよ! でもね、もうぜんぶ考えたんだよ。頭は紙粘土《かみねんど》で作って、つのは金色に塗《ぬ》るの。たてがみも金色にして……すっごくいいと思うんだ」

　ぼくは肩をすくめた。「じゃ、やるべきだよ。ほかの人がどう思うかなんて、気にしなけりゃいいだけだろ?」

「ハロウィーンのパレードのときだけ、ユニコーンになったらいいかもね」サマーがパチンと指を鳴らしながら言った。「それで、あとは学校にいるあいだずっと、ゴスガールかなんかになってようかな。うん、決めた。そうする」

「それ、いいかもね」ぼくはうなずいた。

「ありがとう、オギー。そういうところがオギーのいいところだよね。オギーになら、なんだって話せちゃう気がするんだ」サマーがくすくす笑いながら言った。

「そう?　よかった!」ぼくは笑顔で答えた。

学校の写真撮影《さつえい》

　学校で十月二十二日に写真撮影があるのを、ぼくがすごくイヤがってるって聞いても、だれも驚《おどろ》かないと思うよ。ぜったいイヤだ。かんべんしてよ。ぼくは、もうずっと家族以外の人に写真を撮《と》らせないようにしてきた。恐怖症《きょうふしょう》みたいなものだ。いや、ちがう。恐怖症じゃない。「嫌悪《けんお》」だ。ブラウン先生の授業《じゅぎょう》で習ったばかりの言葉。ぼくは、写真を撮《と》られることを嫌悪《けんお》している。うん、これで、新しい言葉の文がひとつ作れた。

てっきりママは、ぼくに、写真撮影《さつえい》の嫌悪を無理やり忘《わす》れさせようとすると思ったのだけど、そんなことはなかった。ぼくはなんとか個人《こじん》写真の撮影は免除《めんじょ》してもらえたけど、残念なことに、学年写真には入らないといけなかった。まいったよ。写真屋さんときたら、ぼくを見るなり、まるでレモンを口につっこまれたような顔してた。きっと、ぼくが写真を台無しにすると思ったんだろうな。ぼくは最前列で椅子《いす》にすわらされたんだ。にっこりなんてできなかった。もっとも、にこっとしてても、してなくても、だれにもわからなかっただろうけど。

チーズえんがちょ

最近、気づいたことがある。みんなは、ぼくに慣《な》れてきたはずなのに、だれもぼくの体にふれたことがない。最初はそんなこと、ぜんぜん気づかなかった。だって、中等部ってのは、生徒が追いかけっこしたり、じゃれあったりして、ふれあうところじゃないからね。だけど先週の木曜日、ダンスの授業——つまりぼくが一番嫌《きら》いな授業なんだけど——アタナビ先生が、ヒメナ・チンとぼくをペアにしようとしたんだ。そのとき、ヒメナ・チンがパニックにおちいった。実際《じっさい》、パニック状態《じょうたい》の人を見たことはないんだけど、どんなものか聞いたことはある。きっと、そのときヒメナがなっていたのがパニックってやつにちがいない。すごくオロオロして、真っ青になり、たちまち冷や汗《あせ》をかきはじめ、トイレに行かなきゃならないとか、やけにわざとらしいことを言いだした。とにかく先生は、ヒメナに無理強《じ》いしなかった。ぼくをだれかとペアにするのをあきらめたからだ。

それから昨日、選択《せんたく》科目の理科の授業で、正体のわからない粉末を調べて、酸《さん》か塩基《えんき》か特定する実験をやったときのことだ。全員が、それぞれの粉末を加熱板の上で熱して観察するために、ノートを持って集まっていた。この授業には生徒が八人いるんだけど、そのうち七人が加熱板の片側《かたがわ》に固まっていて、残りの一人、つまりぼくだけが、がらがらの反対側にいた。当然ぼくは気づいたけど、ルービン先生が気づきませんようにって願ってた。先生になにも言ってほしくないからだ。だけど、先生はもちろん気がついて、すぐ口に出した。

「みんな、そっち側がずいぶんあいてるじゃないの。トリスタン、ニノ、そっちへ行きなさい」

先生に言われて、トリスタンとニノは、ぼくの側に寄《よ》ってきた。トリスタンとニノはいつも、わりにぼくにやさしいんだ。そのことだけは、ちゃんと言っておきたい。わざわざぼくといっしょに遊ぼうとするほど、ものすごく親切なわけじゃないけれど、会えばふつうにあいさつしておしゃべりする。ぼくのほうへ行くように先生に言われても、ぜんぜんいやそうな顔をしなかった。そういうとき、ぼくが見てなさそうだと、けっこうたくさんの子がいやな顔をする。とにかく、べつになんの問題もなく実験は順調に進み、しばらくしてトリスタンの粉末が溶《と》けはじめた。トリスタンが自分の粉末をのせたアルミホイルを加熱板から取ろうとしたとき、ちょうどぼくの粉末も溶けだし、ぼくも自分のを取ろうとした。そしてほんの一瞬《いっしゅん》、ぼくの手がトリスタンの手にぶつかってしまった。トリスタンはあんまりあわてて手を引っこめたんで、自分のホイルを床《ゆか》に落としたうえに、加熱板の上のみんなのホイルにも手があたって、全部落としてしまった。

「トリスタン！」

先生がどなったのに、トリスタンは床にこぼした粉末や、みんなの実験をめちゃくちゃにしたことなんて、ぜんぜん頭にないみたいだった。真っ先にやったのは、大急ぎで理科室の水道へ行って必死で両手を洗《あら》うことだった。そのときぼくは確信《かくしん》したんだ。このビーチャー学園では、ぼくにさわった子は、なにか大変なめにあうってことになってるんだ。

『グレッグのダメ日記』の「チーズえんがちょ」みたいなんだと思う。その本のなかでは、バスケットボールのコートに落ちている古いカビの生えているチーズにさわると、えんがちょってことになっている。ビーチャー学園では、このぼくが古いカビだらけのチーズなんだ。

仮装《かそう》

ぼくにとってハロウィーンは、世界一すばらしい行事だ。クリスマスさえかなわない。だって衣装《いしょう》を着て、お面をかぶって仮装できるんだ。ほかの子たちと同じようにお面をかぶって歩きまわれば、だれも、ぼくが変な顔だなんて思わない。だれにもじろじろ見られない。だれにも気づかれない。だれにもぼくだとわからない。

毎日ハロウィーンならいいのに。そしたらいつもお面をかぶっていられる。そのまま歩きまわって友だちになれる。お面の下の顔なんか見る前にね。

ぼくは小さなころ、どこへ行くにも、宇宙飛行士《うちゅうひこうし》のヘルメットをかぶっていた。公園へ行くときも、スーパーへ行くときも、ママといっしょに車でヴィアを学校へ迎《むか》えにいくときも。真夏でも、顔中汗《あせ》だらけのままかぶっていた。二年間ぐらいかぶっていたと思うんだけど、目の手術《しゅじゅつ》のあと、かぶるのをいったんやめなきゃならなかった。たぶん七歳《さい》くらいのときだと思う。そのあと、ヘルメットが見つからなくなった。ママはあちこち探《さが》してくれた。そして、たぶん、おばあちゃんちの屋根裏《やねうら》にでもあるんだろうと考えて、探す予定でいてくれたんだけど、もうそのころには、ヘルメットをかぶらないことに慣《な》れてしまっていた。

ぼくは、今までに経験《けいけん》したハロウィーン全部の写真を持っている。はじめてのハロウィーンではカボチャになった。二回目はティガー。三回目はピーター・パン（パパがフック船長になった）で、四回目はぼくがフック船長になった（パパはピーター・パンになった）。五回目は宇宙飛行士《うちゅうひこうし》になり、六回目はオビ＝ワン・ケノービ。七回目はクローン・トルーパーで、八回目はダース・ベイダー。九回目には映画《えいが》『スクリーム』シリーズのゴーストフェイスになった。頭蓋骨《ずがいこつ》のマスクにポンプがついていて、ブシュブシュにせものの血を流して血だらけにできる。スクリームは「絶叫《ぜっきょう》」っていう意味。ゴーストフェイスは絶叫《スクリーム》を呼《よ》ぶ殺人鬼《さつじんき》なんだ。

今年はボバ・フェットになる。それも、『スター・ウォーズ　エピソード2／クローンの攻撃《こうげき》』に出てくる子どものボバ・フェットじゃなくて、『スター・ウォーズ　エピソード5／帝国の逆襲《ていこくのぎゃくしゅう》』の大人になったボバ・フェットだ。ママは、あちこち店をまわって衣装《いしょう》を探《さが》してくれたんだけど、ぼくのサイズが見つけられなかったんで、かわりにジャンゴ・フェットの衣装を買ってきた。ジャンゴはボバの父親で、同じ装甲服《そうこうふく》を着ているからだ。そしてその衣装を緑色に塗《ぬ》り、さらに、着古したものに見えるような細工をした。ホンモノにしか見えない。ママは衣装作りが、すごくうまい。

ホームルームのとき、ハロウィーンになにになるか、みんなで話した。シャーロットは、「ハリー・ポッター」のハーマイオニーになる。ジャックは狼男《おおかみおとこ》。ジュリアンはジャンゴ・フェットになるらしいんだけど、イヤな偶然《ぐうぜん》だ。きっと、ぼくがボバ・フェットになるなんて聞きたくなかっただろうな。

ハロウィーン当日の朝、お姉ちゃんは、なぜだかわんわん泣きまくっていた。ふだんのお姉ちゃんは、落ちついていて冷静な性格《せいかく》なんだけど、今学期がはじまってから、こんなふうにかんしゃくを起こしたことが何度もある。パパは仕事に遅《おく》れそうだと、さかんにお姉ちゃんをせかしていた。

「ヴィア、いそいで！　とっとと出よう！」

パパはたいてい、ものすごく辛抱《しんぼう》強いんだけど、仕事に遅刻《ちこく》しそうなときは別なんだ。パパがどなると、お姉ちゃんはますますいらついて、さらに大声で泣きだした。それで、ママはパパにぼくを学校へ連れていくように頼《たの》んだ。ママがお姉ちゃんのめんどうをみるという。そして、急いでぼくに、いってらっしゃいのキスをして、お姉ちゃんの部屋へ行った。ぼくはまだハロウィーンの衣装を着ていなかった。

「オギー、すぐ行くぞ！　パパは会議があるから、遅《おく》れると困《こま》るんだ」パパが言った。

「ぼく、まだ衣装を着てないんだよ！」

「じゃ、とっとと着てくれ！　五分以内だ。外で待ってるぞ」

ぼくは大急ぎで自分の部屋へ行って、ボバ・フェットの衣装を着はじめたんだけれど、とつぜん着たくなくなった。なんでだか、よくわからない。もしかしたら、きつくしめなきゃならないベルトとかがいっぱいあって、だれかに手伝ってもらわないと着られないからかもしれない。いや、もしかしたら、まだペンキのにおいが残っていたからかもしれない。とにかく、その衣装《いしょう》を身につけるのは、かなりめんどうで時間がかかるとわかっていた。パパが待っているんだ。もしぼくのせいで遅刻《ちこく》したら、すごく怒《おこ》るだろう。それで、最後の最後になって、去年着たゴーストフェイスの衣装を大あわてで着た。これならぱっと楽に着られる。長い黒マントに大きな白いマスクだけだからね。出がけに大声で「いってきます」を言ったのだけど、ママには聞こえもしなかっただろう。

「ジャンゴ・フェットになるんじゃなかったのか」ぼくが外に出ると、パパが言った。

「ボバ・フェットだよ！」

「そうかそうか。どっちにしろ、この衣装のほうがいいぞ」

「うん、かっこいいよね」ぼくは、そう答えた。

ゴーストフェイス

その朝、学校の廊下《ろうか》を歩くのは、なんていうか、サイコーだった。なにもかも、いつもとちがうんだ。ぼくもちがう。いつもは下をむいて、できるだけ人に見られないようにしているんだけど、今日は顔をあげて、あたりをながめながら歩いた。人に見られたかった。ぼくとまったく同じ仮装《かそう》をしているやつがいた。その子は、細長い白いゴーストフェイスのマスクをにせものの血だらけにしながら、階段《かいだん》ですれちがいざまに、ぼくにハイタッチをしてきた。だれなんだか、ぼくにはぜんぜんわからない。そいつにしても、ぼくがだれだかわからない。ぼくは、ふと思ってしまった。もしその子が、マスクをかぶっているのがぼくだと知っても、同じことをしただろうか？

もしかしたら、生まれてこのかた最高の日になるんじゃないかって思いはじめていた。ホームルームの教室に入ったら、最初に目に飛びこんできたのはダース・シディアスだった。ものすごくリアルなラバーマスクをつけ、大きな黒いフードをかぶって長い黒マントを着ている。もちろん、一目でジュリアンだとわかった。ぼくがボバ・フェットになると知り、ぎりぎりで衣装を変えたに決まっている。二人のミイラと話をしていた。マイルズとヘンリーにちがいない。三人とも、だれかがやってくるのを待ちかまえているように、ドアのほうを見ている。あいつらが待っているのは、ゴーストフェイスじゃない。ボバ・フェットだ。

ぼくは、いつもすわっている席のほうへ行きかけたんだけど、三人のほうへむかっていった。話し声がよく聞こえる。

ミイラの一人が言った。「ほんと、あいつにそっくりだよな」

「特にこのあたりが……」ジュリアンの声だ。ジュリアンは、ダース・シディアスのマスクのほおのあたりに指を置いた。

「でもさ、もっとよく似《に》てるのは、干《ほ》し首だよ。見たことある？　あいつそのものだぞ」

「『ロード・オブ・ザ・リング』のオークみたいだと思うけどな」

「おっ、たしかに！」

「おれがあんな顔してたら、きっとなにがあっても、いつも覆面《ふくめん》してるよ」ジュリアンの声が笑いながら言う。

「ぼくも、何度もそう思ったよ。マジ……ぼくがあんな顔だったら、自殺しちゃうよ」二人目のミイラの深刻《しんこく》そうな声が聞こえた。

「まさか、そりゃないだろ」ダース・シディアスが言った。

「いや、マジだよ。毎日鏡を見て、平気でいられるわけないだろ。つらすぎるよ。みんなにいつもじろじろ見られるし」同じミイラが言いはった。

「じゃ、なんであいつとよくいっしょにいるんだよ？」ダース・シディアスが聞いた。

「知らないよ。新学年がはじまるとき、トゥシュマンに、友だちになってやれって頼《たの》まれたんだ。きっと、どの授業《じゅぎょう》の先生にも、ぼくたちを必ずとなりの席にするように頼んだんだと思うよ」

　そのミイラは肩《かた》をすくめた。もちろん、ぼくは、あの肩のすくめ方を知っている。声も知っている。

もう、すぐさま教室から飛びだしていきたかった。だけど、そのまま立って、ジャック・ウィルの話の続きを聞いていた。

「だってさ、あいつ、いつもぼくにくっついてくるから、しかたないんだ」

「ほっときゃいいだろ」ジュリアンが言った。

ジャックがなんと答えたのか、ぼくは知らない。だれにも気づかれないまま、教室から出てきたんだ。階段《かいだん》をおりながら、顔が燃《も》えるようにほてっていた。衣装《いしょう》の下で、汗《あせ》が出てきた。そして、ぼくは泣きだしていた。がまんしきれなかった。涙《なみだ》が止まらなくて、前がよく見えないほどだった。だけど、マスクをつけていたから、歩きながらぬぐえない。どこかに姿《すがた》を消してしまいたい。飛びこんでしまえる穴《あな》がほしかった。ぼくを丸ごと飲みこんでくれるような、真っ暗な小さい穴がほしかった。

悪口

ネズミ少年、奇形《きけい》、怪物《かいぶつ》、ホラー映画《えいが》に出てくる殺人鬼《さつじんき》のフレディ・クルーガー、E.T.《イーティー》、トカゲ顔、突然変異《とつぜんへんい》。こんなふうに呼《よ》ばれてるんだって、わかってる。子どもがどれほど残酷《ざんこく》になれるかなんて、公園で、うんと思い知らされていたから。わかってる。わかってる。わかってる。

ぼくは二階のトイレに入った。一時間目がはじまっていたから、だれもいない。個室《こしつ》の鍵《かぎ》をかけ、マスクを取って、ただただ泣き続けた。いったいどのくらい泣いていたんだろう。それから、保健室《ほけんしつ》へ行き、お腹《なか》が痛《いた》いと保健の先生に言った。ほんとうのことだ。お腹を蹴《け》とばされたような感じだったから。モリー先生は、ママに電話をして、ぼくを先生の机《つくえ》の横のソファに寝《ね》かせた。十五分後にママがやってきた。

「オギー」ママは、近寄《ちかよ》ってぼくを抱《だ》きよせた。

「ママ」ぼくはぼそっとつぶやいた。その場でいろいろ聞かれたくなかった。

「お腹が痛いの？」ママはそうたずねながら、手をぼくのひたいにあてて熱がないかたしかめようとした。

「吐《は》き気がするそうです」先生が、やさしそうな目でぼくを見て言った。

「頭痛《ずつう》もするんだ」ぼくは小さな声で言った。

「なにか変なものを食べたのかしら」ママが心配そうに言う。

「お腹からくる風邪《かぜ》がはやってますよ」モリー先生が言った。

「まあ、困《こま》ったわ」ママは眉《まゆ》をあげ、首を横にふり、ぼくが立ちあがるのを手伝ってくれた。「タクシー呼ぶ？　それとも、歩いて帰れるかしら？」

「歩けるよ」

「しっかりした子だわ！」先生は、ぼくの背中《せなか》を軽くたたき、ぼくらを送りだそうとドアへ近づいた。

「嘔吐《おうと》や発熱があったら、お医者さんに必ず連絡《れんらく》してください」

「はい、必ず。大変お世話になりました。ありがとうございます」ママは先生と握手《あくしゅ》をした。

そして先生は、ぼくのあごに手をあて、ちゃんとぼくの目を見ながら言った。「どういたしまして。お大事にね、オーガスト」

ぼくはうなずいて、つぶやく。「ありがとうございました」

ぼくとママは、家までずっと腰《こし》に手をまわしあって歩いた。ぼくは、なにがおきたかママに言わなかった。しばらくして、その夜、ハロウィーンのトリック・オア・トリートへ行けるくらい元気になったかどうかママに聞かれ、ぼくは行かないと答えた。すると、ママはものすごく心配した。毎年ぼくがどれだけトリック・オア・トリートを楽しみにしているのか、よくわかっているからだ。

ママがパパに電話をしている声が聞こえた。

「……トリック・オア・トリートへ行く元気もないのよ……ううん、熱はぜんぜんないの……そうね。明日《あした》も具合が悪かったらそうするわ……ええ、かわいそうに……あの子がハロウィーンに出かけられないなんて」

次の日の金曜日、ぼくは学校へ行かなかった。そのまま週末になったから、考える時間がいっぱいあった。もうぜったい、学校なんて行くもんか。

part2

Via《ヴィア》

はるかなる世界

蒼《あお》い地球

そして、なすすべもないわたし

——デヴィッド・ボウイ『スペース・オディティ』より

銀河《ぎんが》の旅

オーガストは太陽。わたしと父さんと母さんは太陽のまわりをまわる惑星《わくせい》。親戚《しんせき》や友だちは、太陽を公転する惑星をかこんで浮《う》かぶ小惑星や彗星《すいせい》。太陽の周囲をまわらない天体は、愛犬のデイジーだけ。小さな犬の目から見ると、オーガストの顔もほかの人の顔も大差がないにちがいない。人間の顔はみんな、平らで白っぽい月みたいに見えているんだろう。

こんな宇宙《うちゅう》のしくみには、もう慣《な》れきってる。この宇宙しか知らないせいで、いやだと思うこともない。オーガストは特別な子だから、特別に気をつけてあげなければいけないって、いつもわかっていた。たとえば、わたしのしている遊びがうるさくて、オーガストの昼寝《ひるね》のじゃまになりそうなら、別の遊びに変えなきゃいけない。だって、治療《ちりょう》を受けたあととか、オーガストはぐったり疲《つか》れて、痛《いた》みもあるから、体を休めなきゃならないんだもの。父さんと母さんにサッカーの試合を見てもらいたくても、まず来ない。オーガストをあちこち連れていくので忙《いそが》しい。言語療法士《りょうほうし》や、理学療法士、新しく診《み》てもらう専門医《せんもんい》とか、手術《しゅじゅつ》を受けるとか。

父さんと母さんは、世界一ものわかりのいい娘《むすめ》だって言う。そうなのかな。ただ、文句《もんく》を言ってもしかたがないってわかってるだけなのに。だって、手術をしたばかりのオーガストは、小さな腫《は》れた顔を包帯でぐるぐる巻《ま》きにされ、たくさんの点滴《てんてき》や管につながれて、やっと生きていた。そんな目にあっている弟を見たあと、ほしいおもちゃを買ってもらえないとか、母さんが学芸会に来てくれなかったとか、文句を言えると思う？　わたしは六歳《さい》だったけど、わかっていた。だれかに教えられたわけじゃない。ただわかっていた。

そういうわけで、文句を言わないことに慣れてるし、いちいち父さんや母さんにめんどうをかけないことも身についている。なんでも自分でできるようになった。おもちゃを組み立てるのも、予定を立てて友だちの誕生会《たんじょうかい》を忘《わす》れないようにすることも、しっかり勉強して落ちこぼれないようにすることも。宿題を手伝ってほしいなんて頼《たの》んだことは一度もない。課題は終わったのかとか、試験の準備《じゅんび》をしなさいとか言ってもらう必要はなかった。授業《じゅぎょう》でわからないことがあれば、家に帰ってから自分でわかるまで勉強した。分数を小数にする方法はインターネットを見ながら自分で勉強したし、学校の課題はほとんどどれも自分だけでやった。父さんと母さんに学校のようすを聞かれたら、必ずうまくいっていると答える。そんなにうまくいってないときでもね。わたしにも最悪の日はあるし、最悪の転び方をしてしまうときもある。最悪の頭痛《ずつう》、最悪のあざ、最悪の腹痛《ふくつう》、それに最悪の悪口を言われてしまうときさえもある。それでもオーガストが耐《た》えてきたことに比《くら》べたら、取るに足らないことばかり。とにかく、わたしはえらい子なんかじゃない。ただ、そうしなきゃってわかっていただけ。

こんなふうに、わたしと、わが家の小さな宇宙《うちゅう》はなりたっていた。だけど、今年はこの宇宙が変わるかもしれない。銀河《ぎんが》が変化して、惑星《わくせい》が軌道《きどう》からはずれだしている。

オーガストが生まれる前

正直に言うと、オーガストが生まれる前のことは覚えていない。わたしが赤ちゃんのころの写真を見ると、父さんと母さんがわたしを抱《だ》いてにこにこしている。二人とも信じられないくらい若《わか》い。流行の服で決めてる父さんと、おしゃれでかわいいブラジル系《けい》の母さん。三歳《さい》の誕生日《たんじょうび》の写真では、わたしのすぐ後ろに父さんがいて、母さんはキャンドルを三本立てたケーキを持っている。その後ろには、ベイサイドのおじいちゃんとおばあちゃん、モントークのおばあちゃん、ベンおじさん、ケイトおばさん、ポーおじさん。親戚《しんせき》一同がわたしを見つめ、わたしはケーキを見つめてる。はじめての子で、はじめての孫で、はじめての姪《めい》だったんだって、すごくよくわかる。もちろん覚えてるわけではないけど、この写真で一目瞭然《いちもくりょうぜん》。

オーガストが病院から家にやってきた日のことは思い出せない。はじめてオーガストを見たときになにを言ったのか、自分では覚えてないけど、みんなが教えてくれた。どうやらわたしは、長いあいだだまってオーガストを見つめたあと、「リリーに似《に》てない！」と言ったらしい。リリーというのは人形の名前。母さんが妊娠《にんしん》したときに、わたしがお姉ちゃんになる練習をできるようにと、モントークのおばあちゃんが買ってくれた。本物の赤ん坊《ぼう》そっくりの人形で、わたしは何か月もずっと連れ歩いて、おむつを替《か》えたり、ミルクをあげたりしていた。だっこひもまで作ってあげたらしい。みんなの話では、わたしは最初そんなことを言ったのに、おばあちゃんによるとほんの数分後、母さんによると数日後には、もうオーガストに夢中《むちゅう》で、キスしたり抱きしめたり、赤ちゃん言葉で話しかけたりしてたらしい。そして、それっきりリリーのことは、話題にもしなくなったそうだ。

オーガストを見る

ほかの人がするようにオーガストを見たことは、ぜんぜんなかった。たしかにふつうの外見ではないけど、はじめてオーガストを見た人があんなにぎょっとする理由がわからなかった。驚愕《きょうがく》、嫌悪《けんお》、恐怖《きょうふ》――その人たちの表情《ひょうじょう》からいろんな思いが伝わってくる。ずっとそれを理解《りかい》できなくて、わたしはとにかく怒《おこ》った。じろじろ見られれば怒り、そっぽをむかれても怒った。「いったいなに見てるのよ？」相手が大人でも、どなりつけた。

十一歳のころ、オーガストがあごの大手術《だいしゅじゅつ》を受けるので、わたしはモントークのおばあちゃんの家に四週間泊《と》まることになった。そんなに長いあいだ家を離《はな》れるのははじめてだった。正直言うと、怒ることから自由になれて、すごく気が楽になった。街へ買い物に行っても、おばあちゃんとわたしがじろじろ見られることはない。指さされることもない。気づかれることもない。

うちのおばあちゃんは、なんでも孫といっしょにやるタイプだった。わたしが頼《たの》めば、よそゆきの服を着ていても海に飛びこんでしまうだろう。化粧《けしょう》道具で遊ばせてくれて、おばあちゃんの顔でフェイス・ペインティングの練習をしてもかまわなかった。夕食前でも、アイスクリームを食べに連れていってくれた。家の前の歩道にチョークで馬の絵を描《か》いたこともあった。ある晩《ばん》、街からの帰り道、ずっとおばあちゃんといっしょに住みたいと言ってしまった。ほんとうにハッピーだったんだ。わたしの人生で最高のときだったと思う。

四週間後に家に帰ったとき、最初はすごく違和感《いわかん》があった。玄関《げんかん》を入ったら、オーガストが駆《か》けよって迎《むか》えてくれたのを、はっきり覚えてる。そのとき、ほんの一瞬《いっしゅん》だけ、オーガストのことを、他人が見るような目で見てしまった。ほんとにほんの一瞬。わたしが帰ってきたのがうれしくて、オーガストが抱《だ》きついてきた瞬間《しゅんかん》にね。今までそんなことなかったから、まず自分に驚《おどろ》いた。あんな気持ちになったのはほんとうにはじめてで、とっさに自分のことがいやだと思った。オーガストは大喜びで、わたしに何度もキスしてきた。あごからよだれをたらしながら。あのときわたしは、ほかの人たちと同じになっていた。じろじろ見たり目をそらしたりする人たち。

驚愕《きょうがく》、嫌悪《けんお》、恐怖《きょうふ》。

ありがたいことに、そんな気持ちはすぐに消えた。オーガストの小さなかすれた笑い声を聞いた瞬間におしまい。すべてふだんどおり。とはいえ、わたしの心のドアが開かれてしまった。ほんの小さなのぞき穴《あな》。そして、そののぞき穴のむこうには、二人のオーガストがいた。家族の目で見るオーガストと、他人の目で見るオーガスト。

こんなことを話せそうな相手は、世界中でおばあちゃんだけだったのに、わたしは話さなかった。電話では話しにくかったから、感謝祭《かんしゃさい》におばあちゃんが来たら、感じたことを聞いてもらおうかなと思ってた。ところが、わたしがモントークからもどった二か月後に、美しいおばあちゃんは死んでしまった。とつぜんのことだった。どうやらおばあちゃんは吐《は》き気がして、自分で病院に行ったそうだ。母さんとわたしはすぐ車でむかったけど、三時間かかって病院についたとき、すでにおばあちゃんは亡《な》くなっていて、心臓麻痺《しんぞうまひ》だったたって言われた。たったそれだけ。

昨日までこの世界にいた人が、今日はもういなくなってるなんて、不思議すぎた。おばあちゃんはどこへ行ったの？　またいつか天国で会えるの？　それとも、そんなのはおとぎ話？

映画《えいが》やテレビでは、病院で悪い知らせを聞かされる人をよく見るけれど、うちの家族はオーガストと何度も病院へ行って、いつもよい結果を持って帰っていた。おばあちゃんが亡くなった日のことで一番覚えてるのは、母さんが床《ゆか》にゆっくりと、文字どおりくずれおちたことだ——号泣して、だれかにパンチを食らったようにお腹《なか》を抱《かか》えて。そんな母さんを見たのはそのときがはじめてだった。あんな泣き声を聞いたこともなかった。どれだけオーガストが手術《しゅじゅつ》を受けても、母さんはいつも勇ましくふるまっていたから。

モントークですごした最後の日、おばあちゃんといっしょに砂浜《すなはま》で夕陽《ゆうひ》を見たんだ。砂浜に敷《し》こうと思って持っていった毛布《もうふ》だったけど、肌寒《はだざむ》くなってきたから二人でいっしょにくるまって、太陽がすっかり海に沈《しず》んでしまうまで話し続けた。そのとき、おばあちゃんは秘密《ひみつ》をうちあけてくれた。世界中でだれよりも、わたしが好きだって。

「でも、オーガストは？」

おばあちゃんはにこっとして、わたしの髪《かみ》をなでた。なにを言おうか、考えてるみたいに。

「オギーもすごくすごく大好きよ」とてもやさしい声だった。ポルトガル語風のアクセントや、Rを巻《ま》き舌《じた》にする話し方、よく覚えてる。「だけど、オギーには、大切に思ってくれる天使がいっぱいいいるでしょう、ヴィア。だから、ヴィアにはいつでもおばあちゃんがいるって覚えていてほしいの。わかったね、大事《メニーナ・ケリーダ》なおじょうさん？　おばあちゃんにはヴィアが一番だってこと、忘《わす》れないでちょうだい。おまえは、おばあちゃんの……」おばあちゃんは海をながめながら、まるで波をなだめるかのように、両手を広げた。「おまえはわたしのすべてなんだよ。わかるかい、ヴィア？

おまえはわたしのすべて《トゥ・エース・メウ・トゥード》」

おばあちゃんはポルトガル語でくりかえした。

よくわかった。それに、なぜ秘密なのかもわかった。おばあちゃんがひいきをするわけにはいかないもの。だれでもわかりきってることだ。だけど、おばあちゃんが死んでから、わたしはその秘密にしがみついて、毛布みたいにくるまっている。

のぞき穴《あな》から見たオーガスト

オーガストの目は、ふつう目があるはずの位置より三センチも下についている。ほおのまんなか近くだ。極端《きょくたん》な角度のたれ目は、縦《たて》にまっすぐナイフで切られた切り傷《きず》のように見える。左目は右目よりずっと下にある。眼球《がんきゅう》が入りきるだけの穴がなく、目玉が大きく外に飛びだしている。上まぶたはいつも半分閉《と》じていて、今にも眠《ねむ》ってしまいそうに見える。下まぶたのほうは、見えない糸に引っぱられてでもいるように、ものすごくたれている。裏返《うらがえ》って、赤いところまで見える。眉毛《まゆげ》もまつ毛もない。そして、鼻は、顔と不釣《ふつ》り合いに大きく、ぼってり肉がついている。耳のあるべきところはへこんでいて、顔のまんなかあたりを両側から巨大《きょだい》なペンチでつぶされたみたいに見える。ほお骨《ぼね》はない。鼻の両側から口まで続く深いしわのせいで、とろけた蝋《ろう》のように見える。そんな目鼻だちだから、顔をやけどしたのかと思う人までいる。口蓋《こうがい》を治す手術《しゅじゅつ》を何度か受けたせいで、口のまわりにいくつも傷《きず》がある。なかでも、上くちびるのまんなかから鼻に続く深い傷がひときわめだつ。上の歯は小さすぎるし飛びだしているので、下の歯とちゃんとかみあっていない。そして、極度にあごの骨《ほね》が小さいために、あごもとても小さい。まだ小さなころ——つまり、おしりの寛骨《かんこつ》からけずった骨のかけらで下あごを作る移植《いしょく》手術を受ける前は、あごがまったくなかった。舌《した》はただ口からたれさがり、下から舌をおおうものが、なにもなかった。ありがたいことに、今はずっとましだ。少なくとも口でふつうの食べ物を食べることができる。うんと小さなころは、チューブを口に入れて流動食で栄養をとっていたから、話もできなかったけど、今は話せるようになった。何年もかかってやっと、舌を口のなかに入れておく方法を身につけた。首までたれていたよだれを、たらさないようになった。どれも奇《き》跡《せき》だと考えられている。オーガストが赤ちゃんのとき、どの医者も、長く生きられるとは思わなかったのだ。

耳だってちゃんと聞こえる。このような生まれつきの欠陥《けっかん》がある子どもたちは、たいてい中耳《ちゅうじ》に問題があって音が聞こえないらしいのだけれど、オーガストは、小さなカリフラワー型の耳でじゅうぶん聞くことができる。だけど、いつかは補聴器《ほちょうき》が必要になると医者に言われている。オーガストは、それをものすごくいやがっている。補聴器なんてやたら人の目につくからだって。補聴器がめだつことぐらい、ほかのことと比《くら》べたらぜんぜんたいしたことない問題なのだけれど、もちろんオーガストに言うわけにはいかない。きっと本人はちゃんとわかっているはずだから。

それでもやっぱり、わたしにはよくわからない。オーガストはなにをわかっていて、なにをわかっていないのか。なにを知り、なにを知らないのか。

オーガストは、ほかの人が自分をどんなふうに見ているのか、わかっているのだろうか？　それとも、そんなことは気にしないというふりをするのが、ものすごく得意になったのだろうか？　もしかしたら、ぜんぜん気にしてない？　自分で鏡を見るとき、父さんや母さんの目に映《うつ》るオギーが見えるのか？　それとも、ほかのみんなの目に映るオギーが見えるのか？　あるいはもしかして、まったく別のオーガスト――ほんとうの顔にかくれた、自分がこうなりたいという夢《ゆめ》の顔――が見えるのか？

わたしはおばあちゃんを見ていて、しわにうもれた、美しい少女だった昔のおばあちゃんが見えるときがあった。老女の歩く姿《すがた》にイパネマの娘《むすめ》を見ることができた。オーガストの顔をめちゃくちゃにした、たったひとつの遺伝子《いでんし》。オーガストは、それがなかったらと想像《そうぞう》した顔を見ることができるのだろうか？

直接《ちょくせつ》オーガストに聞けたらと思う。どう感じるのか、わたしに教えてくれたらいいのにと思う。いくつもの手術《しゅじゅつ》を受ける前のほうが、オーガストはわかりやすかった。目を細めていたらうれしいんだって、すぐわかった。口がまっすぐになったら、ふざけたことを考えているときだとわかった。ほおがふるえていたら、泣きそうだった。たしかに今、オーガストの見かけはずっとましになったけど、今までわたしたちがオーガストの気持ちを知る目安にしていたものが、すっかり消えてしまった。もちろん、新しく加わった表情《ひょうじょう》もあり、父さんと母さんはひとつひとつ、どれもちゃんと読み取ることができる。だけど、わたしはなかなか追いつけない。心のどこかに、追いつこうとしたくない気持ちがあって、どうしてオーガストはほかの人みたいに自分で気持ちを伝えないのよって思ってしまう。もう気管チューブをつけてないんだから、自分で話せるのに。あごを閉《と》じる針金《はりがね》なんかついてないのに。十歳《さい》なんだよ。自分の言葉で伝えられるでしょ。だけど、わたしたちは、オーガストが赤ちゃんだったときと同じように、オーガストのまわりをぐるぐるまわっている。予定を変えて別のことをするとか、なにもかもオーガストの状況《じょうきょう》次第《しだい》だ。小さいころはそれでもよかった。だけど今、オーガストは大人になる必要がある。わたしたちがやらなくちゃいけないのは、見守り、助け、成長させてあげること。今までわたしたちは、オーガストがふつうじゃないのは事実なのに、ふつうだと思わせようとさんざん苦労してきた。でもやっぱり、オーガストはふつうじゃない。

高校

中学で一番好きだったのは、家とははっきりちがう場所だということだった。学校へ行くと、わたしはオリヴィア・プルマン――家でヴィアと呼《よ》ばれているのとは、まったく別の存在《そんざい》。小学校のときはヴィアと呼ばれていて、もちろんみんな、うちのことを知っていた。学校が終わるといつも母さんが迎《むか》えにきて、必ずベビーカーのオーガストがいっしょだった。オーガストの子守をできる人なんてめったにいなかったから、父さんと母さんは、学芸会や演奏会《えんそうかい》や発表会、バザーや古本市など、学校行事にはいつもオーガストを連れてきた。だから、わたしの友だちは全員オーガストを知っていた。友だちの親もオーガストを知っていた。先生も知っていた。用務員《ようむいん》さんも知っていた（用務員さんはいつも、「よう、元気かい、オギー？」と言って、オーガストにハイタッチをしてくれた）。オーガストは、公立第二十二小学校の常連《じょうれん》さんみたいなものだった。

だけど中学では、オーガストのことを知らない人も多かった。当然、古くからの友だちはみんな知っていたけれど、新しい友だちは知らなかった。知ったとしても、わたしについて最初に知る情報《じょうほう》じゃなかった。たぶん、わたしについて聞くことのなかで二、三番目に耳に入ることだっただろう。

「オリヴィア？　うん、いい子だよね。あの子に奇形《きけい》の弟がいるって聞いた？」

その言葉がわたしは大嫌《だいきら》いだけれど、人がオギーのことをよくそういうふうに言うのは知っている。そしてそんな会話が、いつもわたしに聞こえないところでされていることも知っている。パーティーの部屋からわたしが出ていったときとか、ピザ屋さんで友だちのグループにばったり会ったときとか。それはかまわない。わたしは、奇形《きけい》で生まれた子のお姉さんで、それはべつに問題じゃない。ただ、「わたし」イコール「奇形の子のお姉さん」と、いつも定義《ていぎ》づけられたくないだけだ。

高校に入ってなによりうれしかったのは、わたしをよく知っている人がほとんどいないってこと。もちろんミランダとエラをのぞいてだけれど、二人とも、言いふらす話じゃないとわかっている。

ミランダとエラとわたしは、小学一年生のときから友だちだ。なにがいいって、おたがい説明なしに、すぐわかりあえるのが最高だ。わたしが、ヴィアじゃなくてオリヴィアと呼《よ》んでほしいと決めたら、説明なんかしなくても、わかってくれた。

二人とも、オーガストが赤ちゃんのころから知っている。わたしたちは、小さかったころ、オギーを着せ替《か》え人形のようにして遊ぶのが好きだった。オギーに羽毛《うもう》のストールを巻《ま》いたり、大きな帽子《ぼうし》や、マイリー・サイラスが演《えん》じたテレビドラマのなかのアイドル、ハンナ・モンタナみたいな金髪《きんぱつ》のかつらをかぶせたりした。もちろんオーガストも喜んでいて、わたしたちは、オーガストが個性的《こせいてき》ですごくかわいいと思っていた。エラは、オーガストが映画《えいが》のE.T.みたいだって言っていた。あたりまえだけれど、意地悪な意味ではない（といっても、ちょっぴり意地悪だったかもしれないけれど）。映画には、ドリュー・バリモアがE.T.に金髪のかつらをかぶせて服を着せる場面がある。そして、そのころ大人気だったハンナ・モンタナのかつらをつけたオーガストは、ドリューにかつらをかぶせられたE.T.にそっくりだった。

中学のころ、ミランダとエラとわたしはずっと、三人だけの仲良しグループだった。もてもてのグループと、まあまあ好かれているグループとの中間あたり。ガリ勉でもないし、運動バカでもないし、お金持ちでも、不良でも、意地悪でも、いい子ぶりっ子でも、巨乳《きょにゅう》でも、貧乳《ひんにゅう》でもなかった。

三人とも、いろいろ似《に》ているから仲良しになったのか、それとも仲良しになったから似ちゃったのかはわからない。いっしょにフォークナー高校に入れて、とてもうれしかった。三人そろって合格《ごうかく》できるなんて、高望みもいいところだったのに。それも、うちの中学からの合格者《ごうかくしゃ》はほとんどほかにいなかったんだよ。合格通知が届《とど》いた日、電話で大騒《おおさわ》ぎしたのを覚えている。

それなのに、高校に入ってからの三人の関係は、思っていたのとぜんぜんちがった。

トム少佐《しょうさ》

わたしたち三人のなかでは、たいていいつもミランダが一番、オーガストにやさしかった。オーガストをハグしたり、とっくにエラやわたしがほかのことをはじめていても、いっしょに遊び続けたりしていた。大きくなっても、ミランダはいつもみんなの会話にオーガストが入れるように気づかっていた。最近どうって話しかけて、オーガストが好きな『アバター』とか『スター・ウォーズ』とかの映画《えいが》や、マンガの『ボーン』のことを聞いていた。オギーに宇宙飛行士《うちゅうひこうし》のヘルメットをあげたのもミランダだ。オギーは、そのころ五、六歳《さい》で、毎日それをかぶっていた。二人はいっしょにデヴィッド・ボウイの『スペース・オディティ』を歌い、ミランダはオギーを歌詞《かし》に出てくる「トム少佐《しょうさ》」と呼んでいた。二人のささやかだけど特別なお気に入り。二人とも歌詞は全部覚えていて、iPod《アイポッド》でがんがん鳴らしながら、大声で歌っていた。

毎年ミランダは、サマーキャンプからもどると、すぐ電話をかけてきてくれた。だからこの夏、電話がこなくて、わたしはちょっと驚《おどろ》いた。こっちから携帯《けいたい》メールを送ってみても返事がこなかった。それで、今年は小さい子たちのリーダーとして行っているせいで、長くキャンプにいることになったのかもしれないと考えた。もしかしたらイケメンの男の子にでも会ったのかもしれないと。

ところがフェイスブックのミランダのタイムラインを見て、二週間も前に家に帰っていたことを知った。それで、メッセージを送って、ほんのちょっとだけチャットしたのだけど、結局どうして電話をくれなかったのかは教えてくれないし、すごくようすがヘンだった。だけど、ミランダはいつもちょっと風変わりなところのある子だから、そのせいかと思った。それから、会う約束をしたんだけれど、わたしから断《ことわ》らなきゃならない事情《じじょう》ができた。その週末、家族でおじいちゃんとおばあちゃんに会いに行くことになってしまったからだ。

そんなわけで、わたしは結局ミランダにもエラにも会えないまま、初登校の日を迎《むか》えた。そして正直言って、大ショックだった。ミランダがすっかり変貌《へんぼう》してしまったのだ。髪《かみ》をばっさり切り、超《ちょう》イケてるボブにして、あざやかなピンク色に染《そ》めていた。しかも、ストライプ柄《がら》のベアトップを着ていた。まったく学校にふさわしくなく、ぜんぜんいつものミランダっぽくない。ミランダはいつだって分別のある服装《ふくそう》をしていたのに、真っピンクの髪にしてベアトップを着ているなんて！　変わったのは見かけだけじゃなかった。態度《たいど》も変わっていた。やさしくないってわけじゃない。でも、よそよそしくて、まるで、ただの顔見知りみたいな態度なんだ。そんなのありえない。

ランチのとき、それまでどおり三人でいっしょにすわったけど、三人の関係はすっかり変わっていた。夏休み中、エラとミランダが会っていたのは明らかなのに、二人ともそうは言わない。わたしは、おしゃべりしながら、怒《おこ》っているとばれないようにふるまった。でも、顔はほてり、笑顔は作り笑いだった。エラは、ミランダほど過激《かげき》じゃなかったけれど、やっぱりそれまでとはちがっていた。新しい学校でイメチェンすることを、あらかじめ二人だけで相談して、これっぽっちもわたしに教えようとは思わなかったみたいだった。今まで、自分は思春期によくある、こういうつまらないこととは無縁《えん》だと思っていた。だけど、ランチのあいだ、ずっとのどになにかがつまったような感じがしていた。

終業のベルが鳴ったとき、「じゃあね」と言うわたしの声は、ふるえていた。

放課後《ほうかご》

「今日は、うちの車に乗って帰るんだってね」

八時間目にミランダがそう言いながら、わたしのすぐ後ろの席にすわった。昨日の夜、母さんがミランダの母さんに電話して、わたしを車に乗せてきてほしいと頼《たの》んだのを、わたしはすっかり忘《わす》れていた。

「乗せてもらわなくてもよくなったんだ。母さんが迎《むか》えにこられるって」思わず、そう答えていた。

何気ないそぶりで。

「オギーを迎えにいかなきゃならないとかって聞いたけど」

「そのあと迎えにこられることになったの。今さっき携帯《けいたい》にメールもらったばかりだから」

「そう、わかった」

「ありがとう」

わたしは、真っ赤なうそをついた。でも、変わってしまったミランダといっしょに車のなかにすわっているなんて、ぜったい無理。それで、学校が終わると、ミランダの母さんに会わないようにすぐトイレにかくれた。三十分後に学校を出て、バス停まで走ってM86のバスに乗り、セントラル・パーク・ウェストまで行き、地下鉄に乗りかえて帰った。

「おかえり、ヴィア！」玄関《げんかん》を入ると、すぐ母さんが声をかけてきた。「高校の初日はどうだった？ヴィアたちはいったいどこに寄《よ》り道してるのかしらって思っていたところよ」

「ピザを食べに行ってたの」うそをつくのが、こんなにかんたんだなんて。

「ミランダといっしょじゃなかったの？」わたしの後ろにミランダがいないので、驚《おどろ》いているようだった。

「ミランダはまっすぐ家に帰ったの。わたしたち、いっぱい宿題があるから」

「初日から？」

「そう、初日なのによ！」わたしの大声に、母さんはずいぶん驚いたようだった。けど母さんが口をはさむひまもなく、わたしは続けた。「学校はなかなかよかったよ。すごく大きい学校だけど、いい子たちがそろってそう」母さんに質問《しつもん》させたくないから、先に説明した。

「オギーの学校の初日はどうだったの？」

母さんは返事をためらった。さっき、わたしの声に驚《おどろ》いてあがった眉《まゆ》が、まだそのままだ。

「まあまあよ」大きく息を吐《は》くみたいに、ゆっくり言った。

「まあまあって、どういうこと？　よかったの？　悪かったの？」

「よかったって言ってたわ」

「じゃあ、どうしてよくなかったと思うの？」

「よくなかったなんて言わなかったわよ！　まったくもう、ヴィアったら、どうしちゃったの？」

「どうもしない、なんでもないから」わたしはそう答えてからすぐにオギーの部屋へ入って、ドアをばたんと閉《し》めた。オギーはプレイステーションに夢中《むちゅう》で、顔をあげようともしない。ゲームのせいでオギーがゾンビみたいになっちゃうのは、すごくイヤ。

「ね、学校どうだった？」わたしはデイジーをわきによけながら、オギーのとなりにすわった。

「よかったよ」オギーはゲームから顔をあげずに答えた。

「オギー、わたしが話してるんだよ！」わたしは、オギーの手からプレステをつかみとった。

「ちょっと！」オギーが怒《おこ》った。

「学校はどうだったの？」

「よかったって言っただろ！」オギーは、わたしからプレステを取りもどしながら、どなった。

「みんな親切だった?」

「うん!」

「意地悪な子はいなかった?」

オギーはプレステを下に置いて顔をあげた。まるで、世界一バカなことを聞かれたとでもいうように。

「なんで意地悪されると思うんだよ?」

オギーが皮肉を言うのなんて、はじめて聞いた。そんな発想自体、オギーにはないと思ってたのに。

パダワン倒《たお》れる

その夜のいつ、オギーがパダワン風の三つ編《あ》みを切ってしまったのか、なぜそのことでわたしがすごく頭にきたのか、よくわからない。オギーが『スター・ウォーズ』に夢中なのはオタクっぽいし、小さなビーズをつけた後ろの三つ編みなんて、ひどいもんだと思ってた。だけど、オギーはずっとその三つ編みが自慢《じまん》だった。長い月日をかけてのばしたことも、わざわざソーホーの手芸店へ行って自分でビーズを選んだことも。仲良しのクリストファーとは、会うと必ずライトセーバーやいろんな『スター・ウォーズ』のおもちゃで遊んでいて、二人同時に三つ編みをのばしはじめた。なのにその夜オーガストがなんの説明もなしに、わたしにひとことも言わないで(これにはびっくり)、そのうえクリストファーに電話もしないで三つ編《あ》みを切ってしまい、わたしはわけがわからず憤慨《ふんがい》してしまった。

オギーがバスルームの鏡の前で、髪《かみ》をとかしているところを見たことがある。細心の注意をはらって、一本残らずあるべきところにきちんと整えようとして、いろいろちがう角度からどう見えるのか確認《かくにん》していた。まるでその鏡に、顔立ちを変えてくれる魔法《まほう》の見方でもあるかのように。

夕食のあと、母さんがわたしの部屋のドアをノックした。すごく疲《つか》れているふうに見える。きっと、わたしのこととオギーのことで、今日は母さんにとっても大変な一日だったんだろうな。

「なにがあったのか、話してくれる?」母さんが、やさしくそっと言った。

「あとにして」わたしは読書中だったし、疲れ果てていた。もうちょっとしたら、ミランダのことを母さんに話せるようになるかもしれないけど、そのときは無理だった。

「じゃあ、ヴィアが寝《ね》る前にもう一度来るから」母さんはそばに来て、頭のてっぺんにキスしてくれた。

「今夜はデイジーといっしょに寝てもいい?」

「もちろん。あとで連れてくるわね」

「必ずもどってきてよ」部屋から出ていく母さんにわたしは言った。

「約束するわ」

だけどその夜、母さんはもどってこなかった。かわりに父さんが来た。オギーの初日がひどいことになってしまったので、母さんがなぐさめてるんだって。今日一日どうだったかと父さんに聞かれて、わたしはいい日だったと答えた。そんなのぜんぜん信じられないって言われたから、ミランダとエラがやたらむかつくことばかりしたと答えた（でも、一人で地下鉄に乗って帰ってきたことは言わなかった）。高校ほど友情《ゆうじょう》が試されるところはないんだよなって父さんは言った。それから話題を変えて、わたしが今読んでいる『戦争と平和』をネタに、わたしをからかいはじめた。もちろんマジにからかったわけじゃない。だってよその人に「うちの十五歳《さい》はトルストイを読むんですよ」って自慢《じまん》しているのを聞いたことがあるもの。だけど、父さんは、戦争の部分でも平和な部分でも、とにかくわたしが読んでいる場面についていろいろつっこみを入れるのが好きで、変なことを聞いてくる。ナポレオン時代にも、ヒップホップダンサーはいたのか、とか。父さんは人を笑わせるのがいつも上手だ。そして、それだけでわたしたちの気が楽になるときもある。

「母さんのことで、怒《おこ》るなよ」父さんは、わたしにおやすみのキスをしようと身をかがめながら言った。「どれだけオギーが心配か、わかってるだろ?」

「うん、わかってる」

「明かりはつけとくか? それとも、消すかい? もう、かなり遅《おそ》いぞ」父さんはドアのわきの照明スイッチのところで立ち止まって聞いた。

「その前に、デイジーを連れてきてくれる？」

父さんは、すぐデイジーを抱《かか》えてもどってきて、ベッドの上のわたしのとなりにおろしてくれた。

「おやすみ、ヴィア」わたしのひたいにキスをしながら言った。デイジーのひたいにもキスしている。

「おやすみ、デイジー。ふたりとも、おやすみ」

ドアのそばの幽霊《ゆうれい》

夜中、のどがかわいて目が覚めた。廊下《ろうか》に出たら、オギーの部屋の外に母さんが立っていた。ドアノブに片手《かたて》をかけ、開いたドアにおでこをつけて、もたれかかって。なかに入るところでも、出てきたところでもない。ただ、ドアのそばに立っている。オギーの寝息《ねいき》を聞いている。廊下の明かりもついていない。母さんを照らしているのは、オーガストの部屋のナイトライトからもれる青い光だけだ。まるで幽霊みたいに見える。ううん、もしかしたら、天使みたいって言うべきかも。わたしは、母さんのじゃまをしないで部屋にもどろうとした。だけど、母さんは物音に気づいてわたしに近づいてきた。

「オギーは大丈夫《だいじょうぶ》？」わたしは聞いた。ときどきオギーは、無意識《むいしき》のうちにあおむけになってしまい、自分のつばでのどがつまりそうになることがあるんだ。

「ええ、大丈夫よ」母さんはわたしを両腕《りょううで》で抱《だ》いた。いっしょにわたしの部屋へ入り、ふとんをかけて、おやすみのキスをしてくれた。ドアの前でなにをしていたかは言わず、わたしも聞かなかった。

母さんは、今までいくつの夜を、あのドアの前に立ってすごしたのだろう。ああいうふうに、わたしの部屋のドアの前に立っていたことは、一度でもあるんだろうか。

朝食

「今日は学校へ迎《むか》えにきてくれる?」翌朝《よくあさ》、わたしはベーグルにクリームチーズを塗《ぬ》りながら聞いた。

母さんはオーガストが学校へ持っていくランチを作っているところで(全粒粉《ぜんりゅうふん》パンにスライスチーズをはさんだサンドイッチで、オギーが食べられるやわらかさだ)、オーガストのほうはテーブルでオートミールを食べていた。父さんは仕事へ出かけるしたくをしている。学校がはじまって、うちの家族は新しいスケジュールで動きだしている。父さんとわたしは毎朝いっしょに地下鉄に乗ることにした。そのために、父さんは今までより十五分早く家を出なくてはならない。わたしはバスに乗りかえる駅で降《お》りて、父さんはそのまま乗っていく。学校が終わる時間には、母さんが車で迎えにくることになっていた。

「今日も頼《たの》めないか、ミランダの母さんに電話しようと思っていたところよ」

「やめて、母さん! 母さんが迎えにきて。じゃなかったら、自分で地下鉄に乗って帰ってくる」わたしは、あわてて言った。

「母さんはあなたに一人で地下鉄に乗ってほしくないって、知ってるでしょ？」

「母さん、わたしは十五歳《さい》だよ！　同じ年の子はみんな、もう一人で地下鉄に乗ってるんだから！」

「ヴィアなら一人で乗れるよ」父さんがそう言い、ネクタイを直しながらキッチンに入ってきた。

「なんでミランダの母さんに車に同乗させてって頼《たの》んじゃだめなの？」母さんが父さんに言い返した。

「自分で地下鉄に乗れる年齢《ねんれい》だぞ」父さんは引かない。

母さんは父さんとわたしの両方を見た。

「なにかあったの？」母さんは、どちらにともなく聞いた。

「ちゃんとわたしのところにもどってきてくれてたら、わかったはずだよ。約束したのに」わたしはうらみがましく言った。

「ヴィア……」

母さんは、昨日の夜わたしとの約束を完全にすっぽかしたことを、やっと思い出した。そして手に持っていたナイフを下に置いた。オギーのブドウを半分に切っているところだったのだ（口が小さいから、この年になってもまだ、粒《つぶ》のままだとのどにつまらせてしまう危険《きけん》がある）。

「ごめんなさい。うっかりオギーの部屋で眠《ねむ》ってしまったの。目が覚めたときはもう……」

「わかってる。わかってるってば」わたしは、めんどうくさそうにうなずいた。

母さんは近づいてくると、両手をわたしのほおにあて、目が合うようにわたしの顔を上にむけた。

「ほんとうに、ほんとうに、悪かったわ」母さんがささやいた。本心からだとよくわかる。

「もういいってば！」

「ヴィア……」

「母さん、もういいんだってば」今度は、わたしもほんとうにそう思っていた。母さんが心から申し訳《わけ》なさそうで、とっととゆるしてあげたかった。

母さんはわたしにキスとハグをして、またブドウを切りはじめた。

「それで、ミランダとなにがあったの？」母さんがたずねた。

「ミランダったら、なんかすごく意地悪な態度《たいど》なの」

「ミランダは意地悪じゃないよ！」オギーが口をはさんだ。

「意地悪にもなれるの！　信じてよ」わたしは大声で言った。

「わかったわ。じゃあ、迎《むか》えにいく。大丈夫《だいじょうぶ》よ」母さんがきっぱり言った。半分に切ったブドウを、ビニール袋《ぶくろ》に入れながら。「もともとそういうふうに決めたんだものね。車でオギーを迎えにいってから、そのままヴィアを迎えにいくわ。四時十五分前くらいにつくはずよ」

「来なくていいよ！」

　わたしは母さんが言い終えもしないうちに、きつく言った。

　父さんが耐《た》えきれずに言う。「イザベル、自分で地下鉄に乗れるよ。もう大きいんだ。なにしろ『戦争と平和』を読んでるくらいなんだからな」

「『戦争と平和』が、なんで関係あるのよ？」母さんは、かなりいらついている。

「小さい子みたいにわざわざ車で迎《むか》えにいかなくてもいいって意味さ。ヴィア、もう行けるか？　荷物を持って、さあ、行こう」父さんが声を強めて言った。

「準備《じゅんび》オッケーだよ。いってきます、母さん！　じゃあね、オギー！」バックパックを背負《せお》いながらわたしは言った。

　二人に急いでキスをして玄関《げんかん》にむかう。

「メトロカードはちゃんと持ったの？」母さんがわたしを追いながら言った。

「持ってるに決まってるさ！　いいかげんそんなに心配するのはやめろ！　じゃ、行ってくるよ」父さんは、かなりイライラしながら、母さんのほおにキスをした。「じゃあな、オーガスト」オーガストの頭のてっぺんにもキスをした。「おまえはすごいぞ。今日もがんばってこい」

「うん、パパもね！　いってらっしゃい」

父さんとわたしはドアの外の階段《かいだん》を駆《か》けおりて、通りを歩きだした。

「学校が終わったら、地下鉄に乗る前に電話してよ！」母さんが窓《まど》からさけんだ。

わたしは、ふりむきもしなかったけれど、聞こえたことがわかるように手をふった。父さんは、後ろむきになって、歩きながら「『戦争と平和』だよ、イザベル！『戦争と平和』！」と、笑顔でわたしを指さしながらさけんだ。

遺伝学入門《いでんがく》

父さんの両親は、ロシア系《けい》とポーランド系のユダヤ人だ。おじいちゃんの祖父母《そふぼ》は大虐殺《だいぎゃくさつ》を逃《のが》れて、十九世紀から二十世紀への変わり目ごろにニューヨークにやってきた。おばあちゃんの両親も、ナチスから逃れて一九四〇年代にアルゼンチンに渡《わた》った。二人は、おばあちゃんがいとこを訪《たず》ねてニューヨークへ来ていたときに、ローワー・イースト・サイドのダンスパーティーで出会ったそうだ。結婚《けっこん》して、ベイサイド地区に引っ越《こ》し、そこで父さんとベンおじさんが生まれた。

母さんの家族はブラジル出身。母さんのお母さん、つまり、わたしの美人のおばあちゃんと、母さんのお父さん、つまり、わたしが生まれる前に亡《な》くなったアゴーストおじいちゃん以外、華《はな》やかな叔《お》父《じ》も叔母《おば》もいとこたちも、一族は今もみんな、アウト・レブロンに住んでいる。リオデジャネイロの南の郊外《こうがい》にある高級住宅地《じゅうたくち》だ。おばあちゃんとアゴーストおじいちゃんは六〇年代はじめにボストンに引っ越《こ》し、母さんとケイトおばさんが生まれた。ケイトおばさんはポーおじさんと結婚《けっこん》した。

母さんと父さんはブラウン大学で出会い、それからずっといっしょだ。ネートとイザベルの仲良しカップル。大学卒業後すぐにニューヨークに引っ越し、数年後にわたしが生まれ、わたしが一歳《さい》ぐらいのときにノース・リバー・ハイツのレンガ造《づく》りのタウンハウスに移《うつ》った。マンハッタンの北のはしで、ヒッピーが大勢《おおぜい》うろうろしていた場所だ。

わが家は、複数《ふくすう》の国の遺伝子《いでんし》が混《ま》じりあった一族だけれども、オーガストに起きたようなことは、それまでだれにも見られなかった。わたしは、ずいぶんたくさん親戚《しんせき》の写真を見た。かなり前に亡《な》くなった親戚がロシア風スカーフをかぶっている、ぼやけたセピア色の写真。白い麻《あさ》のスーツでぴしっと決めた遠い親戚や、制服《せいふく》を着た兵士たちや、六〇年代風のふんわりアップにしたヘアスタイルの女性《じょせい》たちのモノクロ写真。ベルボトムをはいた中高生や、長髪《ちょうはつ》のヒッピーのポラロイド写真。けれども、オーガストの顔につながる、ほんのちょっとのきざしでさえ、まったくぜんぜんどの人にもなかった。

オーガストが生まれた直後、父さんと母さんは遺伝子カウンセリングを受けた。そして、オーガストは、「未知のタイプの下顎顔面異骨症《かがくがんめんいこつしょう》で、原因《げんいん》は第五染色体《せんしょくたい》のTCOF1遺伝子の常染色体劣性《じょうせんしょくたいれっせい》の変異《へんい》、OAVスペクトラムに特徴的《とくちょうてき》な片側顔面小人症《へんそくがんめんこびとしょう》との合併《がっぺい》」があるようだと、告げられた。妊娠《にんしん》中に変異が起きた場合もあれば、両親の片方《かたほう》が持っていた優性《ゆうせい》遺伝子を受けついでしまった場合もあるそうだ。さらに、たくさんの遺伝子の相互《そうご》作用による場合もあり、もしかしたら環境要因《かんきょうよういん》との組み合わせのせいもあると考えられているらしく、これは多因子性《たいんしせい》遺伝と呼《よ》ばれている。医師団《いしだん》は、オーガストの顔の原因となった「一塩基《えんき》欠失変異」のひとつを確認《かくにん》することができた。とても奇妙《きみょう》なことに、見た目からはぜったいにわからないけれど、父さんと母さんは二人とも、この変異遺伝子を持っている。

そして、わたしも持っている。

パネットの方形

いつか、もしわたしが子どもを生んだら、その子がわたしから欠損《けっそん》のある遺伝子を受けついでしまう確率《かくりつ》は五分五分だ。といっても、もし受けついだら必ずオーガストみたいになるという意味ではない。オーガストはその遺伝子を、わたしの子がわたしから受けつぐかもしれない分の二倍持っているために、あの外見になったのだ。もしも、わたしが同じその遺伝子を持つ人と結婚してしまったら、子どもがその遺伝子を受けつぎながらも外見が正常《せいじょう》になる確率は二分の一、その遺伝子をまったく受けつがない確率は四分の一、そして、オーガストのような外見の子どもが生まれる確率は四分の一。

そして、もしオーガストが、その欠損《けっそん》のある遺伝子《いでんし》をぜんぜん持たない人と結婚《けっこん》して子どもが生まれたら、その子は一〇〇パーセントの確率《かくりつ》でその遺伝子を受けつぐけれど、オーガストみたいに、二倍のその遺伝子を持つ可能性《かのうせい》はゼロパーセントだ。つまりその遺伝子はまちがいなく受けついでしまうけれど、まったく正常《せいじょう》な外見になるはずだ。そして、もしオーガストが、その遺伝子を持っている人と結婚してしまったら、その子どもたちがどうなるかという確率は、わたしがその遺伝子を持つ人と結婚したときの子どもたちの場合と同じになる。

けれども、これはオーガストの遺伝子構成《こうせい》のうち、説明できる部分のことだけだ。このほかに、両親からの遺伝《いでん》でなく、ただ信じられないほど運が悪かったとしか言えない部分もある。

この十年間、たくさんのお医者さんたちが、小さなマス目の表を書いて遺伝子的なくじ運について父さんと母さんに説明した。遺伝学者たちは、このパネットの方形と呼《よ》ばれるマス目を使って、遺伝、劣性《れっせい》遺伝子と優性《ゆうせい》遺伝子、可能性や確率を測《はか》る。けれどもおそらく、遺伝学者もわからないことのほうが多いのだ。確率を予測《よそく》しようとすることはできるけれど、保証《ほしょう》はできない。「生殖細胞《せいしょくさいぼう》モザイク」「染色体再配置《せんしょくたいさいはいち》」「遅発性突然変異《ちはっせいとつぜんへんい》」などという言葉を使って、彼《かれ》らの科学がなぜ、数字に基《もと》づく理論《ろん》ばかりの精密《せいみつ》科学でないのか、という理由を説明している。本音を言うと、わたしはお医者さんたちの話し方が好き。科学っぽい感じが好き。わからない言葉で、わからないことを説明するのが好き。

「生殖細胞モザイク」「染色体再配置」「遅発性突然変異」といった言葉で説明されてしまう人は、かぞえきれないほどいる。そのためこの世に生まれる予定のない赤ちゃんも、かぞえきれないほどいる。わたしの赤ちゃんみたいに。

過去《かこ》にさようなら

ミランダとエラは、あっというまに離《はな》れていった。仲間になったら確実《かくじつ》にイケてる高校生活が送れる、新しく知りあった子たちのグループと行動するようになった。それから一週間、ランチの時間が苦痛《くつう》でたまらなかった。二人とも、わたしはぜんぜん興味《きょうみ》のない人の話ばかりしていたから。それで、わたしはいっしょに食べるのをきっぱりやめることにした。二人はなにも聞いてこなかった。わたしも、うそをつかなかった。ただ別の道を進むだけ。

時間が経《た》つうちに二人のことは気にならなくなってきたけど、最初の一週間くらいは食堂にランチを食べに行くのをやめていた。そのほうが、うまくいくだろうと思ったから。「あっ、ごめん、オリヴィア！　もうこのテーブルいっぱいで、あいてないの！」なんていうインチキされたくなかったもの。ただ図書室に行って本を読むほうが楽だった。

『戦争と平和』は十月に読み終えた。最高だった。むずかしい本だと思われがちだけど、ただ登場人物の多いメロドラマみたいな話だ。人びとが恋《こい》に落ち、恋のためにいさかいを起こし、恋のために死んでいく。わたしもいつかそんな恋をしてみたい。結婚《けっこん》相手には、アンドレイがナターシャを愛したように愛してもらいたい。

しばらくして、わたしはエレノアといるようになった。同じ小学校だったから知ってはいたけど、中学は別の学校だった。エレノアは、とても頭がよかった。あのころから、やさしい子だった。まあ、ちょっと泣き虫だったけど。でも、エレノアがこんなにユーモアのある子だとは、高校に入ってからはじめて知った（父さんみたいに人を爆笑《ばくしょう》させるユーモアではなく、ウィットのきいたするどいジョークを言う）。エレノアのほうも、わたしがこんなに気さくなタイプだとは知らなかったらしい。どうやら、わたしはすごくお堅《かた》い真面目《まじめ》な子だと思っていたらしい。それから、ミランダとエラのことをずっと好きじゃなかったそうだ。気取ってるタイプに思えるんだって。

わたしは、エレノアのおかげで、頭のいい子たちのグループとランチを食べるようになった。今までの仲良しグループより、ずっと人数の多いグループで、いろんなタイプの子が集まっていた。いつか学年委員長になりそうな、エレノアのカレ、名前はケビン。そしてコンピューター関係にすごくくわしい男子数人、エレノアみたいに学校アルバム製作《せいさく》委員会とディベート部に所属《しょぞく》している女の子たち、それから、もの静かなジャスティン。小さな丸メガネをかけ、ヴァイオリンを弾《ひ》くジャスティンに出会った瞬間《しゅんかん》、わたしは恋に落ちた。

人気者たちといっしょにいるようになってから、ミランダとエラは、顔を合わせれば「ハロー！元気？」とか言いながら、そのまま通りすぎる。ミランダだけは、ときどきオーガストのようすをたずねては「よろしく言っといてね」と言うのだけど、わたしはオーガストになにも伝えなかった。ミランダに意地悪をしたわけじゃなくて、このごろオーガストが、自分だけの世界に閉《と》じこもっていたからだ。同じ家にいるのに、まったく顔を合わせないこともある。

十月三十一日

おばあちゃんが亡《な》くなったのはハロウィーンの前の晩《ばん》だった。あれからもう四年もたったのに、この時期になると、いつも悲しくなる。母さんもそう。だけど、口に出すことはない。そのかわりに、オーガストの衣装《いしょう》作りに没頭《ぼっとう》する。ハロウィーンは、一年のうちでオーガストが一番好きな日だって、家族は全員知っているから。

今年もいつもどおりだった。オーガストは、『スター・ウォーズ』に出てくるボバ・フェットになりたがった。それで、母さんはちょうどいいサイズのボバ・フェットの衣装を探《さが》しまわったのだけれど、どの店へ行っても在庫《ざいこ》切れだった。母さんは、かたっぱしからオンラインショップをチェックして、やっといくつかネットオークションに出ているのを見つけた。けれど、どれもとんでもない高値《たかね》で入札されている。そこでとうとう、ジャンゴ・フェットの衣装《いしょう》を買い、自分で緑色に塗《ぬ》って、ボバ・フェットの衣装に作りかえた。おそらく、全部合わせたら、たっぷり二週間はかけたにちがいない。たかがハロウィーンの衣装作りだというのに。そして、わたしはけっして口に出さない。母さんがわたしのハロウィーンの衣装を作ってくれたことは、一度もないってことを。言ったところで、いいことがあるわけじゃない。

ハロウィーンの朝、わたしは目が覚めるなり、おばあちゃんのことを思い出し、涙《なみだ》が出てきた。そんなときに、とっとと着替《きが》えろとか父さんにせかされて、ますます気持ちが高ぶり、いきなり大泣きしてしまった。もうそのまま家にいたかった。

そんなわけで、その朝は父さんがオーガストを学校へ連れていくことになった。母さんはわたしに、学校を休んでもいいと言ってくれて、しばらくのあいだ、わたしたちは二人でいっしょに泣いていた。ひとつ確実《かくじつ》にわかっていることがある。わたしもおばあちゃんが恋《こい》しくてたまらないけれど、母さんはもっと悲しんでいるんだ。オーガストが、何度も手術《しゅじゅつ》を受けてやっと命をつないだときも、何度も救急外来で病院に運ばれたときも、おばあちゃんはいつも母さんのそばにいたんだもの。母さんと泣くのはどこか安心できた。二人のどちらにとってもだ。しばらくしたら、母さんは映画《えいが》『幽霊《ゆうれい》と未亡《みぼう》人《じん》』を観ようと言いだした。このモノクロ映画は、二人のお気に入り。わたしは喜んでうなずいた。このいい機会に、学校でのミランダとエラのこともぜんぶ話してしまえるかもしれないと思った。けれども、ＤＶＤプレーヤーの再生《さいせい》ボタンを押《お》したちょうどそのとき、電話が鳴った。オーガストの学校の保健室《ほけんしつ》の先生から、オーガストが腹痛《ふくつう》をうったえているので迎《むか》えにきてほしいという連絡《れんらく》だった。映画も、母さんとわたしだけの時間も、あきらめるしかない。

母さんはオーガストを迎えにいった。オーガストは家につくと、すぐバスルームに飛びこんで吐《は》いた。それからベッドに入り、頭までふとんをかぶってしまった。母さんはオーガストの熱を測《はか》り、あたたかいお茶を運び、すっかり「オーガストのママ」にもどっている。ちょっとのあいだだけ表に出してもらえた「ヴィアの母さん」は、どこかへしまいこまれてしまった。でも、しかたないよね。オーガストはものすごく具合悪そうだったもの。

わたしも母さんも、どうして母さんの作ったボバ・フェットの衣装でなくゴーストフェイスの衣装で学校へ行ったのか、オーガストに聞かなかった。母さんが二週間もかけて作ったボバ・フェットの衣装が、使われないまま床《ゆか》にころがっている。母さんはそれを見て気を悪くしたかもしれないけれど、まったくそんなそぶりを見せなかった。

トリック・オア・トリート

午後になっても、オーガストは具合が悪いからトリック・オア・トリートには行けないと言う。オギーが大好きな行事なのに、かわいそう。特に外が真っ暗になってから出かけるのが、ものすごく好きなんだ。わたしはもうそんなことに夢中《むちゅう》になる年ではないけれど、たいていお面かなにか適当《てきとう》にぱっとつけて、オーガストが近所をまわるのについていく。あちこちの家のドアをたたき、うれしさにはちきれそうなオーガストを見ている。一年のうちこの一晩《ひとばん》だけ、オーガストはほかの子たちとまったく同じになれる。マスクの下がふつうじゃないなんて、だれにも気づかれない。それはオーガストにとって、とんでもなくすばらしいことにちがいない。

その夜七時に、わたしはオーガストの部屋のドアをたたいて呼《よ》びかけた。

「どう?」

「うん」オーガストが答えた。

プレステで遊んでいるのでも、マンガを読んでいるのでもない。ただ、ベッドに横になって天井《てんじょう》を見ている。いつものようにデイジーがとなりにいて、オーガストの両足に頭をのせていた。ゴーストフェイスの衣装《いしょう》がくしゃくしゃなまま、ボバ・フェットの衣装のわきに脱《ぬ》ぎすててある。

「お腹《なか》はどう?」わたしはオーガストのそばにすわった。

「まだ吐《は》き気がする」

「どうしてもハロウィーン・パレードに行かないの?」

「うん」

驚《おどろ》いた。オーガストは体調のことに関してはすごくがまん強い。手術《しゅじゅつ》の数日後にスケートボードをしたり、口をきっちり閉《と》じたまま固定されてたときにストローで食べ物をすすったりした。どれだけたくさんの注射《ちゅうしゃ》を受け、薬を飲み、手術や治療《ちりょう》に耐《た》えてきたことか。まだ十一歳《さい》なのに、ふつうの人の一生分の十倍を超《こ》えているだろう。そんなオーガストが、ちょっと吐き気がするくらいで、ハロウィーンに出かけない?

「なにがあったか話してくれない?」わたし、なんだか母さんみたい。

「やだ」

「学校のこと?」

「うん」

「先生? 勉強? 友だち?」

オーガストは答えない。

「だれかになにか言われたの？」

「いつだってなにか言われてるよ」オーガストがつらそうに答えた。今にも泣きだしそうだ。

「なにがあったのか教えて」わたしは言った。

そしてやっと、オーガストは話してくれた。数人の男子がオーガストのことを、ものすごく意地悪く話しているのを、耳にしてしまったらしい。そんなことを言いそうなやつらがなにを言っても、べつにかまわない。だけどその男子たちのなかの一人は、オーガストの「親友」ジャック・ウィルだった。たしかにこの数か月間、オーガストの話にジャックの名前が何度か出てきた。母さんも父さんも、ジャックはとてもいい子のようだと言って、そんな友だちがもうできたんだって、すごく喜んでいた。

「だれだって、バカやっちゃうときがあるでしょ。きっと本気で言ったんじゃないよ」わたしはオーガストの手を握《にぎ》りながら、やさしく言った。

「じゃあ、なんで言ったんだよ？　ジャックは、ずっと友だちのふりをしていただけなんだ。たぶんトゥシュマンに、友だちのふりをしたらいい成績《せいせき》をあげるとか言われたんだよ。そうに決まってる。おい、ジャック、あの奇形児《きけいじ》と仲良くしてくれたら、今年のテストは全部免除《めんじょ》だ、とかさ」

「そんなことないって、わかってるくせに。それと、自分を奇形児なんて呼《よ》ばないでよ」

「どうでもいい。最初から学校なんて行かなきゃよかったんだ」

「気に入ったんだと思ってた」

「大っ嫌《きら》いだよ！」オーガストは、とつぜん怒《おこ》って枕《まくら》をなぐりだした。「嫌いだ！　嫌いだ！　嫌いだ！」声を限《かぎ》りにさけんでいる。

わたしはだまっていた。言葉が見つからなかった。オーガストは傷《きず》ついて、怒っていた。しばらく、そのまま怒らせておいた。デイジーが、オーガストの顔の涙《なみだ》をぺろぺろとなめだした。

「ねえオギー、ジャンゴ・フェットの衣装《いしょう》を着てみて、それで……」

「ボバ・フェットだ！　まったく、なんで、みんなまちがえるんだよ？」

「うん、ボバ・フェットの衣装。とにかく、パレードに行こうよ」わたしは、できるだけ冷静に言って、オーガストの肩《かた》に腕《うで》をまわした。

「パレードに行ったら、もう元気になったと思われて、明日《あした》ママに無理やり学校へ行かされちゃうよ」

「母さんは、無理やり行かせたりしないよ。ねえ、オギー、とにかく行こう。きっと楽しいって約束するよ。わたしのキャンディみんなあげるから」

オーガストは言い返さなかった。ベッドから出て、ゆっくりボバ・フェットの衣装を着はじめた。わたしは、ストラップを調整したりベルトをしめたりするのを手伝ってやった。そして、ヘルメットをかぶったころには、オーガストはだいぶ元気になったみたいだった。

考えるときがきた

次の日、オーガストは腹痛《ふくつう》のふりをして、学校をさぼった。なんだか母さんがちょっとかわいそうだった。だって、腹痛からくる風邪《かぜ》にかかったんじゃないかって、ほんとうに心配していたんだもの。だけど、学校であったことはいっさい母さんに話さないと、オーガストと約束していた。

日曜になっても、オーガストの決意は変わらなかった。

わたしは聞いた。「父さんと母さんにはなんて言うつもりなの？」

「やめたくなったら、いつでもやめていいって言ってたもん」オーガストは、マンガを読みながら答えた。

「でも、オギーは、ぜったいとちゅうで投げだすようなタイプじゃないじゃん。オギーらしくないよ」

わたしは、思ったままのことを言った。

「もうやめるんだ」

「それなら父さんと母さんに、なにがあったのか話さなきゃならないよ。母さんが学校に電話をすれば、みんな、真実を知るだろうね」

わたしはマンガをつかみとった。オーガストが、わたしの顔を見て話を聞くように。

「ジャックは、しかられちゃうかな？」

「そう思うよ」

「よかった」

オーガストがそんなことを言うなんて、びっくり。オーガストは、本棚《ほんだな》から別のマンガを引っぱりだしてぱらぱらとめくりはじめた。

「オギー、そんなバカな子たちのせいで、学校をやめちゃうつもり？　あんなに楽しそうに行ってたのに。やめちゃったら、そいつらの思うつぼじゃないの。そんなことしちゃダメだよ」

「あいつらは、ぼくが聞いていたのも知らないんだよ」

「うん、わかってる。だけど……」

「お姉ちゃん、これでいいんだよ。もう決めたんだ」

わたしは、オーガストの手からマンガをうばい、力をこめて言う。「でも、オギー、こんなのおかしいよ！　学校にもどらなきゃだめ。だれだって学校がいやになるときがあるの。わたしだって学校に行きたくないときはある。友だちに会いたくないときもある。そういうものなんだよ、オギー。ふつうに接《せっ》してほしいんでしょ？　これがふつうなんだってば！　いやな一日もあるけれど、みんな、それでも学校に行かなきゃいけないの！　わかる？」

「じゃあ、みんな、お姉ちゃんにぶつからないように、わざわざ避《さ》けたりしてる?」

そうオーガストに言い返されて、わたしは一瞬《いっしゅん》言葉につまった。

「だよね。あるわけないと思った。だから、ぼくの『いやな一日』とお姉ちゃんの『いやな一日』をいっしょにしないでよ」

「うん、そのとおりだね。けど、だれのいやな一日が最悪か、競争してるわけじゃないでしょ。大事なのは、どの人もみんな、いやな一日をがまんしなきゃならないってこと。だから、これから残りの人生ずっと、赤ちゃん扱《あつか》いとか、障害児《しょうがいじ》扱いとかされたくなかったら、現実《げんじつ》を受けとめて前に進まなきゃ」

オーガストはだまっている。どうやら最後の部分はガツンときたみたいだ。

「その子たちにはなにも言わなくていいの。それにさ、むこうが言ったことをオーガストは知ってるのに、むこうはなにも気づいてないって、なんかいいじゃないの」

「はあ?」

「わかってるくせに。いやなら、もう二度とその子たちと話さなきゃいい。むこうは、ぜんぜんわけがわからない。どう? じゃなかったら、友だちでいるふりをして、心の底では友だちじゃないってのもできるよ」

「お姉ちゃん、ミランダとそういう感じなの？」

「ううん、ミランダには、ほんとうの気持ちをごまかさないよ」わたしは、とっさに言いつくろった。

「じゃあ、なんで人にはそうするべきだって言うんだよ？」

「言ってないよ！　そんな最低な子たちを気にするなって言ってるの。それだけよ」

「お姉ちゃんがミランダのことを気にしてるみたいに？」

「なんでミランダを持ち出すのよ？　オギーの友だちのことを話そうとしてるんだから、わたしの友だちのことはほっといてよ」いらついて大声を出してしまった。

「もうミランダとは友だちでもないくせに」

「今話していることと関係ないでしょ」

わたしを見るオーガストの顔は、なんだか人形みたいだ。半分閉《と》じた無表情《むひょうじょう》な両目でわたしを見つめている。

そして、やっと言った。「この前ミランダから電話があったんだ」

「えっ？　なんで教えてくれなかったのよ？」わたしは、あぜんとした。

「ミランダは、お姉ちゃんにかけてきたんじゃなかったから」オーガストは、わたしの手からマンガを二冊《さつ》ともつかみとった。「ぼくへの電話だったんだ。ちょっと声を聞きたくなって、最近どうしてるか知りたかったんだって。ぼくがふつうの学校に行ってることも知らなかった。お姉ちゃんが教えてなかったなんて、信じられないよ。ミランダは、もうあんまりお姉ちゃんとは仲良しじゃないって言ってた。だけど、ぼくのことは変わらずに大好きで、ほんとうの弟みたいに感じてるって、ぼくに知っていてほしかったんだって」

ダブルショック。傷《きず》ついた。大ショックだよ。言葉も出ない。

「なんで言ってくれなかったの？」ようやくたずねた。

「わかんない」オーガストは肩《かた》をすくめ、一冊《さつ》目《め》のマンガをまた開いた。

「とにかく、学校をやめるなら、父さんと母さんにジャック・ウィルのことを言うからね。トゥシュマン先生は、きっとオギーを学校に呼《よ》びだして、みんなの前でジャックたちにあやまらせるよ。そしたら、みんなはずっとあんたのことを、障害児《しょうがいじ》の特別な学校へ行くべき子みたいに思っちゃうよ。そうしたいの？　まずそうなるよ。いやなら、学校へもどって、何事もなかったようにふるまうことね。そジャックに立ちむかいたいなら、それもいい。どっちにしても、もし……」

「もういい。もういい。もういいってば」

「なにが？」

「行けばいいんだろ！　とにかく、いいかげんその話はやめてよ。マンガを読みたいんだから」

どなり気味だったけれど、それほど大声じゃない。

「わかった！」わたしは部屋から出ようとして、少したかめらった。「ミランダは、わたしのこと、なにか言ってた？」

オーガストはマンガから顔をあげて、まっすぐわたしの目を見た。

「さみしいと伝えてって、言ってたよ」

わたしはうなずいた。

「ありがとう」さりげないふりをして言った。そのひとことが、どんなにうれしかったか、知られるのが恥《は》ずかしかったから。

part3

SUMMER《サマー》

きみは至高《しこう》の人

言葉なんかにまどわされることはない

すべての美をそなえた

あなたをまどわす言葉など存在《そんざい》しない

——クリスティーナ・アギレラ『ビューティフル』より

ヘンな子たち

何人かの子が、わざわざあたしに聞きにやってきた。なんで「奇形児《きけいじ》」としょっちゅういっしょにいるのかって。みんな、オーガストのことをろくに知らない子ばかり。もしちゃんと知っていたら、そんなふうに呼《よ》べやしない。

「いい子だからだよ！　そんな呼び方しないで」いつもそう答える。

この前も、ヒメナ・チンに言われたばかり。「サマーったら天使だよね。わたしには、ぜったい真《ま》似《ね》できない」

「たいしたことじゃないよ」正直に答えた。

「友だちになってあげてって、トゥシュマン先生に頼《たの》まれたの？」シャーロット・コーディが聞いてきた。

「ううん、友だちになりたいから、なったんだよ」と、あたしは答える。

オーガスト・プルマンとランチをとるのがそんなに大ごとだなんて、思いもしなかった。みんな、ありえないいって大騒《おおさわ》ぎしている。そこまで不思議がるほうがよっぽど不思議だよ。

あの日はじめてオーガストのいるテーブルにすわったのは、かわいそうに思ったからだ。それだけのこと。奇妙《きみょう》な見かけの子が入学してきた。だれも話しかけない。みんなじろじろ見ていた。あたしと同じテーブルにすわっている女の子たちは、全員ひそひそささやきあっていた。ビーチャー学園に新しく入ってきた子はほかにもいるのに、みんなの話題になるのは、この子一人。ジュリアンが「ゾンビっ子」とあだ名をつけたんで、みんなもそう呼んでいる。「もうゾンビっ子を見た？」とかね。こういうのって、あっというまに広まってしまう。そして、オーガスト本人も知っている。正常《せいじょう》な顔をしていても、新入生ってだけで、けっこう大変なものなんだよ。あの顔じゃ、どれだけ大変なことか。だから、近づいて、声をかけたんだ。たいしたことじゃない。それを大事件《だいじけん》みたいに騒ぐのは、やめてほしい。

オーガストはふつうの子。今まで見たことないほどおかしな外見はしてるけど、でも、ふつうの子ども。

ペスト菌《きん》

たしかに、オーガストの顔に慣《な》れるにはちょっと時間がかかる。あたしたちがいっしょにランチを食べるようになって、ちょうど二週間。正直言って、オーガストの食べ方はあんまりきれいじゃない。でも、それをのぞけば、けっこういいやつ。それにもう、かわいそうなんて感じなくなった。最初は、同情《どうじょう》してとなりにすわったかもしれないけれど、同じ理由でそのまま続けているわけじゃない。なんてったってオーガストはおもしろい。だからいっしょにいる。

九月に新学年がはじまってから、みんな大人ぶって、子どもの遊びなんて卒業だって言ってる。そんなの、気に入らない。休み時間になると、ただ「たむろしている」か「おしゃべりしている」だけでさ。話題といったら、だれがだれを好きとか、だれがカッコいいとか。オーガストは、そんなことは気にもとめない。休み時間には、フォー・スクエアっていうボール遊びをするのが好き。これは、あたしも大好きなんだ。

それで、オーガストとフォー・スクエアをしていたら、ペスト菌《きん》のことを知るはめになった。どうやら新学年がはじまってからずっと、この「遊び」が続いていたみたいだ。うっかりオーガストにさわってしまったら、三十秒以内にすぐ手を水で洗《あら》うか除菌用《じょきんよう》のハンドジェルできれいにしないと、ペスト菌がうつっちゃうっていう遊び。もしペスト菌がうつったらどうなるかは知らない。だって、まだだれもオーガストにさわってないから——直接《ちょくせつ》にはね。

なんで知ったかというと、マヤ・マルコウィッツが、休み時間にあたしたちとフォー・スクエアをしたくないのは、ペスト菌をうつされたくないせいだって言ったからなんだ。

「ペスト菌って、なんのこと?」

あたしがきょとんとしたら、マヤが教えてくれた。ものすごくバカなことだって言ったら、マヤもそう思うって。それでもマヤは、オーガストがさわったばかりのボールにさわるのをいやがった。

ハロウィーン・パーティー

サバンナのハロウィーン・パーティーに招待《しょうたい》された。すっごくわくわくしちゃう！

サバンナは、たぶん学校で一番人気のある女の子だ。男子全員に好かれていて、女子もみんな友だちになりたがっている。うちの学年で一番早くホントの「カレ」ができたのも、サバンナだった。公立中学に行ってる男の子だったけど、もうその子はふって、今はヘンリー・ジョプリンとつきあいはじめたんだって。サバンナもヘンリーも、あたしたちより三つか四つは年上に見えるから、なるほどって感じ。

とにかく、あたしは「人気者」のグループに入ってないのに、なぜか招待された。けっこうすごいことだよね。招待状《しょうたいじょう》をありがとう、パーティーに行くねって返事をしたら、サバンナはとても喜んでくれた。もっとも、大勢《おおぜい》呼《よ》んでるわけじゃないから、招待されたことはほかの子たちに言いふらさないようにって、くぎをさされた。たとえば、マヤは招待されていない。それから、ぜったい仮装《かそう》しないで来てって言われた。前もって言ってくれてよかったよ。だってハロウィーン・パーティーなんだから、もちろん仮装《かそう》して行くつもりだったもの。といってもハロウィーン・パレードのために作ったユニコーンの衣装《いしょう》じゃなくて、学校に着ていくつもりだった黒いゴスガールの衣装だけど。ところが、そんなのでもサバンナのパーティーでは禁止《きんし》なんだって。ひとつだけ問題があった。サバンナのパーティーに行っちゃうと、パレードに行けなくなるから、ユニコーンの衣装がむだになってしまう。ちょっとがっかりだけど、しかたないね。

パーティー会場のサバンナの家についたら、サバンナがドアのところで待っていて、聞いてきた。「カレはどこにいるのよ、サマー？」

あたしは、なんのことだかさっぱりわからなかった。

「あのカレなら、ハロウィーンに仮装しなくてもすむのにね」

そう言われて、やっとオーガストのことを言ってるんだと気づいた。

「カレなんかじゃないって」

「知ってるよ。じょうだんだってば！」

サバンナはあたしのほおにキスをして（このグループの女の子たちはみんな、あいさつしながらほっぺにキスしあうんだ）、あたしの上着を廊下《ろうか》のコートかけに引っかけた。それから、手を引かれて地下室の階段《かいだん》をおりた。そこがパーティー会場だ。どこにもサバンナの両親は見あたらない。

もう十五人くらい来ていて、みんな、サバンナのグループかジュリアンのグループの人気者ばかりだ。最近、サバンナのグループとジュリアンのグループで何組もカップルが成立したせいで、ひとつの人気者の大集団《だいしゅうだん》になったみたいだ。

こんなにたくさんカップルができていたなんて、知らなかったよ。もちろん、サバンナとヘンリーのことは知っていたけれど、ヒメナとマイルズ？ それにエリーとエイモス？ エリーなんて、あたしみたいに胸《むね》ぺちゃなのに。

それから五分後、ヘンリーとサバンナは、やたらあたしにつきまといだした。

「あのさ、どうしていつもゾンビっ子といっしょにいるんだよ？」ヘンリーが言った。

「ゾンビじゃないよ」ジョークだと受けとったふりをして笑った。だけど、本心では、ぜんぜん楽しい気分じゃなかった。

「ねえ、サマー、あの子とあんまりいっしょにいなけりゃ、もっと人気者になれるのよ。はっきり言っちゃうと、ジュリアンがサマーのこと好きなんだって。つきあいたがってるよ」

「ジュリアンが？」

「なかなかカッコいいと思わない？」

「えっ……うん、たぶんね。カッコいいかも」

「じゃあ、だれと仲良くするのがいいか、考えなきゃね」サバンナは、まるで姉が小さな妹に話すみたいに、あたしに話し続ける。「みんな、サマーのことが好きなのよ。すごく性格《せいかく》がよくて、とってもきれいだって言ってるよ。サマーさえその気になってくれたら、うちのグループに大歓迎《だいかんげい》。マジ、うちの学年の子は、みんな入りたがってるんだから」

「知ってるよ。ありがとう」あたしはうなずいた。

「どういたしまして。ジュリアンを呼《よ》んできてあげようか？　話したいでしょ？」

サバンナが指さしたほうに目をやると、ジュリアンがこっちを見ている。

「その前に、ちょっとトイレに行きたいんだけど」

あたしはサバンナが教えてくれたバスルームに入ると、バスタブのふちにすわってママに電話して、車で迎《むか》えにきてほしいと頼《たの》んだ。

「どうかしたの？」とママ。

「大丈夫《だいじょうぶ》。でも、ここにいたくないんだ」

ママはそれ以上なにも聞かず、十分で行くわとだけ言った。

「玄関《げんかん》のベルは鳴らさないで。ついたら外から電話して」

ママから電話があるまで、あたしはバスルームにこもっていた。それから、だれにも見られないようにこっそり上の階にもどり、自分の上着を取って外に出た。

まだ夜の九時半だった。ハロウィーン・パレードは、エイムスフォート通りにくりだして最高潮《さいこうちょう》に盛《も》りあがっている。どこもかしこもものすごい人で、みんな仮装《かそう》している。ガイコツ、海賊《かいぞく》、プリンセス、ヴァンパイア、スーパーヒーロー。

だけど、ユニコーンはどこにもいない。

十一月

翌日《よくじつ》学校で、サバンナに、おかしなハロウィーン・キャンディを食べたせいか具合が悪くなったから、パーティーを抜《ぬ》けだして家に帰ったと言いわけをした。サバンナはすんなりそれを信じた。ちょうど腹痛《ふくつう》からはじまる風邪《かぜ》がはやっていたから、うまいうそだった。

それから、別の人に片思《かたおも》い中だからあたしのことは放っておいてほしい、できたらあたしが興味《きょうみ》ないってジュリアンに伝えてほしい、とサバンナに言った。もちろんサバンナは、片思いの相手を知りたがったけれど、秘密《ひみつ》だってことにした。

この日、つまりハロウィーンの次の日、オーガストは学校を休んでいた。そしてやっと登校してきたときには、なんだかようすが変だった。ランチのときも、やけに態度《たいど》がおかしい。

ほとんどしゃべらないし、話しかけても、下をむいて食べ物を見つめているだけ。まるで、目も合わせたくないみたい。

それで、ついにあたしは言った。「オギー、どうかした？　なにか怒《おこ》ってるの？　あたしのこと」

「ううん」

「ハロウィーンの日は体調が悪くて残念だったね。廊下《ろうか》でずっとボバ・フェットを探《さが》してたんだよ」

「うん、具合が悪かったんだ」

「お腹痛《なかいた》くなる風邪《かぜ》？」

「うん、たぶんね」

オーガストは本を開いて読みはじめた。話しかけているのに、失礼じゃない。

「エジプト博物館の日の作品準備《じゅんび》が楽しみだね。でしょ？」

オーガストは、食べ物を口いっぱいにほおばったまま首をふる。あたしは目をそらしてしまった。食べ方はわざとかと思うくらい気持ち悪いし、両目はほとんど閉《と》じているみたいだしで、なんだかいやな感じが伝わってきたんだ。

「なにをやることになった？」あたしは聞いた。

オーガストは肩《かた》をすくめ、ジーンズのポケットから紙切れを引っぱりだすと、テーブルのむかいにいるあたしにはじきとばした。

うちの学年は全員、十二月に催《もよお》される「エジプト博物館の日」の展示《てんじ》のために、それぞれひとつ古代エジプト文明に関するものを作るように割《わ》りあてられた。先生が、人数分の小さな紙切れに課題を書いてガラスのボウルに入れ、朝礼のときに一人ひとつずつ、つまみだしたんだ。

あたしは、オギーの紙切れを広げてみた。

「わあっ、すごいっ！　サッカラの階段《かいだん》ピラミッドじゃない！」オギーを元気づけたかったあまり、ちょっと大げさに言いすぎたかも。

「知ってるよ！」

「あたしは、アヌビスっていう冥界《めいかい》の神だよ」

「あの、犬の頭のやつ？」

「あれって、犬じゃなくてジャッカルなんだよ。ね、今日から放課後いっしょに作りはじめない？　うちにおいでよ」

オギーはサンドイッチを置き、椅子《いす》の背《せ》にもたれた。なんとも説明しようのない目つきであたしを見つめている。

「あのさ、サマー、こんなことしなくていいんだよ」

「なんのこと?」

「無理してぼくと友だちにならなくてもいいんだ。トゥシュマン先生に頼《たの》まれたんだろ?」

「なにを言ってるんだか、さっぱりわかんない」

「友だちのふりなんかしないでいいよ。学校がはじまる前に、トゥシュマン先生が、ぼくと友だちになれって言ったんだろ?」

「オーガスト、あたしは言われてない」

「言われたに決まってる」

「言われてないってば」

「言われたさ」

「言われてないよっ‼ 命かけてもいい!」

あたしは両手を高く上にあげた。うそがばれないようにするおまじないの「指をクロス」なんかしてないよって、オギーに見せたわけ。オギーの目が、あたしの足元を見た。あたしは両足をふってムートンブーツを脱《ぬ》いで、足の指だってクロスしてないのを見せてやった。

「タイツはいてるじゃん」オギーが文句《もんく》を言う。

「出っぱってないからクロスしてないってわかるでしょ!」あたしはどなりつけた。

「わかったから、大声出すなよ」

「誤解《ごかい》されたくない。わかる？」

「わかったよ。ぼくが悪かった」

「そのとおりよ」

「マジ、先生に言われなかった？」

「オギー！」

「わかった、わかった。ほんとうにごめん」

ずっと怒《おこ》っていたいところだったけど、それから、ハロウィーンの日のひどい出来事をうちあけられて、怒る気なんかすっかり消えてしまった。ジャックがまさか、オーガストの悪口を言うなんて。聞かれているとは知らずに、ジャックはすごくひどいことを言っていた。オギーの態度《たいど》のわけも「病欠」だったわけも、それでわかった。

「ぜったいだれにも言わない約束だぞ」

「うん。オギーも、さっきみたいにひどいことは二度と言わないって約束してくれる？」

「約束するよ」

それから二人で指切りげんまんをした。

驚《おどろ》かないで

あたしはママに、前もってオーガストがどんな顔なのか説明してあった。というのも、今日はじめてオーガストがうちに来るんだけど、ママは思ったことがすぐ顔に出ちゃうタイプなんだ。念のため、わざわざ携帯《けいたい》にメールも送っておいた。そこまでしたのに、仕事を終えて帰ってきたママの顔を見て気づいた。まだまだ準備《じゅんび》が足りなかったって。ママは、家に入ってオーガストの顔をはじめて見るなり、ものすごく驚いた。

「おかえりなさい、ママ。この子がオギーよ。うちで夕食を食べていってもいいでしょ?」あたしはあわてて聞いた。

ママは一瞬《いっしゅん》、あたしがなにを言っているのかもピンとこなかったみたい。

「はじめまして、オギー。えっと、もちろんよ、サマー。オギーのお母さんがそれでいいのならね」

オギーが携帯でお母さんに聞いているあいだに、あたしはママに小声で言った。「そんな顔しないで!」ママときたら、まるでニュースを見ていて、ものすごく恐《おそ》ろしい事件《じけん》でも知ったときのような表情《ひょうじょう》をしている。そんな顔をしていたなんてぜんぜん気がつかなかったみたいで、あわててうなずくと、それからはオギーの前でやさしくふつうにふるまっていた。

しばらくして、オギーとあたしは工作にあきてリビングでおしゃべりをしはじめた。オギーは、暖《だん》炉《ろ》の上に並《なら》んでいる写真のなかから、あたしとパパの写真に目をとめた。

「この人、サマーのお父さん？」

「うん」

「気づかなかったよ。サマーは……なんて言うんだっけ？」

「ふたつの人種の親から生まれた子どもで、バイレイシャルって言うのよ」

「そう！　それそれ」

「うん」

オギーはまた写真を見た。

「お父さんとお母さん、離婚《りこん》したの？　車の送り迎《むか》えとかでお父さんを見かけたことは一度もないけど」

「ううん。陸軍の一等軍曹《ぐんそう》だったんだけど、何年か前に死んじゃったの」

「えっ、知らなかった」

「うん」あたしは、うなずきながら、軍服姿《ぐんぷくすがた》のパパの写真を手渡《てわた》した。

「わあ、勲章《くんしょう》がいっぱい」

「でしょ。パパはすごかった」

「そう、サマー。つらかっただろうね」

「うん、最悪。パパがいてくれたらって、しょっちゅう思うよ」

「そうだよね。うん」オギーはうなずいて、写真をあたしに返した。

「だれか、知ってる人が亡《な》くなったことある？」あたしはたずねた。

「おばあちゃんだけ。正直言っておばあちゃんのことは、ほとんど覚えていない」

「そう、残念だね」というと、オギーはうなずいた。

「死んだらどうなるのかな、って考えたことある？」あたしは聞いた。

オギーは肩《かた》をすくめた。「ないな。でも、たぶん天国に行くんだろ？　おばあちゃんが行ったところ」

「あたしはよく考えるよ。死んだら魂《たましい》は天国に行くんだけど、ほんのしばらくのあいだだけじゃないのかな。そこで昔の友だちとかと、なつかしい昔話なんか楽しんじゃうの。でも、やっぱり魂は、この世での人生のことを、よかったなあとか、いやだったなあとか、いろいろ考えちゃうと思うんだ。それで、また生まれなおしてくるんだよ。新しい赤ちゃんになって、この世にね」

「どうして、また生まれたくなるのかな？」

「そうしたら、やりなおせるからだよ。魂は、やりなおしのチャンスをもらえるのよ」

オギーは、ちょっと考えてからうなずいた。「追試を受けられるみたいな感じ？」

「そう」

「でも、この世にもどってくるときは、同じ姿《すがた》じゃない。つまり、生まれ変わったら、ぜんぜんちがう見かけになってるんだよね？」

「うん、そうよね。魂は同じでも、それ以外はまったくちがうのよ」

すると、オギーは何度もうなずきながら言う。「そりゃいいや。ものすごくいい。ってことは、ぼくは生まれ変わったらこんな顔じゃないんだ」

自分の顔を指さして目をパチパチさせている。あたしはふきだしちゃった。

「たぶんね」

あたしが肩をすくめると、オギーはにやにやしながら話し続けた。

「もしかしたらハンサムになってるかも！　そしたら最高だぞ。生まれ変わったら超《ちょう》イケメンで、筋《きん》肉《にく》もりもり、背《せ》だってすごく高いんだ」

あたしはまた笑った。オギーは自分のことには、とてもからっとしていて、変にこだわらない。そういうところって、すごく好きだ。

「ねえ、オギー、聞いてもいい？」

「うん」

あたしの聞きたいことが、ばっちりわかってるみたいで、ためらってしまう。前から聞きたかったのだけれど、なかなか思いきって口に出せないままだった。

「なに？　ぼくの顔はどうしてこうなったのかって聞きたいんだろ？」

「うん、まあね。聞いてもいいんならだけど」

オギーは肩《かた》をすくめた。あたしはほっとした。オギーは、特に怒《おこ》ったり悲しんだりしてないみたいで、あっさり答えた。

「いいよ。かまわない。一番の問題は、下顎顔面異骨症《かがくがんめんいこつしょう》っていうやつなんだけど――この病名、正しく言えるようになるまでけっこうかかったよ――それだけじゃなくて、ほかに正しく言えない、なんとか症候群《しょうこうぐん》ってやつのせいもある。そういうのがいろいろ混《ま》ざりあって、大問題になっちゃったわけ。ものすごくめずらしくて、病名もない。自慢《じまん》じゃないけど、ぼくは、医学的には解明《かいめい》できない奇跡《きせき》ってことになってるんだぜ」

オギーは、にこっとした。

「最後のはじょうだんなんだから、笑ってよ」

あたしは、首を横にふりながら軽く笑った。

「オギーったら、おもしろいの」
「そりゃそうさ。ぼくってイケてるんだぜ」オギーは自慢げに言った。

エジプトの墓《はか》

それから十二月にかけて、オーガストとあたしは、放課後どちらかの家でよくいっしょにすごした。オーガストの両親が、ママとあたしを夕食に招待《しょうたい》してくれたこともあった。ママをオーガストのベンおじさんに紹介《しょうかい》したらお似合《にあ》いじゃないかとか、オーガストの両親が話しているのも耳にしちゃった。いよいよエジプト博物館の日がやってきた。学年中が興奮《こうふん》して、なんだか舞《ま》いあがっていた。しかも、その前の日には雪が降《ふ》ったんだ。感謝祭《かんしゃさい》のお休みのときほど大雪じゃないけれど、やっぱり雪は雪だよね。

体育館が丸ごと大きな博物館と化して、みんなが作った古代エジプトに関するいろいろな模型《もけい》が、説明の書かれたカードといっしょにテーブルに展示《てんじ》されていた。どの作品もよくできていたけれど、ここだけの話、オーガストとあたしのが、一番よかったんじゃないかな。あたしのアヌビス像《ぞう》は本物そっくり。なんたってぴかぴかの金の絵の具を塗《ぬ》ってあるんだから。そしてオーガストは、角砂糖《かくざとう》を使って階段《かいだん》ピラミッドを作りあげた。高さも底の各辺も六十センチもある大きな模型で、表面が本物の砂《すな》に見えるスプレー塗料《とりょう》で仕上げてある。ものすごくよくできている。

生徒はみんな、エジプトに関係する衣装《いしょう》を着ていた。インディ・ジョーンズ風の考古学者のかっこうをしている子たちもいれば、古代エジプトのファラオに仮装《かそう》している子たちもいる。オーガストとあたしはミイラのかっこうをした。全身を包帯でぐるぐる巻《ま》き、あいているのは両目の小さな穴《あな》ふたつと、口の小さな穴ひとつだけだ。

親たちは到着《とうちゃく》すると、体育館前の廊下《ろうか》で列を作って待った。そして、生徒たちは自分の親を迎《むか》えにいくようにと言われ、真っ暗な体育館のなかを懐中《かいちゅう》電灯で照らしながらそれぞれの親を案内しはじめた。オーガストとあたしは、ママ二人をいっしょに案内した。それぞれの展示物《てんじぶつ》の前で立ち止まり、小声で説明したり質問《しつもん》に答えたりしながら見せていった。真っ暗だから、作品をいちいち懐中電灯で照らさなくてはならない。ときには懐中電灯を顔の下からあてて、迫力《はくりょく》満点にくわしい説明をした。暗闇《くらやみ》のなか、あちこちでささやく声が聞こえ、たくさんの光が揺《ゆ》れながら進み、会場はとても盛《も》りあがっている。

とちゅうで一度、あたしは水飲み場に行った。水を飲むのに、ちょっとミイラの包帯を取らなきゃならなかった。

「やあ、サマー。かっこいいコスチュームじゃん」

ジャックが声をかけてきた。映画《えいが》『ハムナプトラ／失われた砂漠《さばく》の都』に出てくる男の人みたいな衣装を着ている。

「ありがとう」あたしは答えた。

「もう一人のミイラは、オーガスト？」

「うん」

「あのさ……なんでオーガストがぼくに怒《おこ》ってるのか、知ってる？」

「まあね」あたしはうなずいた。

「教えてくれない？」

「だめ」

ジャックがうなずいた。がっかりしてるみたい。

「だれにも言わないって、オーガストと約束したんだもん」

「おかしいったらないよ。急に怒りだしたんだ。理由がぜんぜんわからない。ヒントだけでも教えてくれないかな？」

あたしは、体育館のずっとむこうでママ二人とおしゃべりしているオーガストに目をやった。ハロウィーンのときにオーガストが偶然《ぐうぜん》聞いてしまったことは、ぜったいだれにも言わない約束だった。

その約束をやぶるつもりはなかったけど、なんだかジャックがかわいそうに思えてきた。

「血まみれの絶叫《ぜっきょう》」

あたしは、ジャックの耳元でささやくと、そこを離《はな》れた。

part4

JACK《ジャック》

つまり、秘密《ひみつ》はこういうことさ。とてもかんたん。

心で見ないとよくわからない。

いちばん大切なことは、目には映《うつ》らない。

——アントワーヌ・ド・サン=テグジュペリ『星の王子さま』より

電話

八月のある日、留守電《るすでん》に中等部の校長トゥシュマン先生からうちの親へのメッセージが入っていた。

「中等部に入る生徒全員に、歓迎《かんげい》の電話をしてるのかしら」とママ。

「だとしたら、ずいぶんたくさんかけないといけないぞ」パパが言った。

ママが電話をかけなおした。ママがトゥシュマン先生と話している声は、ぼくにも全部聞こえていた。内容《ないよう》は次のとおり。

「もしもし、トゥシュマン先生。アマンダ・ウィルと申します。お電話いただいたのでご連絡《れんらく》させていただきました。（間《ま》があく）まあ、それはありがとうございます。そう言っていただけるとうれしいです。息子も楽しみにしているんですよ。（間があく）はい。（間があく）ええ。（間があく）ええ、もちろんです。（長い間があく）まあ、はい。（間があく）ありがとうございます。（間があく）もちろんです。ええ、まあ！（すごく長い間があく）わかりました。もちろんです。息子ならきっとやると思います。ちょっとメモを取りますね……。わかりました。息子と話してから、もう一度お電話さしあげてよろしいでしょうか？（間があく）いいえ、息子のことをそんなふうに言っていただいて、ありがとうございます」

ママが電話を切るなり、ぼくはたずねた。

「なに？　先生、なんだって？」

「あのね、あなたのことをほめられたけど、ちょっとつらいお話もなさってたの。この九月から中等部に入ってくる新入生に、今まで学校に一度も通ったことがなくて、家で勉強していた男の子がいるんですって。それで、トゥシュマン先生が初等部の先生方に、中等部に入ってくる子、つまり五年生に進級する子のなかで、とりわけ親切ないい子はだれかって聞いたそうよ。で、きっと何人かの先生が、ジャックのことを特にいい子だって言ってくださったのね。もちろん、あなたがいい子だってママにはちゃんとわかっていたけど。とにかくトゥシュマン先生は、その新しい生徒が学校になじめるよう、ジャックにちょっと手伝ってもらえないかっておっしゃるの」

「手伝うって、たとえば、その子と仲良くしてやるとか？」

「そのとおりよ。先生は『案内役』を頼《たの》みたいっておっしゃってた」

「なんでぼくが？」

「さっき言ったでしょ。先生方が校長先生に、頼《たよ》りになるいい子だって言ったのよ。そんなふうに思ってくださるなんて、ほんとうにすばらしいわ……」

「じゃあ、なんでつらい話なの？」

「なんのこと？」

「さっき、言ってただろ？　いい子だってほめられたけど、ちょっとつらい話も出たって」

ママがうなずいた。「そうそう。どうやらその子の顔は、なんだか……ええ、顔になにか問題があるらしいの……そんな感じだったわ。よくわからないけど。事故《じこ》にでもあったのかしらね。トゥシュマン先生は、来週、ジャックが学校に来たときに、もっと説明するっておっしゃってたわ」

「学校がはじまるのは九月だよ！」

「その前に、その子と会ってほしいんですって」

「どうしても、やらなきゃだめ？」

ママはちょっと驚《おどろ》いたみたいだ。

「そんなことないわよ。もちろん、どうしてもってわけじゃない。だけど、やるのが親切ってものでしょ、ジャック」

「やらなくてもいいんなら、やりたくないよ」

「せめて、もうちょっと考えてみたらどうなの？」

「考えてるから、やりたくないんだよ」

「そう。無理やりやらせるつもりはないわよ。でも、もう一度考えてみてはどうかしら？　トゥシュマン先生への返事は明日《あした》するから、少しだけでいいの。だってジャック……そんなにたいしたことじゃないでしょ。ほんのちょっとの時間を、新入生といっしょに……」

「新入生だからっていうわけじゃないんだ、ママ。あの子は奇形児《きけいじ》なんだ」

「なんてこと言うのよ、ジャック」

「でも、そうなんだよ、ママ」

「だいたい、まだだれだか知りもしないのに」

「その子、知ってるよ」

ママがこの新入生のことを話しだしたとき、すぐに、あのオーガストって子のことだとわかった。

アイスクリーム屋カーベル

エイムスフォート通りのカーベルっていうアイスクリーム屋の前で、はじめてあの子を見た。そのときのことは、よく覚えている。ぼくが五歳《さい》か六歳くらいのころだ。ベビーシッターのベロニカと店の外のベンチにすわり、ベビーカーに乗った弟ジェイミーとむかいあっていた。アイスを食べるのに夢中《むちゅう》だったせいか、となりに人がすわったのに気づきもしなかった。

そして、コーンの底からたれてきたアイスをなめようと頭をかたむけたら、目に入ってきたのがその子、オーガストだった。ぼくのすぐとなりにすわっていたんだ。情《なさ》けないことに、「わあっ！」とさけんじゃった。ほんとうにこわかった。ゾンビのマスクでも、かぶっているのかと思ったんだ。こわい映画《えいが》を見ていたら、いきなり悪役が茂《しげ》みのなかから飛びだしてきて、思わず「わあっ」とさけんじゃうみたいな感じ。だけど、悪いことをしたってわかってる。その子には聞こえなかったみたいだけど、その子の姉さんには聞こえてしまった。

「ジャック！　もう行かなきゃ！」

ベロニカが立ちあがって、ベビーカーのむきを変えた。明らかにジェイミーもその子に気づき、今にもこちらがバツの悪い思いをしそうなことを言うところだったんだ。それでぼくは、ハチが自分の体にとまったかのようにぴょんと飛びあがり、大あわてで立ちさろうとするベロニカのあとを追った。後ろから、その子のママのやさしそうな声が聞こえてきた。

「さあ、二人とも、そろそろ帰りましょう」

ぼくはふりかえって、もう一度見た。その子はアイスクリームをぺろぺろなめ、ママはその子のキックスクーターをつかみ、姉さんは、殺してやりたいというような目つきでぼくをにらみつけている。ぼくは、さっと目をそらした。

「ベロニカ、あの子、どこが悪いの？」ぼくはささやいた。

「しっ、だまって！」怒《おこ》っている声だ。

ベロニカって大好きだけど、怒るとものすごいんだ。そうしてベロニカがベビーカーを押《お》してどんどん離《はな》れようとしているあいだも、ジェイミーは身を乗りだし、もう一度その子を見ようとしていた。

「でも、ベロカ……」ジェイミーはまだちゃんとベロニカって言えなくて、ベロカって呼《よ》んでいた。離れたところまで来ると、ベロニカが言った。「二人とも、なんて悪い子なの！　とっても悪い子！あんなふうにじろじろ見るなんて！」

「わざとじゃないよ！」ぼくは言った。

「ベロカ」とジェイミー。

「こんなふうに逃《に》げることになっちゃって。まったく、なんてお気の毒な奥《おく》さん。二人とも聞いてちょうだい。自分たちがどれだけ恵《めぐ》まれているか、毎日ちゃんと神様に感謝《かんしゃ》するのよ。わかった？」

「ベロカ！」

「なに、ジェイミー？」

「今日はハロウィーンなの？」

「ちがうわよ、ジェイミー」

「じゃあ、どうしてあの子、マスクをかぶってたの？」

ベロニカは答えない。怒《おこ》ると、だまりこむことがけっこうあったんだ。

「マスクなんか、かぶってなかったんだよ」ぼくが答えた。

「だまりなさい、ジャック！」

「どうして、そんなに怒ってるの、ベロニカ？」ぼくは聞かずにはいられなかった。

聞いたらもっと怒ると思ったけれど、ベロニカは、首を横にふっただけだった。

「悪いことをしちゃったのよ。あんなふうに立ちあがって、悪魔《あくま》でも見たように。ジェイミーがなにを言っちゃうか心配だったからなんだけど。ジェイミーがなにか言って、あんなちっちゃい子を傷《きず》つけたらとんでもないもの。だけど、あわてて逃《に》げだすなんて、ほんとうにひどいことをしちゃったの。あの子のママは全部気づいていたわ」

「でも、そんなつもりじゃなかったんだ」ぼくは言った。

「ジャック、わざとじゃなくても人を傷つけてしまうことはあるのよ。わかる？」

これが、うちの近所ではじめてオーガストを見たときのことだ。ぼくの記憶《きおく》にあるかぎりだけど。

それから、何度か見かけるようになった。すべり台や砂場《すなば》のある公園で二、三回、大きな公園でも五、六回。宇宙飛行士《うちゅうひこうし》のヘルメットをかぶっているときもあったけれど、ヘルメットのなかはあの子だって、いつもわかった。近所の子たちもみんなわかっていた。いっしょにいるときじゃなくても、どの子もオーガストを見かけたことがあって、オーガストの名前も知っている。オーガストのほうは、ぼくたちの名前を知らないのに。

ぼくは、あの子を見かけるたびに、ベロニカの言ったことを思い出そうとする。それでも、むずかしい。いったんそらした目をこっそりもどさないでいるのは、すごくむずかしい。あの子を見て、ふつうにしてるのはむずかしい。

気が変わった理由

「トゥシュマン先生は、あとだれに電話したの？　なんか言ってた？」その日の夜、ぼくはママに聞いた。

「ジュリアンとシャーロットに連絡《れんらく》したと、おっしゃってたわ」

「ジュリアン！　げっ！　なんでジュリアンを？」

「前は仲良しだったじゃないの」

「ママ、それ幼稚園《ようちえん》のころの話だろ。あんなにずる賢《がしこ》いイヤなやつって、ほかにいないよ。人気者になろうとばかりしててさ」

「そう……。でもジュリアンは、その子を助けてあげるそうよ。そのことは、ほめてあげなきゃね」

そのとおりだから、ぼくは言い返せないまま、たずねた。

「じゃ、シャーロットは？　シャーロットもやるって？」

「ええ」

「そりゃ、そうだよな。シャーロットったら、いい子ぶりっ子だから」

「まあ、ジャック、このごろ学校のみんなとうまくいってないの？」

「あのね……その子の顔がどんななんだか、ママはぜんぜんわかってないんだよ」

「見当はつくわよ」

「いや、無理だね！　ママは一度も見たことないけど、ぼくは見たんだよ！」

「だいたい、ジャックが思ってる子じゃないかもしれないでしょ」

「マジ、ぜったいあの子だよ。はっきり言って、ほんとうにめちゃくちゃひどい顔なんだ。奇形児《きけいじ》だよ、ママ。目がね、こーんなに下のほうにあるんだ」ぼくは、自分の両ほおを指さした。「それから、耳がなくて、口は……」

　そのときジェイミーがキッチンに入ってきて、冷蔵庫《れいぞうこ》からジュースを取りだした。

「ジェイミーも知ってるよ。ジェイミー、そうだよな？　去年、学校のあとに公園で見かけた子、覚えてるだろ？　オーガストっていう例の顔してる子」

「あっ、あの子のこと？　あの子のせいで、ぼく、こわい夢《ゆめ》を見たんだ!!　ママ、覚えてる？　去年見たゾンビが出てきたこわい夢のこと」

「こわい映画《えいが》を見たせいだと思ってたわ」

「ちがう！　あの子を見たせいなんだ！　ぼくたち、あの子を見ちゃって『わあっ！』って、あわてて逃《に》げたんだ……」ジェイミーが言った。

「ちょっと。あなたたち、その子の前で、そんなことしたっていうの？」ママは深刻《しんこく》な顔つきになった。

「しょうがなかったんだってば！」ジェイミーが、泣きそうな声で言う。

「そんなわけないでしょ！　ママ、今の話を聞いてとてもがっかりしたわ」ママは、すごく残念そうな顔で、ぼくたちをしかった。「まったくもう、その子はただの男の子なのよ。あなたたちと同じでしょ！　ジェイミー、大声をあげて逃げだされて、その子がどう思ったか、ちゃんと考えなさい」

「大声なんかあげてないよ。こんなふうに、『わあっ！』って言って走っただけだよ」ジェイミーは両手でほおをはさみ、キッチンを走りまわる。

「ジェイミー、やめなさい！　まったく、うちの息子は二人とも、もっと思いやりがあると思っていたのに」ママが怒《おこ》った声で言った。

「思いやりってなに？」この秋やっと二年生になるジェイミーは聞いた。

「ジェイミー、ママが思いやりって言葉でなにを言いたいのか、ちゃんとわかったはずよ」

「でも、ものすごくみにくい子なんだよ」

ママは大声を出した。「ジェイミー！　なんてこと言うの！　ジュースを持って、むこうへ行ってなさい。少しのあいだ、ジャックと二人だけで話をしたいの」

ジェイミーが出ていくと、ママがすぐ話しだした。「あのね、ジャック……」長くなりそうだ。

「わかった。やるよ」ぼくが言うと、ママは拍子抜《ひょうしぬ》けしたようだった。

「やるの？」

「やるよ！」

「じゃあ、トゥシュマン先生に電話してもいいの？」

「やるってば！　やる！　やるって言っただろ！」

ママはにっこりした。「ジャックなら、きっとうまくやれるはずよ。よかった。えらいわ、ジャック」

ママは、ぼくの髪《かみ》をくしゃっとなでた。

さて、ぼくの気が変わった理由だけど、ママのお説教を長々と聞きたくなかったからじゃない。それから、そのオーガストって子をジュリアンから守りたいからでもない。もちろん、この件《けん》でジュリアンがひどいことをするだろうってのはわかってたけれど。それよりなにより、ジェイミーが「わあっ！」と言ってオーガストから逃《に》げたと話したのを聞いて、急にかわいそうに思えてきたんだ。ジュリアンみたいな意地悪なやつってのは、どこにでも必ずいる。だけど、ふだんはすごくいい子のジェイミーみたいな小さい子でもそうなるなら、オーガストが中等部でうまくやれるわけがない。

四つのこと

第一に、オーガストの顔には慣《な》れてしまう。はじめの二、三回は、ぼくだって、わっ、こんなのに慣れるのは、いくらなんでも無理って思ったよ。けど、一週間ぐらいしたら、まあ、大丈夫《だいじょうぶ》かもって感じになっていた。

第二に、ほんとの話、オーガストはなかなかイケてる性格《せいかく》なんだ。かなりおもしろい。たとえば、こんなふう。先生がなにかひとこと言うと、オーガストはそれに続けてぼくに小声でおもしろいことを言うんだ。ぼくはいつもバカ受け。でも、それだけじゃない。全部ひっくるめて、ほんとうにいいやつだ。いっしょにいてすごく気が楽なんだ。

第三に、とっても頭がいい。今まで学校に行ったことがないのなら、勉強はずいぶん遅《おく》れてるだろうと思ってた。なのに、ほとんどの教科でぼくよりずっとよくできる。まあ、シャーロットやヒメナほどじゃないけれど、かなり近い。それに、シャーロットやヒメナとちがって、どうしようもなく必要なときにはちょっとカンニングさせてくれる（ほんの二、三回しただけだよ）。一度なんか、宿題を写させてくれたこともあった。もっともそのあと、先生に怒《おこ》られちゃったけどね。

「二人とも、昨日の宿題で、まったく同じところをまちがえてたわね」

ルービン先生は、説明を待つように、ぼくたち二人の顔を見た。ぼくはなんて言っていいのかわからなかった。だって、ぼくがオーガストの宿題を写したんですなんて言えないじゃないか。

そしたらオーガストのやつ、ぼくをかばってくれたんだ。

「あの、昨日の夜いっしょに宿題をしたからです」

そんなの、ウソなのに。

「そう。いっしょに宿題をするのはいいことね。でも、一人ひとり別べつにやらないといけないのよ。つまり、となりにすわってやってもいいけれど、問題をいっしょに解《と》いてはダメ。いい？　わかった？」

教室を出てから、ぼくは言った。

「ありがとな」

「お安い御用《ごよう》さ」

なんか、かっこいいだろ。

第四に、オーガストがどんなやつかわかってきたら、ずっと友だちでいたくなった。たしかに最初

WONDER
ワンダー

ご感想をお聞かせください。

好きな格言はなんですか？
また、あなたが考えた格言があれば教えてください

お名前
またはニックネーム

おそれいります
が切手をおはり
ください。

101-0061

東京都千代田区三崎町3-8-5
千代田JEBL5F

ほるぷ出版

WONDER
ワンダー
みんなの声係　行

りがな 名前	男・女 歳
ところ	
nail・TEL	お仕事
らでご購入されましたか？(書店名、WEBサイト名など)	
本のことは、何でお知りになりましたか？ 店　2.新聞広告　3.友達　4.ほるぷ出版HP　5.Facebook　6.その他（　　）	

いたご感想は、書籍のPRなどに使わせていただくことがございます。
可をいただけない場合は、右記にチェックをお願い致します。　□許可しない
人情報は、お問い合わせへのお返事、ご案内送付以外の目的には使用いたしません。
りがとうございました。

は、トゥシュマン先生から頼《たの》まれたからそうしていた。でも今は、オーガストと話していると楽しいから、いっしょにいるんだ。オーガストは、ぼくのつまんないじょうだんにだって笑ってくれるんだ。あいつになら、なんだって話せるような気がしてる。親友だって思える。もし、壁《かべ》の前にずらりと並《なら》んだ五年生全員のなかから、いっしょにいたいやつを一人だけ選べって言われたら、ぼくはオーガストを選ぶだろう。

無視《むし》

「血まみれの絶叫《ぜっきょう》」だって？　なに言ってんだよ？　サマー・ドーソンは、いつもちょっと風変わりだけど、こりゃひどすぎる。オーガストが、ぼくのことを怒っているみたいなんだけど、理由は知ってるかって聞いただけなんだよ。そしたら「血まみれの絶叫」だって。ぜんぜんわかんない。

ヘンなんだ。ぼくとオーガストは友だちだった。なのに、ある日いきなり口をきかなくなった。

「ちょっと、オーガスト、なんかぼくに怒ってるの？」

ぼくがそう聞いたら、オーガストは肩《かた》をすくめて行ってしまった。つまり、怒ってるってことだ。だけど、ぼくは、あいつを怒らせるようなことをした覚えはない。サマーなら教えてくれるかもって思ったのに、サマーときたら、「血まみれの絶叫」って言っただけ。やれやれ、たいしたヒントだよ。

ありがと、サマー。

でも、まあ、ぼくには、学校にたくさん友だちがいる。だから、オーガストがぼくとつきあいたくないのなら、かまうもんか。むこうがぼくを無視《むし》するのなら、こっちも無視してやる。だけど、これがなかなかむずかしい。どの授業《じゅぎょう》でも、席がとなり同士なんだから。

ほかの子たちも気づいて、オーガストとケンカしたのかとぼくにたずねてくる。だれもオーガストには聞こうとしない。まあふだんから、あいつに話しかける子はほとんどいない。いっしょにいる相手といったら、ぼくをのぞけばサマーだけだ。たまにちょっとだけリード・キングスリーといっしょにいたり、休み時間に何度か二人のマックスと『ダンジョンズ&ドラゴンズ』のゲームで遊んでいたりするくらいだ。あのいい子ぶりっ子のシャーロットだって、廊下《ろうか》ですれちがったときに、うなずいてあいさつするだけなんだよ。あいつにないしょのペスト菌《きん》ごっこを、みんながまだ続けているのかどうかはわからない。だれもぼくには直接《ちょくせつ》言わないからね。とにかく、ぼく以外にいっぱい友だちがいるわけじゃない。ぼくを無視して困《こま》るのはあいつのほうで、ぼくじゃない。

最近、オーガストとぼくのやりとりときたら、どうしても必要な学校の用を話すだけだ。たとえば、こんな感じ。ぼくが、「ルービン先生、宿題はなんだって言った？」と聞くと、オーガストは教えてくれる。オーガストがぼくに、「鉛筆《えんぴつ》けずり、貸《か》してくれない？」と言えば、ぼくはペンケースから鉛筆けずりを出して渡《わた》す。けれども、授業の終わりのベルが鳴ると、すぐ別べつのほうへ離《はな》れてしまう。

こうなったおかげで、なにがよかったたって、たくさんの友だちといっしょにいられるようになったことだ。今まで、いつもオーガストといたときは、ぼくに近づいたらオーガストともつきあうはめになるから、みんなぼくといっしょにいたがらなかった。それに、ぼくだけに教えてくれないことがけっこうあった。あのペスト菌ごっこみたいにね。たぶんあの遊びをやってなかったのはぼくとサマーと、『ダンジョンズ&ドラゴンズ』のゲームに夢中《むちゅう》なやつらだろう。そして、実際《じっさい》、おおっぴらに言う子はいなくても、オーガストといっしょにいたがる子なんて、いるわけがない。みんな、人気のある子たちのグループになんとか入りたがっていて、そのグループから限《かぎ》りなく離れたところにいるのがオーガストなんだ。だけど、今ならぼくは、だれとでもいっしょにいることができる。人気者グループに入りたきゃ、入れるはずだ。

さて、こうなったせいで、まずいこともある。第一に、人気者グループといっしょにいたって、あんまり楽しくない。第二に、ほんとうにぼくは、オーガストといるのが好きだった。

だから今、現実《げんじつ》と気持ちが合わなくてめちゃくちゃなんだ。全部オーガストのせい。

雪

感謝祭《かんしゃさい》の連休がはじまる前の日、この冬はじめての雪が降《ふ》った。おかげで学校は休校になって、一日早く連休がはじまった。うれしかったよ。オーガストのことで、けっこうへこんでたからね。あいつに会わないで、頭を冷やす時間がほしかった。それに、目が覚めたら雪が積もっているなんて、いいよね。朝日を開けたとき、なにもかもふだんとちがうような気がする感じが大好きなんだ。そして、はっと気づく。あたりが静まりかえっていることに。車のクラクションも聞こえず、通りを走るバスもない。窓《まど》ぎわに駆《か》けよると、外はどこもかしこも真っ白。歩道も、木々も、通りに停《と》まっている車も、家の窓枠《まどわく》も。ほんとうは学校がある日なのに、休校とわかったときってのは、どんなに学年があがっても、サイコーにうれしい。大人になっても、雪の日には、傘《かさ》なんか使うもんか。ぜったいに。

パパが教師《きょうし》をしている学校も休みになったんで、ぼくとジェイミーを公園のガイコツ山へソリ遊びに連れていってくれた。数年前、ここで小さい子がソリに乗っていて首の骨《ほね》を折ったと聞いたけど、ほんとうなのか、ただのデマなのかはわからない。帰り道、こわれたおんぼろの木製《もくせい》ソリが、オールド・インディアン・ロックっていう名の大きな岩に立てかけてあるのが目に入った。パパには、ただの粗大《そだい》ゴミだから放っておけって言われたんだけど、なんだかきっと最高のソリになりそうな気がした。そのソリを引っぱって帰ってもいいとパパが言ってくれたんで、ぼくはその日、夢中《むちゅう》でソリの修《しゅう》理《り》をした。割《わ》れている板を強力接着剤《せっちゃくざい》でくっつけ、超《ちょう》強力な白いダクトテープを巻《ま》きつけて、さらにがんじょうにした。それから、ペイントスプレーを使って、全体を真っ白に塗《ぬ》った。エジプト博物館の日のためにアラバスター・スフィンクスの模型《もけい》を作ったときのペイントスプレーが残っていたんだ。すっかり乾《かわ》いてから、まんなかの板の部分に金色のペンキで「ライトニング」と書いた。稲妻《いなずま》っていう意味だ。そして、そのすぐ上に小さな稲妻のマークを入れた。正直言って、プロがやったみたいにいい出来だった。パパときたら「おい、ジャック！　おまえが言ったとおりだったな！」だって。

次の日、ぼくたちはライトニングを試しに、またガイコツ山に行った。こんな速い乗り物に乗ったことないってくらい、すごいスピードが出た。今まで乗っていたプラスチックのソリなんか、比《くら》べ物にならない。気温がだんだんあがってきて、水分の多いザクザクした雪になった。うまい具合に固まる雪だ。ジェイミーとぼくは、その日の午後ずっと交代でライトニングに乗り、指がかじかんでくちびるが紫《むらさき》になるまで、公園にいた。結局パパは、ぼくらを文字通り引きずるようにして帰らなくてはならなかった。

連休最後の日の日曜には、積もった雪は灰色《はいいろ》や黄色に変わりだし、大雨が降ってべちゃべちゃになってしまった。そして学校へもどる月曜日になると、もう雪は残っていなかった。

休み明けは、雨が降《ふ》ってすっきりしない一日になった。あちこちぬかるみだらけで、ぐちゃぐちゃの日。ぼくの心のなかもぐちゃぐちゃ。

ロッカーの前でオーガストを見かけたとき、ぼくはうなずいてあいさつした。オーガストも同じように、うなずき返した。

ぼくは、ライトニングのことを話したかったけれど、だまっていた。

幸運は勇者に味方する

ブラウン先生の十二月の格言《かくげん》は「幸運は勇者に味方する」。ぼくたちはそれぞれ、今までにした、なにかとても勇敢《ゆうかん》なことと、そのおかげでどんないいことがあったかについて文章を書くことになっていた。

正直言うと、ぼくは、考えすぎるほど考えてしまった。今までで一番勇敢なことといったら、まちがいなく、オーガストと友だちになったことだ。だけど、それを書くわけにはいかない。先生にみんなの前で読めと言われるかもしれないし、ときどき掲示板《けいじばん》に貼《は》りだされることもあるからだ。それで、かわりに、小さいころ海がこわかったなんていう、しょうもない話を書いた。ばかみたいだけれど、ほかに思いつかなかったんだ。

オーガストは、どんなことを書いたのかな。たぶん、山ほどある勇敢な経験《けいけん》のなかから選んだんだろう。

私立校《しりつこう》

ぼくの家は、金持ちじゃない。私立《しりつ》の学校へ通っているというと、金持ちだと思われがちなんだけど、うちはそうじゃないって言っておきたい。パパは教師《きょうし》でママは社会福祉士《しゃかいふくしし》。あんまり高収入《こうしゅうにゅう》の仕事じゃない。以前はうちに車があったけど、ジェイミーがビーチャー学園の幼稚部《ようちぶ》に入ったときに売ってしまった。ぼくたちが住んでいるのは、大きなタウンハウスでも、ガードマンがいる公園沿《ぞ》いの大きなマンションでもない。エレベーターもない五階建てのアパートの最上階を、ドーニャ・ペトラさんという老婦人《ろうふじん》から借りている。ペトラさんが住んでいるのは、ずっと離《はな》れたブロードウェイ通りのむこう側。こっち側は、ノース・リバー・ハイツのなかでも、あまり安心して外に車を停《と》めておく気にならない地域《ちいき》だ。ぼくとジェイミーは、ひとつの部屋をいっしょに使っている。パパとママがこんな話をしているのも、聞いたことがある。「あと一年、エアコンなしですごせる?」「今年の夏は、仕事をふたつ、かけもちするよ」

今日の休み時間、ぼくはジュリアン、ヘンリー、マイルズといっしょにいた。ジュリアンは金持ちの子だってみんな知っているんだけど、今日はこんなことを言った。

「クリスマスにまたパリへ行かなきゃならないなんて、いやでさ。すっごくつまらないんだ」

「おいおい、パリに行けるのに？」ぼくはバカみたいに言った。

「マジ、ものすごくつまらないぞ。おばあちゃんは、なんにもないへんぴな場所に住んでるんだ。パリから一時間くらいかかる超《ちょう》ちっぽけな村。ぜったいなんにも起きない場所だって、神に誓《ちか》って言える。事件《じけん》っていったら『あっ！　壁《かべ》にハエが一匹《ぴき》とまってるぞ！』とか『わあっ！　見ろよ！　歩道に見たことない犬が寝《ね》てるぞ』とかさ。せいぜいそんなていどなんだぜ」

ぼくは笑った。ジュリアンって、けっこうおもしろいときがあるんだ。

「だけど、うちの親たちが、今年はパリに行くかわりにパーティーを盛大《せいだい》にやろうかって話してるんだ。そうなるといいな。ジャックは休み中、なにしてるんだ？」

「近所でぶらぶらしてるだけさ」

「いいなあ」とジュリアン。

「また雪が降《ふ》るといいな。新しいソリを手に入れたんだ。すごいんだよ」

ぼくがライトニングのことを言おうとしたときに、マイルズが話に割《わ》って入ってきた。

「おれも新しいソリあるぞ！　父さんが、あの世界の一流品を扱《あつか》ってるハマッカー・シュラマーの店で買ってきてくれたんだ。最先端技術《さいせんたんぎじゅつ》のだってさ」

「たかがソリに最先端技術か？」ジュリアンが聞いた。

「八百ドルもしたんだ」

「わあっ！」

「みんなでガイコツ山に行って競争しようよ」ぼくが言った。

「あんなとこ、つまんないよ」ジュリアンが言った。

「なに言ってんだよ！　首の骨《ほね》を折った子もいるっていうのにさ。だからガイコツ山って言うんだ」

ジュリアンは、ぼくが世界一のまぬけだとでもいうように、ぼくを見つめた。「あそこは、大昔インディアンの墓《はか》だったから、ガイコツ山って呼《よ》ばれてるんだよ。どっちにしろ、今はゴミため山って呼ぶべきだよな。めちゃくちゃ汚《きたな》いじゃん。前に行ったときなんか、空き缶《かん》や割れたビンがごろごろしてたぞ」ジュリアンは頭を横にふった。

「おれさ、あそこに古いソリを捨《す》ててきたんだ。もうボロボロでガラクタみたいなやつ。そんなんでも、だれかに持って行かれちゃったよ」マイルズが言った。

「たぶん、浮浪者《ふろうしゃ》がソリ遊びしたかったんだろ！」ジュリアンが笑った。

「どこに捨ててきたんだよ？」ぼくは聞いた。

「坂の下の岩のところ。次の日、見に行ったら、なくなってた。あんなの持ってくやつがいるなんて、信じらんないよ」

「おい、こうしようぜ。今度、雪が降《ふ》ったら、うちの父さんにウェストチェスターのゴルフ場に連れていってもらおう。ガイコツ山なんて比《くら》べ物にならないぞ。おい、ジャック、どこへ行くんだよ？」

ジュリアンが言った。

ぼくは歩きだしていた。

「ロッカーから本を取ってこなきゃ」真っ赤なうそ。

とっととその場を離《はな》れたかった。そのソリを持っていった「浮浪者《ふろうしゃ》」がぼくだなんて、だれにも気づかれたくなかった。

理科の授業《じゅぎょう》

ぼくは、すごくできる生徒ってわけじゃない。学校が大好きな子もいるだろうけれど、ぼくは正直、そうだとは言えない。そりゃ、なかには好きな時間もある。体育やコンピューターの授業とか。あと、ランチの時間と休み時間も。だけど、全部ひっくるめて考えると、やっぱり学校なんてなくていい。一番いやなのは、宿題をやらなきゃならないことだ。次つぎ授業を受けて、眠《ねむ》らないようにしているだけで、じゅうぶんじゃないか。それなのに先生たちときたら、この先ぜったい必要になりそうもないことばかり、ぼくらの頭につめこもうとする。立方体の表面積を知る計算方法とか、運動エネルギーと位置エネルギーのちがいとか。そんなのどうでもいい。うちの親が「運動エネルギー」なんて言葉を使ってるの、生まれてこのかた一度も聞いたことがない。

一番嫌《きら》いな科目は理科だ。おもしろくもなんともないことばっかり。それに、理科のルービン先生は、なにからなにまでやたらときびしい。レポートの書式にまでうるさいんだよ。一度、宿題の提出《ていしゅつ》物《ぶつ》の一番上に日付を書かなかっただけで、二点も引かれたことがある。ばかばかしいったらないよ。

オーガストと友だちだったときは、理科もなんとかなった。オーガストが、となりの席でいつもノートを写させてくれたからだ。オーガストほど、きちんとノートを取る男子はいない。字もすごくきれいだ。丸くカーブを描《えが》く小さい字で、線のあがりさがりが完ぺきだ。だけど、もう友だちじゃないから、困《こま》ったことに、ノートを見せてくれなんて頼《たの》めない。

今日は、ルービン先生が言うことを（ぼくの汚《きたな》い字で）ノートに取っていたら、いきなり先生が、五年生の理科研究大会の研究テーマの選び方とか、取り組み方について説明しはじめた。

先生が話しているあいだ、ぼくはゆううつだった。あのめんどうくさいエジプトの工作を終えたばかりなのに、またすぐ、新しいことに取り組まなきゃならないのか？　頭のなかで、「もうやめてくれ―――！」ってさけんでた。映画《えいが》『ホーム・アローン』の子が、両手をほっぺにあてて、口を大きく開けてさけんでいるみたいな感じ。そのときふと、見覚えのある、とけかかったおばけの顔が頭に浮《う》かんだ。口を大きく開けてさけんでいる顔だ。そしてとつぜん、その顔がある記憶《きおく》とつながり、サマーの言う「血まみれの絶叫《ぜっきょう》」の意味がわかった。頭のなかにあの場面が現《あらわ》れた。ハロウィーンの日、ホームルームのクラスに、映画『スクリーム』に出てくる殺人鬼《さつじんき》、ゴーストフェイスの衣装《いしょう》を着ている子がいた。スクリーム……絶叫《ぜっきょう》っていう意味だ。ぼくからふたつ、みっつ離《はな》れた席のほうにいた。だけど、そのあとその子を見た覚えはない。

しまった！　あれは、オーガストだったんだ！

先生が話している最中、ずっとあのときのことで頭がいっぱいだった。

大変なことをしてしまった。

あのとき、ぼくはジュリアンにオーガストのことを話していた。やっとわかったよ。なんてひどいことをしちゃったんだ。なんであんなことを言ったのか自分でもわからないんだけど、最悪。ほんの一、二分のあいだのことだったんだ。ジュリアンやほかのみんなが、いつもオーガストといっしょにいるぼくを変なやつだと思っているのはわかってた。それであのとき、なぜかおかしなことを言っちゃったんだ。まわりにつられたんだと思う。ぼくがバカだった。オーガストは『スター・ウォーズ』のボバ・フェットのかっこうで来るはずだったんだ！　ボバ・フェットの前だったら、ぜったいにあんなこと言わなかった。ぼくらを見ていたゴーストフェイスがオーガストだったんだ。にせものの血が流れる、白く細長いマスク。幽霊《ゆうれい》が泣きさけんでいるような、大きく開いた口。それが、オーガストだったなんて。

ぼくは、吐《は》き気がこみあげてきた。

パートナー

それからはもう、ルービン先生の言っていることなんて、ぼくの耳にはほとんど入ってこなかった。なんたらかんたら……理科研究大会……なんたらかんたら……二人一組で……なんたらかんたら……。スヌーピーのアニメに出てくる大人がしゃべっているシーンみたい。ちょうど水のなかで話しているような感じだった。ボワーンボワーン。

すると急に、ルービン先生は、教室の生徒たちのペアを作っていった。「リードとトリスタン、マヤとマックス、シャーロットとヒメナ、オーガストとジャック」言いながら、それぞれの生徒を指さしていく。「マイルズとエイモス、ジュリアンとヘンリー。サバンナと……」

ぼくはもう聞いていなかった。「はあ……？」

授業《じゅぎょう》の終わりを告げるベルがなった。

「はい、じゃあパートナーといっしょに、リストからどれをやるか選んでおいてください！」教室を出ていこうとするみんなに、ルービン先生が言った。オーガストのほうを見ると、もうバックパックを背負《せお》ってドアから出ていくところだった。

ぼくは相当まぬけな顔をしていたみたいで、ジュリアンがやってきた。

「おまえ、親友と組んだみたいだな」にやにやしながら言いやがった。むかつくやつだ。ぼくは返事をしなかった。

「こちら地球、こちら地球、ジャック・ウィル、応答《おうとう》せよ」

「だまれ、ジュリアン」ぼくはルーズリーフのバインダーをバックパックにしまい、とっととジュリアンから離《はな》れようとした。

「いつもあいつといっしょで、うんざりなんだろ？　ルービン先生にパートナーを変えてほしいって言えば。きっと変えてくれるはずさ」

「変えてくれるもんか」

「先生に聞いてみろよ」

「そんなことしたくないってば」

「ルービン先生！」ジュリアンは、後ろをむいて手をあげた。

先生は教室の前の黒板を消しているところで、すぐふりかえった。

「やめろよ、ジュリアン！」ぼくは声を低めながらも、きつく言った。

「なんなの、二人とも？」先生はじれったそうに言った。

「ぼくたち、パートナーを変えてもいいでしょうか？　ぼくとジャックは、前からいっしょにやりたいテーマを決めていたんで……」ジュリアンは、ちっとも悪びれない表情《ひょうじょう》で言った。

「そうねえ。まあ、そういうことなら……」

「いえ、いいんです、先生。さようなら！」ぼくは急いで言って、ドアから出た。

ジュリアンが追いかけてきて、階段《かいだん》のところでぼくに追いついた。

「おい、どうしてだよ？　おれたちパートナーになれるところだったのに。おまえ、無理してあの奇《き》形児《けいじ》と仲良くしなくていいんだぞ」

その瞬間《しゅんかん》、ぼくはジュリアンをなぐっていた。まともに口に一発。

校長室

説明できないことって、あるんだよ。そうする気もない。どこから話したらいいかもわからない。

口を開いたら、話がこんがらかって大きな結び目になってしまいそう。どんな言葉を使っても、正しく伝えられそうにない。

「ジャック、これはとても深刻《しんこく》なんだぞ」トゥシュマン先生が言った。

ぼくは校長室で、机《つくえ》をはさんで先生とむかいあい、先生の後ろの壁《かべ》にかかっているカボチャの絵を見ていた。

「こういうことをした子は退学処分《たいがくしょぶん》なんだ、ジャック。きみはすばらしい生徒だとわかっているから、それは避《さ》けたい。だが、ちゃんと自分で理由を説明しなきゃいけない」

「ぜんぜんジャックらしくないわよ」ママが言った。

先生から電話を受けて、すぐに仕事場から駆《か》けつけたんだ。ママの気持ちが、ぼくへの怒《いか》りと驚《おどろ》きで大きく揺《ゆ》れているのがわかる。

「ジュリアンとは友だちだと思っていたんだが……」トゥシュマン先生が言った。

「友だちじゃありません」ぼくは腕組《うでぐ》みをしたまま答えた。

ママがきつい声でぼくをとがめる。「人をなぐるなんて。いったい、どういうつもり?」それから、トゥシュマン先生のほうを見て言った。「うちの子は、今まで乱暴《らんぼう》を働いたことなんてないんです。ほんとうです。そんな子じゃないんです」

「ジュリアンは口から血が出ていた。きみに歯を折られたからだ。わかってるのか？」

「ただの乳歯《にゅうし》だけど」ぼくは言った。

「ジャック！」ママが首をふってたしなめる。

「保健室《ほけんしつ》のモリー先生が言ったんだよ！」

「問題はそういうことじゃないでしょ！」ママがどなった。

「理由を知りたいだけなんだがね」トゥシュマン先生が肩《かた》をすくめる。

「ますます困《こま》ったことになるだけです」ぼくはため息をついた。

「とにかく教えてくれ、ジャック」

ぼくは肩をすくめ、だまっていた。言えるわけがない。もしジュリアンがオーガストのことを奇形《きけい》児《じ》って呼《よ》んだことを言ったら、先生はジュリアンと話をする。そうしたらジュリアンは先生に、ぼくもオーガストの悪口を言ったと言いつけ、きっとすべてみんなに知られてしまうだろう。

「ジャック！」とママ。

ぼくは泣きだしてしまった。「ごめんなさい……」

トゥシュマン先生は、驚いたような顔をしてうなずき、なにも言わなかった。かわりに、手が冷たくなったときみたいに、両手に息を吹《ふ》きかけている。

「ジャック、今きみになんと言うべきか、よくわからんが、とにかくほかの生徒をなぐったんだ。規《き》則《そく》があるのは、わかるな？　すぐさま退学処分《たいがくしょぶん》だ。なのに、きみは理由を説明しようともしない」

ぼくはもうぼろぼろ涙《なみだ》を流していて、ママに肩《かた》を抱《だ》かれるなり、わんわん声をあげて泣きだした。

「では……」トゥシュマン先生はメガネをはずして布《ぬの》でふきながら言った。「こうしよう、ジャック。どうせ来週から冬休みだ。今週は家にいて、冬休み明けに学校にもどっておいで。新たな気持ちでスタートを切ろう。『白紙』にもどすってことだ」

「停学ですか？」

ぼくは鼻をすすり、先生は肩をすくめた。

「ああ、表むきはそうだが、実際《じっさい》は二日だけだ。家にいるあいだ、この出来事についてじっくり考えなさい。そして、わたしに事情《じじょう》説明の手紙、ジュリアンに謝罪《しゃざい》の手紙を書く気になったら、今回のことは大目に見てきみの行動の記録には書かないことにしよう。ご両親とも話し合いなさい。明日《あす》の朝になればもう少し、気持ちが落ちついてくるかもしれない」

「トゥシュマン先生、申し訳《わけ》ありません。ほんとうにありがとうございます」ママがうなずきながら言った。

トゥシュマン先生は、ドアにむかって歩きだした。「きっと、なにもかもうまくいくだろう。きみがよい生徒だってことは、わかっている。だが、よい生徒だって、ときにはバカなことをしてしまうものだよな?」

先生がドアを開けた。

「いろいろご配慮《はいりょ》いただき、ほんとうに感謝《かんしゃ》しております」ママはドアの前で先生と握手《あくしゅ》しながら言った。

「いやいや」先生は、ママのほうにかがんで、なにかささやいていた。ぼくには聞こえなかったけど。

「わかっております。ありがとうございます」ママがうなずいた。

トゥシュマン先生は両手をぼくの肩に置いた。「よし、ジャック。自分がしたことを、よく考えるんだ。いいね? いい冬休みをすごしなさい。年末年始、このニューヨークではいろんな文化のお祝いがある。ユダヤのお祭りハヌカも、キリスト教徒のクリスマスも、アフリカ系《けい》アメリカ人のクワンザも、みんな楽しむんだぞ!」

ぼくは服の袖《そで》で鼻をぬぐい、ドアにむかった。

「さあ、トゥシュマン先生に、ちゃんとお礼を言いなさい」ママがぼくの肩をたたいた。

ぼくは、立ち止まってふりむいたのだけれど、先生に目をむけられなかった。「ありがとうございます、トゥシュマン先生」

「さよなら、ジャック」
そして、ぼくは部屋を出た。

ホリデー・カード

不思議な偶然《ぐうぜん》なんだけど、ぼくたちが家にもどると、ジュリアンの家族と、オーガストの家族からホリデー・カードが届《とど》いていた。ジュリアンのうちからのカードには、まるでオペラでも見に行くようなネクタイ姿《すがた》のジュリアンの写真が使われている。オーガストのカードは、かわいらしい犬がトナカイのつのと赤い鼻をつけ、赤い靴下《くつした》をはいている写真だ。犬の頭の上のふきだしには、サンタみたいに「ホーホーホー！」と書いてある。こんなメッセージがそえてあった。

ウィル家のみなさんへ
世界に平和を。
愛をこめて――ネート、イザベル、オリヴィア、オーガスト（そしてデイジー）より

「かわいいカードだね」学校から家までほとんど口をきかなかったママに、ぼくは話しかけた。ママ

は正直なところ、なにを言っていいのかわからなかったんだろう。「きっと、オーガストんちの犬だよ」

「ジャック、なにを考えてるの？　話す気はある？」ママは真剣《しんけん》な表情《ひょうじょう》だ。

「きっと毎年、犬の写真を使ってるんだね」ぼくは言った。

ママはぼくの手からカードを取り、写真をじっと見つめた。それから、目を大きく見開いて肩《かた》をすくめながら、ぼくにカードを返した。「わたしたちは幸運なのね、ジャック。あたりまえだと思って、感謝《かんしゃ》するのを忘《わす》れているけど……」

ぼくには、ママがなんのことを言っているのか、それだけでよくわかった。「ジュリアンのお母さん、画像編集《がぞうへんしゅう》ソフトを使って学年写真からオーガストの顔だけ消したんだって。印刷してよそのお母さんにも配ったらしいんだ」

「ひどいことを。人って……たまにはまちがった行いをしてしまうものなの」

「そうだね」

「だから、ジュリアンをなぐったの？」

「ちがう」

ぼくは、ジュリアンとのあいだになにがあって、どうしてなぐったのかをママに話した。オーガストとはもう友だちでないことも、ハロウィーンのときのことも話した。

手紙、E《イー》メール、フェイスブック、携帯《けいたい》メール

十二月十八日
トゥシュマン先生
ジュリアンをなぐって、ほんとうに、ほんとうにすみませんでした。すごく、すごく、すごく、いけないことをしてしまいました。ジュリアンにも、手紙を書いているところです。できれば、どうしてああいうことをやってしまったかについては、お話ししないほうがよいと思います。話して解決《かいけつ》するようなことではないからです。それに、ジュリアンが悪いことを言ったせいで、しかられることにしたくないんです。
よろしくお願いします。

ジャック・ウィル

十二月十八日
ジュリアンへ

きみをなぐってしまったこと、ほんとに、ほんとに、ほんとに、ごめん。ぼくが悪かった。けががもう大丈夫《だいじょうぶ》だとよいのだけど。すぐに永久歯《えいきゅうし》が生えてくるように祈《いの》ってるよ。ぼくの歯はいつもそうなんだ。

ジャック・ウィル

……………………

十二月二十六日

ジャックへ

手紙をどうもありがとう。わたしは中等部の校長を二十年務《つと》めてきて、まずどんな話にもふたつ以上の面があるということを学んだ。くわしいことはわからないが、きみとジュリアンのけんかのきっかけがなんだったのかは、だいたい察しがつく。

ほかの生徒をなぐったことは、なにがあろうと、ぜったいに正しいことではない。が、それでも、大事な友だちを守るべきときはある。今年は、多くの生徒にとって大変な年だろう。中等部の最初の年というのは、たいていそういうものだ。

このままがんばって、今までどおりすばらしい生徒でいてくれることを願っている。

中等部校長　ローレンス・トゥシュマン

…………………………

宛先《あてさき》：ltushman@beecherschool.edu
差出人：melissa.albans@rmail.com
Cc：johnwill@phillipsacademy.edu; amandawill@copperbeech.org
件名《けんめい》：ジャック・ウィル君について

トゥシュマン先生

昨日、ジャック君のご両親と話をいたしました。二人とも、ジャック君がわたくしどもの息子ジュリアンをなぐったことを、大変申し訳《わけ》なく思っているとのことでした。ジャック君は、二日間の停学処分《しょぶん》のあと学校にもどるとうかがいました。先生のこのご決定について、わたくしどもも同意しているとお伝えしたくメールを送らせていただきました。他校であれば、暴力《ぼうりょく》をふるった生徒は当然退学《たいがく》処分になることでしょうが、そのような厳《きび》しい罰《ばつ》は、本校では必要ないものと思います。ウィルさんご一家のことは、子どもたちが幼稚部《ようちぶ》のころから存《ぞん》じあげておりますし、学校側とともに今後このようなことが二度と起こらないご指導《しどう》とご配慮《はいりょ》をされると確信《かくしん》しております。

それにつきましても、ジャック君の突然《とつぜん》の暴力行為《こうい》は、年端《としは》もいかない子どもの肩《かた》には重すぎるプレッシャーのせいではと懸念《けねん》を抱《いだ》いております。つまり、ジャック君とジュリアンが「友だちになるよう」依頼《いらい》を受けました、障害《しょうがい》をもつ新入生のことでございます。これまで、問題の生徒をさまざまな学校行事や学年写真で目にしてまいりましたが、このようなことを子どもたちにまかせるのは、荷が重すぎるのではと思われます。実際《じっさい》、ジュリアンがその少年と仲良くすべく大変な努力をしていると申しますので、わたくしどもは「無理することはない」と答えました。中等部への進学というものは、さらなる責任《せきにん》や大きな課題がなくとも、感じやすい年ごろの子どもにとって、それだけでかなり大変だと存じます。また理事の一人として申し上げますと、ビーチャー学園が障害児《しょうがいじ》を普通《ふつう》学級に受けいれるインクルーシブ教育を行う学校ではないにもかかわらず、この生徒の入学許可《きょか》にじゅうぶんな検討《けんとう》がなされなかった点につきまして、遺憾《いかん》に思っております。わたくしどもを含《ふく》め、多くの保護《ほご》者《しゃ》がこの生徒の入学許可について疑問《ぎもん》を抱いており、少なくとも入学審査《しんさ》にあたり、中等部に入学したほかの生徒と同じ厳しい合格基準《ごうかくきじゅん》（面接《めんせつ》などによる）を、この生徒が満たしていないことについては理解《りかい》できずにおります。

メリッサ・オールバンズ

……………………

宛先《あてさき》：melissa.albans@rmail.com
差出人：ltushman@beecherschool.edu
Cc：johnwill@phillipsacademy.edu; amandawill@copperbeech.org
件名《けんめい》：Re: ジャック・ウィル君について

メリッサ・オールバンズ様
ご心配のメール拝読《はいどく》いたしました。もちろん、ジャック君が心から反省し、ぜったい同じことをくりかえさないと確信《かくしん》できないかぎり、ビーチャー学園にもどらせることはありえませんので、その点はご安心ください。
もうひとつのご心配の件、つまり新入生オーガスト君についてですが、特別な配慮《はいりょ》を必要としてはいないということをご理解《りかい》ください。学業および学校生活において不利となる身体障害《しょうがい》も発達障害も、まったくありません。ですから、ビーチャー学園がインクルーシブ教育を行う学校であるかないかということは、この生徒の入学に関してはあてはまりません。入学資格審査《しかくしんさ》については、入試担当者《たんとうしゃ》もわたしも、もろもろの明白な理由により、面接《めんせつ》をオーガスト君の自宅《じたく》で行うことはわれわれの権限内《けんげんない》であると判断《はんだん》しました。いつもの方法に少々融通《ゆうずう》をきかせたことになりますが、選考に際《さい》してはなんら偏《かたよ》りはありません。オーガスト君は大変よい生徒で、ジャック・ウィル君をはじめとする、きわめてすばらしい生徒たち数人とのあいだに固い友情《ゆうじょう》をはぐくんでいます。

新学年のスタート時に、数人の生徒にオーガスト君の「学校案内役」になってもらえないかと呼《よ》びかけたのは、オーガスト君にできるだけすんなり学校環境《かんきょう》にとけこんでほしかったからです。生徒たちが、新入生に親切にするよう頼《たの》まれて「重荷」に感じるとは思いませんでした。むしろ、思いやり、友情、信頼《しんらい》関係を学ぶよい機会だと考えました。

しかし今にしてみますと、ジャック・ウィル君には、わざわざこうした美徳《びとく》を学ばせる必要はありませんでした。もともと、そういったものをしっかりと持っている子だったからです。

ご連絡《れんらく》いただき、ありがとうございました。

ローレンス・トゥシュマン

…………………………

宛先《あてさき》：melissa.albans@rmail.com
差出人：johnwill@phillipsacademy.edu
Cc：ltushman@beecherschool.edu; amandawill@copperbeech.org
件名《けんめい》：ジャック

こんにちは、メリッサさん。

息子の件についてご理解《りかい》いただき、ありがとうございます。すでにご存知《ぞんじ》のように、息子は大変申し訳《わけ》ないことをしたと深く反省しております。ジュリアン君の歯科治療費《ちりょうひ》はわたくしどもに負担《ふたん》させていただきたく、ご快諾《かいだく》くださいますよう願っております。

また、息子とオーガスト君の関係についてもご心配くださり、ありがとうございました。わたくしどものほうで息子に重荷を感じることがあるか確認《かくにん》しましたが、けっしてないとのことでしたのでご安心ください。息子はオーガスト君との交際《こうさい》を楽しみ、よい友だちができたと感じているようです。

どうぞ、よいお年をお迎《むか》えください。

ジョン・ウィル、アマンダ・ウィル

こんにちは、オーガストさん
「ジャック・ウィル」さんから友だちリクエストが届《とど》いています。
ジャック・ウィル
共通の友だち　32人
フェイスブック・チーム

宛先：auggiedoggiepullman@email.com
件名：ごめん!!!!!!
メッセージ：

やあ、オーガスト。ジャック・ウィルだよ。フェイスブックの友だちリストから、ぼくを削除《さくじょ》していたんだね。もう一度友だちになってくれない？　ホントに悪かった。それだけ言いたかった。ごめん。なんで怒《おこ》ってるのか、わかったよ。あんなこと言うつもりはなかったんだ。ほんと、ごめん。ぼくがバカだった。どうか、ゆるしてほしい。

また友だちとして仲良くしてくれるとうれしい。

ジャック

……………………

着信メール一件《いっけん》
差出人：オーガスト
12/31　4：47　PM

メッセージ読んだ。怒《おこ》ってるわけを知ってるって⁉　サマーが言った？

……………………

着信メール一件
差出人：ジャック・ウィル
12/31　4：49　PM

サマーから、「血まみれの絶叫《ぜっきょう》」ってヒントだけもらった。はじめはわかんなかったけど、ハロウィーンのとき『スクリーム』のマスクを教室で見かけたのを、やっと思い出したんだ。オーガストだって思わなかったよ。ボバ・フェットのはずだったよな？

……………………

着信メール一件
差出人：オーガスト
12/31　4：51　PM

ぎりぎりで気が変わったんだ。ホントにジュリアンをなぐったの？

……………………

着信メール一件
差出人：ジャック・ウィル
12/31　4：54　PM

うん。一発食らわせて歯をへし折った。乳歯《にゅうし》だけど。

……………………

着信メール一件《いっけん》
差出人：オーガスト
12/31　4：55　PM

なんで？？？？？？？？？

……………………

着信メール一件
差出人：ジャック・ウィル
12/31　4：56　PM

わかんない

……………………

着信メール一件
差出人：オーガスト
12/31　4：58　PM

ウソつき。ぼくのことで、あいつがなんか言ったんだろ？

……………………

着信メール一件
差出人：ジャック・ウィル
12/31　5：02　PM

あいつはひどい。けど、ぼくもひどかった。ほんとに、ほんとに、ほんとに、ごめん。悪かったよ。
また友だちになれる？

……………………

着信メール一件
差出人：オーガスト
12/31　5：03　PM

いいよ。

……………………

着信メール一件《いっけん》
差出人：ジャック・ウィル
12/31　5：04　PM

……………………

やった！！！！！

……………………

着信メール一件
差出人：オーガスト
12/31　5：06　PM

……………………

じゃあ、ホントのこと言えよ。

もしぼくみたいだったら、マジ自殺する？

……………………

着信メール一件
差出人：ジャック・ウィル
12/31　5：08　PM

しない！！！！！

命かけて誓《ちか》える。

だけどさ……

ジュリアンみたいだったら、自殺する。

……………………

着信メール一件
差出人：オーガスト
12/31　5：10　PM

よっし、友だち復活《ふっかつ》だ！

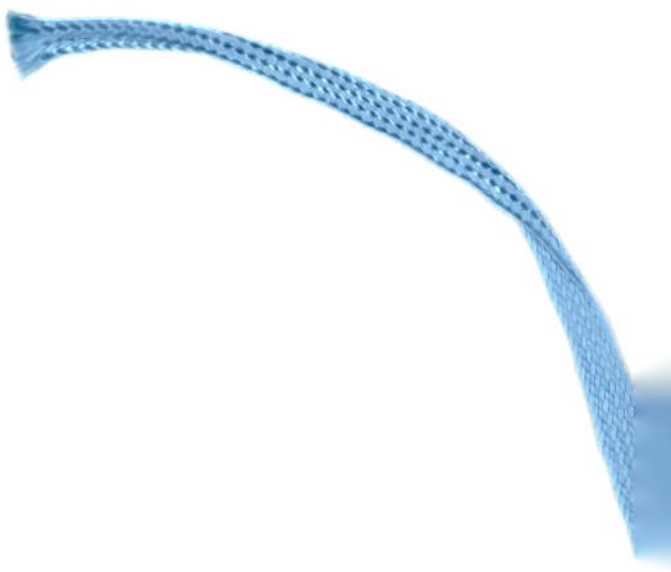

冬休み明け

トゥシュマン先生の言葉とは正反対だった。一月になって学校へ行ったら、「白紙」になんてもどっていなかった。朝一番にロッカーへ行ったときから、なにもかもおかしい。ぼくのロッカーはエイモスのとなりだ。わりと信頼《しんらい》できるいいやつなんだけど、今朝は、ぼくが「よお、元気？」と声をかけても、ちょっとうなずいただけで、ロッカーを閉《と》じて行ってしまった。なんだか変なのって思ったよ。そのあと、ヘンリーにも「よお、元気？」って声をかけた。ヘンリーときたらにこりともしないで、そっぽをむいてた。

やっぱり、なにかある。五分もたたないうちに、二人から無視《むし》されたんだ。べつに正確《せいかく》にかぞえてたわけじゃないけど。でも、もう一度試してみようと思って、トリスタンにあいさつしたら、大当たり。また同じだった。トリスタンは、ぼくと話すのをこわがっているみたいで、なんだかおびえていた。

例のペスト菌《きん》ごっこだな、とぼくは思った。ジュリアンの仕返しだ。

午前中はずっとそんな感じだった。だれもぼくと口をきかない。いや、ちがう。女の子たちは、まったくいつもどおりだった。もちろん、オーガストも話しかけてきた。それから、二人のマックスもあいさつをしてくれた。五年もずっと同じクラスだったのに、ぜんぜんつきあったことがなかったんだ。今まで悪いことしたなって思ってしまった。

ランチの時間はマシになるかと思ったけど、そうはいかなかった。食堂では、いつものように、ルカとアイゼアのいるテーブルにすわった。この二人は、超《ちょう》人気者のグループには入っていない、わりとおとなしめのスポーツ好きなやつらで、話しかけても大丈夫《だいじょうぶ》だと思った。ところが二人とも、ぼくがあいさつしても、かすかにうなずいただけ。そのうえ、ぼくらのテーブルがランチを取りにいく番になると、二人ともランチを手にして、そのままもどらなかった。二人がずっと離《はな》れた、部屋の反対側のテーブルにすわったのが見えた。ジュリアンのいるテーブルではなかったけれど、すぐ近くで、人気者たちの集まってる場所のぎりぎりすみっこみたいなところに。つまりぼくは二人に逃《に》げられたってことだ。別のテーブルに移《うつ》っちゃう話は、五年生になってから、あることはあるって知ってたよ。だけど、まさか自分がやられるとは思いもしなかった。

テーブルに一人ぼっちですわるのは、サイテーだった。食堂中のやつらに見られているような気がした。自分には一人も友だちがいないような気がしてくる。それで、ランチを抜《ぬ》いて図書室で本を読むことにした。

なんでぼくが無視《むし》されているのか、むこう側の情報《じょうほう》をこっそり教えてくれたのは、シャーロットだった。その日の授業《じゅぎょう》が終わってロッカーに行ったら、手紙が入っていた。


放課後、三〇一号室で待ってる。

一人で来て！　シャーロット

教室に入ると、シャーロットがもう先に来ていた。

「よっ」

「うん」シャーロットは、ドアから顔を出して左右をきょろきょろ見まわし、ドアを閉《し》めて内側から鍵《かぎ》をかけた。そして、ぼくのほうをむくと、なんだかおびえているように話しだした。

「あのね、あんまりかわいそうだから、知ってることだけでも教えてあげようと思ったの。でも、わたしが教えたことは、ぜったいないしょにしてくれる？」

「約束するよ」

「ジュリアンがね、冬休み中に大きなパーティーをやったの。ものすごーく盛大《せいだい》なパーティー。うちのお姉ちゃんの友だちが、超豪華《ちょうごうか》な十六歳《さい》の誕生《たんじょう》パーティーを去年、同じ場所でやったんだけど、二百人くらい来てたから、とっても広い会場ってこと」

「ふーん、それで？」

「うん、それで……あのね、同じ学年の子は、ほぼ全員パーティーに来たのよ」

「でも全員じゃない、ってか」ぼくはつっこみを入れた。

「うん、全員じゃない。だよね。でも、親まで集まったんだよ。うちの両親も行ったの。だって、ジュリアンのお母さんは学校理事会の副会長でしょ。だから、学校中を知ってるんだよね。とにかく、そのパーティーで、ジュリアンがみんなにふれまわったの。ジャックになぐられたのは、ジャックが心の問題を抱《かか》えているからだって……」

「はあ?!」

「それで、ジャックは退学処分《たいがくしょぶん》になるところだったのに、ご両親が退学にはしないでくれって学校に頼《たの》みこんだって……」

「えっ?!」

「もともとトゥシュマン先生が、無理やりジャックをオギーの友だちにしなかったら、ぜったいこんなことは起きなかったはずだって。ジュリアンのお母さんは、ジャックが『プレッシャーに耐《た》えかねてキレた』んだろうって言ったそうよ」

信じられないことばかりだ。「だれも真《ま》に受けなかったんだろ？」

シャーロットは肩《かた》をすくめた。「そういう問題じゃないのよ。肝心《かんじん》なのは、ジュリアンがすごい人気者だってこと。あと、うちのママが聞いてきたんだけど、ジュリアンのお母さんはオギーのビーチャー学園への入学許可《きょか》について再審査《さいしんさ》を学校側に要求してるんだって」

「そんなこと、できるのかよ？」

「ビーチャー学園はインクルーシブ教育を行う学校じゃないという主張《しゅちょう》なの。障害《しょうがい》のある子もない子もいっしょのクラスで勉強させるタイプの学校ではないっていう意味」

「そんなバカな。オーガストは障害なんてないだろ」

「そうなんだけど、ジュリアンのお母さんの言いぶんは、学校が、以前からやってきたことをなにか変更《へんこう》していれば……」

「学校はなんにも変えてないよ！」

「ううん、変えているのよ。新年の展覧会《てんらんかい》のテーマが変わったのに気づいた？　今まで五年生は自画《じが》像《ぞう》を描《か》いてたけど、今年は『動物にたとえた自画像』なんていう、変なのになったのよ。覚えてる？」

「くっだらねえ」

「そうよ！　わたしが賛成《さんせい》だって言ってるわけじゃなくて、ジュリアンのお母さんが言ってるってこと」

「わかってる。わかってるよ。だけど、すっごいむちゃくちゃ……」

「うん。それでとにかく、ジュリアンったら、オギーと友だちのままだとジャックがダメになる、ジャックのために、オギーとつきあうのをやめさせようって、みんなに言ったの。それで、もし昔からの友だちが離《はな》れたら、きっとジャックも気づくだろうって。つまりジュリアンは、ジャックのためを思って、友だちづきあいをやめるっていうわけ」

「おいおい、こっちから先にやめたんだぞ」

「それでも、ジュリアンは男子全員を言いくるめちゃったのよ。ジャックのためなんだから、つきあうなって。それで、だれも口をきかないの」

「シャーロットは口きいてくれてるじゃん」

「だって、これは男子のことなのよ。女子は中立。サバンナのグループは別だけど。あの子たちはジュリアンのグループとつきあってるからね。だけど、ほかのみんなにしてみたら、男子同士の戦争よ」

ぼくはうなずいた。シャーロットは小首をかしげくちびるをつきだして、いっしょに憤慨《ふんがい》してくれているみたいだ。

「すっかりわかっちゃって、大丈夫《だいじょうぶ》？」

ぼくは、うそをついた。「ああ！　あたりまえさ！　だれがぼくに口をきこうと、きくまいと、かまうもんか。バカバカしい」

シャーロットがうなずく。

「おい、オギーはこのこと知ってるのか？」

「もちろん知らないよ。少なくとも、わたしは言ってないから」

「サマーは？」

「知らないいんじゃないかな。ねえ、もう行かなきゃ。いちおう言っとくけど、うちのママは、ジュリアンのお母さんはとんでもない人だと思ってる。ああいう人たちってのは正しい行いより、自分の子の学年写真の見た目ばっかり気にするのよって言ってた。画像編集《がぞうへんしゅう》したこと、聞いたでしょ？」

「ああ、あれはひどい」

シャーロットがうなずいた。「まったくね。ほんとに、もう行かなきゃ。とりあえず、なにが起きてるのかだけでも教えたかったの」

「ありがとう、シャーロット」

「なんか新しいこと聞いたら、また教えるね」

シャーロットは、教室を出る前に、まずあたりを見まわしてだれにも見られないことをたしかめた。いくら中立でも、ぼくといっしょにいるところは見られたくないんだろう。

別のテーブルへ

翌日《よくじつ》のランチでバカなことをした。トリスタンとニノとパブロのテーブルにすわっちゃったよ。この三人なら、まず大丈夫だろうって思ったんだ。特に人気者でもなければ、休み時間に『ダンジョンズ&ドラゴンズ』ばかりやってるオタクでもない。ちょうど、その中間あたりのやつらだ。最初はうまくいった、と思った。三人とも、テーブルにぼくが近づいたのを無視《むし》できるほど意地悪じゃなくて、たがいに顔を見合わせながらも、「よっ」と言ってくれた。だけど、そのあとまた昨日と同じことが起きた。ぼくたちのテーブルが呼《よ》ばれると、三人ともランチを受けとって、ずっと離《はな》れたテーブルに行ってしまったんだ。

運の悪いことに、その日の監督《かんとく》当番ミセスGがすぐに気づいて三人を追いかけた。

「あなたたち、ダメじゃないの！　この学校では、そういうことはゆるされませんよ。自分のテーブルにもどりなさい」大声で三人をしかりつけた。

やれやれ、そんなのなんの助けにもならない。三人が無理やり元のテーブルにもどされる前に、ぼくはトレイを持って立ちあがると、早足で歩きだした。ミセスGに名前を呼《よ》ばれたけれど、聞こえないふりをして、そこからずっと離《はな》れたカウンターの後ろ側へむかった。

「こっちにすわりなよ、ジャック」

サマーだった。サマーとオーガストが、いつものテーブルから、ぼくに手招《てまね》きしていた。

最初の日にオーガストとすわらなかった理由

ぼくって、調子がよすぎるよな。わかってるさ。最初の登校日にはじめて食堂にやってきたオーガストのことはよく覚えている。みんながオーガストを見つめ、みんながオーガストのことを話していた。あのときは、だれもオーガストの顔に慣《な》れていなくて、そんな新入生が来ることも知らなかったから、最初の日に学校でオーガストを見て、みんなぞっとしたんだ。ほとんどの子が、こわくて近づけなかった。

だから、食堂へむかうとき、ぼくの前のほうを歩くオーガストを見て、だれもいっしょにすわらないだろうと、わかっていた。なのに、自分がそうしようという気にもなれなかった。ぼくたちは同じ授業《じゅぎょう》が多く、午前中はずっといっしょにいた。だから、ぼくはそのとき、ほかの子と息抜《いきぬ》きする、ちょっとふつうの時間がほしくなったんだと思う。それで、オーガストがカウンターのむこう側のテーブルにむかったのを見ると、わざとできるだけ遠いテーブルを選んだ。そして、今まで知りあいでもなかった、アイゼアとルカと同じテーブルについた。ぼくらは、野球のことばかりしゃべって、昼休みもバスケをした。その日からずっと、同じテーブルでランチを食べていたんだ。

サマーがオーガストといっしょにすわったと聞いて、驚《おどろ》いた。サマーは、トゥシュマン先生がオギーと友だちになってやれって話をした生徒じゃない。ただ親切心からやっている。それって、かなりの勇気がいることじゃないか。

そして今、ぼくは、サマーとオーガストといっしょにすわっている。二人ともいつもどおりに親しくしてくれる。ぼくは、昨日シャーロットから聞いたことを、ひととおり二人に説明した。とは言っても、ぼくがオギーと友だちでいなきゃいけないプレッシャーに耐《た》えかねて「キレた」と言われたことや、ジュリアンのママがオギーに障害《しょうがい》があるだの理事会うんぬんだの言っているってのは、話さなかった。二人に話したのは、ジュリアンがパーティーを開いて、学年全員をぼくの敵《てき》にするのに成功したってことだけだ。

「ほんと、居心地《いごこち》悪いよ。だれも口きいてくれないし、ぼくがいても、無視《むし》される」

「そう?」オギーが、にこにこしながら言った。「ようこそ、ぼくの世界へ!」

敵《てき》か味方か

「はい、これが現状《げんじょう》」

翌日《よくじつ》のランチのとき、サマーが、小さく折りたたんだルーズリーフの紙を取りだして広げた。三つのグループに分けて名前が書いてある。

ジャック側	ジュリアン側	中立
ジャック	マイルズ	マリック
オーガスト	ヘンリー	レモ
リード	エイモス	ホゼ
マックス・G	サイモン	リーフ
マックス・W	トリスタン	ラム
	パブロ	アイヴァン

ニノ
アイゼア
ルカ
ジェイク
トーランド
ローマン
ベン
エマニュエル
ジーク
トマソ

ラッセル

「これ、どこで手に入れたの？」ぼくの肩越《かたご》しにのぞいていたオギーが聞いた。

サマーが答える。「シャーロットが作ったの。今授業《じゅぎょう》が終わったときにもらったばかり。だれが味方なのか、ジャックは知っておくべきだって」

「うん、たいしていないのはたしかだ」ぼくは言った。

「リードは味方よ。それに二人のマックスも」

「やったね。オタクは、ぼくの味方だ」

「意地の悪いこと言わないの。そういえば、シャーロットってジャックが好きなんじゃない？」

「うん、知ってる」

「じゃ、デートに誘《さそ》うつもり？」

「まさか！　ペスト菌《きん》持ってるみたいにみんなに避《さ》けられてるのに、誘えるわけないだろ」言った瞬《しゅん》間《かん》、気づいた。言うべきじゃなかったんだ。気まずい沈黙《ちんもく》が流れる。ぼくはオギーを見た。

「平気だよ。知ってるから」とオギー。

「ごめんよ」

「でも、ペスト菌って呼《よ》ばれてるのは知らなかった。チーズえんがちょみたいなんだろうってのは、わかったけど」

「そうそう、『グレッグのダメ日記』に出てきたやつみたいだよな」ぼくもうなずいた。

「でもさ、ペスト菌って呼ぶほうが、かっこいいよね。『醜《みにく》き黒死病』に襲《おそ》われる、なんてさ」オギーは、じょうだんめかして病名を強調した。

「ひどいじゃないの」

サマーが言っても、オギーは肩《かた》をすくめただけで、パック入りジュースをズズッと飲んでいる。

「とにかく、シャーロットとデートなんてしないよ」ぼくは言った。

「うちのママは、あたしたちの年じゃデートは早すぎるって」サマーが言った。

「リードに誘われたらどうするんだよ？　行く？」ぼくは聞いた。

「行かないっ！」サマーはびっくりして答えた。

「聞いてみただけさ」

サマーは、頭を横にふりながら笑っている。「なんで？　なにか知ってるの？」

「べつに。ただ聞いてみただけだよ」

「ママの言うとおり、まだ、つきあうのなんて早すぎるよ。あわてることないと思うんだ」

オーガストもうなずいて言う。「うん、そうだよね。だけど、もったいない話さ。かわい子ちゃんたちがぼくに夢中《むちゅう》なのにさ。いったいどう断《ことわ》ったらいいんだろ？」

オーガストの言い方があんまりおかしくて、ぼくは、飲んでいたミルクを鼻からふきだしてしまった。おかげで、三人そろって大爆笑《だいばくしょう》。

オーガストの家

もう一月の半ばだっていうのに、ぼくらはまだ、理科研究大会の研究テーマすら、決めていなかった。ぼくにやる気がなくて、のびのびになっちゃったんだ。とうとうオーガストが言いだした。「おい、そろそろ取りかからなきゃだめだ」

で、放課後、オーガストの家へ行った。

ぼくはすごく不安だった。だって、ぼくらが「ハロウィーン事件《じけん》」って呼《よ》んでいるあの出来事を、オーガストが親に言ったのか知らなかったから。だけど行ってみたら、オーガストのパパは家にいなかったし、ママは用事で出かけるところだった。ほんの数秒しか話さなかったけれど、オギーがママになにも話してないって、よくわかった。オギーのママは、すごくかっこよくて、やさしかった。

それから、ぼくははじめてオギーの部屋に入った。

「うわあ、オギーって本格的《ほんかくてき》な『スター・ウォーズ』オタクなんだな」

棚《たな》は『スター・ウォーズ』のフィギュアだらけで、壁《かべ》には巨大《きょだい》な『スター・ウォーズ　エピソード5／帝国《ていこく》の逆襲《ぎゃくしゅう》』のポスターが貼《は》ってある。

「うん、すごいだろ？」オーガストが笑った。

オーガストは、机《つくえ》のわきのキャスター付き椅子《いす》にすわり、ぼくは、部屋のすみのビーズクッションにどさっと腰《こし》をおろした。そのとき、オーガストの犬がよたよた部屋に入って、ぼくのほうにやってきた。

「ホリデー・カードのワンくんだな？」

ぼくの手をくんくんかいでいる。

「メス犬だよ。デイジーって言うんだ。なでてもいいよ。かみつかないから」と、オーガスト。

ぼくがなではじめると、デイジーは、ごろんとあおむけになった。

「お腹《なか》をなでてって言ってるんだよ」

「よしよし。こんなにかわいい犬、見たことないなあ」ぼくは、デイジーのお腹をなでながら言った。

「そうだろ？　世界一の犬さ。なあ、いい子ちゃん？」

オギーがそう言うのを聞いたとたん、デイジーはしっぽをふりふり、そっちに行った。

「どこのいい子ちゃんかな？　いい子ちゃんでしゅね」オギーはそう言いながら、デイジーに顔中ぺろぺろなめられている。

「ぼくも犬が飼《か》えたらなあ。パパたちが、うちのアパートはせますぎるって言うんだ」オーガストがパソコンを立ちあげているあいだ、ぼくはきょろきょろ部屋を見まわした。「おっ、Ｘｂｏｘ《エックスボックス》・

360《サンロクマル》持ってるんだ。遊んでいい？」

「おいおい、理科研究大会でなにをするか、決めるために来たんだろ？」

「ヘイロー・シリーズのゲーム、持ってる？」

「もちろん、持ってるけど」

「ねえ、やろうよ。頼《たの》む」

オーガストは、ビーチャー学園のウェブサイトにログインし、ルービン先生のページにある研究テーマのリストを見ている。「そこから、これ見える？」

ぼくは、ため息をつき、オーガストのとなりの小さな椅子《いす》に移《うつ》った。

「かっこいいiMac《アイマック》だなあ」と、ぼく。

「ジャックのは、どんなパソコン？」

「あのさ、ぼくは自分の部屋もないんだよ。パソコンなんて持ってるわけないだろ。親のものすごく古いデルのパソコンがあるけど、ぜんぜん使いものにならないよ」

「よしっ、これはどう？」オーガストが、画面をぼくのほうにむけて見せた。ざっと目にしただけで、ぼくは目の前がマジにぼやけてきた。

「日時計を作るんだ。なかなかいいよね」と、オーガスト。

ぼくは、椅子にもたれた。「火山を作らない？」

「そんなの、大勢《おおぜい》やるよ」

「もちろんさ。かんたんだもん」ぼくは、またデイジーをなでる。

「じゃ、これは？　入浴剤《にゅうよくざい》から結晶《けっしょう》を作るっていうのは？」

「つまんなそう。あのさ、なんでデイジーっていう名前をつけたの？」

オーガストは、目を画面から離《はな》さないまま答えた。「お姉ちゃんがつけたんだ。ぼくはダース・ベイダーのダースにしたかった。ほんとうのところ、デイジーの正式な名前はダース・デイジーなんだよ。ぜったいそんなふうには呼《よ》ばないけど」

「ダース・デイジー！　そりゃ笑える！　おい、ダース・デイジー！」

デイジーは、またごろんとあおむけになって、ぼくにお腹《なか》をなでてもらいたがる。

「よし、これで決まりだ」オーガストが、画面の写真を指さした。導線《どうせん》のついたジャガイモが、いっぱい写っている。「ジャガイモから有機電池を作るんだ。こりゃいいぞ。電球の明かりがつけられるって書いてある。ジャガイモ電池って作品名つけてさ。どう思う？」

「おいおい、そりゃむずかしすぎるよ。ぼくは理科が大の苦手だって知ってるだろ？」

「ウソ。そんなことないよ」

「ほんとうだって！　この前のテストなんか、五十四点だぞ。理科はダメなんだ！」

「ダメなもんか。あのときは、ぼくたちまだケンカ中だったから、助けてやれなかっただけだよ。でも、今は助けられる。ジャック、これはいい発表になるぞ。やらなきゃ」

「わかったよ。まったくもう」ぼくは肩《かた》をすくめた。

そのとき、だれかがドアをノックした。開いたドアのすきまから、ウェーブのかかった長い黒髪《くろかみ》の、高校生ぐらいの女の子がなかをのぞいた。ぼくがいるとは思ってなかったようだ。

「あっ、あらっ」女の子が、ぼくたちを見て言った。

「よう、姉ちゃん」オーガストが、パソコンの画面に目をもどしながら言った。

「お姉ちゃん、ジャックだよ。ジャック、姉ちゃんのヴィアだ」

「こんにちは」ぼくは軽く頭をさげて言った。

「こんにちは」ヴィアは、ぼくをじっと見つめながら答えた。オギーがぼくの名前を言った瞬間《しゅんかん》、オギーはあの話をしたんだなと、すぐ気づいた。ヴィアの目でわかる。それどころか、その目は、あの日からずっと覚えてると言っているように思えた。何年も前にエイムスフォート通りのアイスクリーム屋カーベルで会った日から、ずっと……。

「オギー、会わせたい友だちがいるんだけど、いい？　もうすぐここに来るから」ヴィアはオギーに言った。

「お姉ちゃん、新しいカレ？」オギーはからかうように言った。

ヴィアがオギーの椅子《いす》の足元を蹴《け》る。「ちゃんとしててよね」

そして、ヴィアは部屋から出ていった。

「おい、ずいぶんきれいな姉さんだな」ぼくは言った。

「まあね」

「姉さん、ぼくのこと嫌《きら》ってるよね？　ハロウィーンのこと、話したんだろ？」

「うん」

「うんって、どっちのことだよ？　姉さんがぼくを嫌ってるってこと？　それとも、オギーがハロウィーンのことを話したってこと？」

「両方だよ」

ヴィアのカレ

それから少しして、オギーの姉さんのヴィアが、ジャスティンっていう高校生を連れてもどってきた。なかなかカッコいいやつだ。長めの髪《かみ》。小さい丸メガネ。片方《かたほう》のはしっこが細くなった、大きくて長い銀色のケースを持っていた。

「ジャスティン、わたしの弟、オーガストよ。それからジャック」

「やあ」

ジャスティンは、ぼくたちと握手《あくしゅ》した。ちょっと緊張《きんちょう》しているみたい。たぶん、はじめてオーガストに会ったんだろう。人がはじめてオーガストに会ったときにどんなにびっくりするか、ぼくはときどき忘《わす》れてしまう。

「かっこいい部屋だな」とジャスティン。

「お姉ちゃんのカレ?」オーガストがいたずらっぽくたずねると、ヴィアは、オーガストの野球帽《やきゅうぼう》のつばを、ぐいっと顔まで引きおろした。

「そのケースに、なにが入ってるの? マシンガン?」ぼくは聞いた。

「あはは。そりゃ笑える。ちがうよ。これは……ヴァイオリンさ」とジャスティンが答えた。

「ジャスティンはヴァイオリンを弾《ひ》けるの。ザディコ・バンドにいるのよ」とヴィア。

「ザディコ・バンドって、なんなの?」オギーが、ぼくのほうを見て聞いた。

「ザディコは音楽の種類だ。クレオール音楽みたいなもんさ」とジャスティン。

「クレオールって、なに?」ぼくは聞いた。

「人には、マシンガンだって言うといいよ。そしたら、だれも意地悪しないから」オギーが言った。

「なるほど、そうかもな」ジャスティンは、髪《かみ》を耳の後ろにかけながらうなずき、それから、ぼくにむかって言った。「クレオール音楽ってのは、ルイジアナの音楽なんだ」

「じゃあ、ルイジアナから来たの？」と、ぼく。

「いや。えっと、おれはブルックリン出身」ジャスティンは、メガネを押《お》しあげながら答えた。なぜだかわからないけど、この返事で、ぼくは笑ってしまった。

「ね、ジャスティン、わたしの部屋に行こう」

ヴィアが、ジャスティンの手を引っぱった。

「うん。じゃ、またな。バイバイ」

「バーイ！」

「バーイ！」

二人が部屋を出るなり、オギーはにやにやしながら、ぼくを見た。

そこで、ぼくは言った。「おれはブルックリン出身！」

二人で笑いころげちゃったよ。

part5

JUSTIN《ジャスティン》

「おれの頭がすごく大きいのは、
夢《ゆめ》がいっぱいつまっているからさ」

——バーナード・ポメランス作の戯曲《ぎきょく》『エレファント・マン』より
ジョゼフ・メリックのセリフ

オリヴィアの弟

はじめてオリヴィアの弟に会ったとき、マジで面食らったのは、認《みと》める。そんなはずじゃなかった、もちろん。オリビアから弟の「症候群《しょうこうぐん》」のことは聞いていた。どんな顔なのかも。どうやらおれは、これまでにたくさん手術《しゅじゅつ》を受けたって聞いて、今はかなりふつうなはずだと思いこんでいたらしい。口蓋裂《こうがいれつ》で生まれた子が手術を受けると、くちびるの上の小さな傷《きず》あと以外、ほとんどわからなくなることもある。だから、オリヴィアの弟も、あちこち傷があるていどだろうと思ってたんだな。こんなじゃなくて。

ぜったいに、今おれの目の前にいる、野球帽《やきゅうぼう》をかぶったこの男の子みたいなんじゃなくて。

おれの前には、二人の男の子がすわっている。一人は、まったくふつうの顔で金髪《きんぱつ》くせっ毛のジャックという子、もう一人がオギー。

驚《おどろ》きをかくせていると思いたい。うまくかくせるといいんだが。だけど、驚きっていうのはごまかすのがむずかしい感情《かんじょう》で、驚いていないのに驚いているふりをするのも、驚いたときに驚いていないふりをするのも、むずかしい。

オギーと握手《あくしゅ》する。もう一人の子とも握手する。オギーの顔ばかり見つめていたくない。かっこいい部屋だな、って言ってみる。

お姉ちゃんのカレ？　オギーが聞いてくる。どうやら、にこにこしているみたいだ。

オリヴィアが、ぐいっとオギーの野球帽を引っぱりおろす。

なにが入ってるの？　マシンガン？　金髪の子に聞かれる。ちがうよって教えてやった。それから、ザディコ音楽のことを、ちょっとしゃべる。で、オリヴィアに手を引っぱられて、部屋から連れだされた。ドアを閉《し》めると、すぐさま二人の笑い声が聞こえてくる。

おれはブルックリン出身！　どっちかの男の子が歌うように言う。

オリヴィアが、あきれたように笑って言う。ね、わたしの部屋に行こう。

おれたちは、つきあいはじめて二か月になる。はじめてオリヴィアを見た瞬間《しゅんかん》、つまりカフェテリアで彼女《かのじょ》がおれたちのテーブルにすわったときに、一目で好きになった。目が離《はな》せなかった。なんてきれいなんだ。小麦色の肌《はだ》、今まで見たことないほど青く澄《す》んだ目。はじめのうち、オリヴィアは、ただの友だちでいたそうなそぶりを見せた。本人にそのつもりはなくても、自然とそうなるのかも。寄《よ》らないで、放っておいて、って言っているように見えてしまうのかも。オリヴィアは、ほかの子みたいに、男子の気をひこうとしない。話すときには、相手の目をまっすぐ見る。けしかけてくるみたいに。だから、おれも、オリヴィアの目をじっと見つめた。受けて立つみたいに。それからデートに誘《さそ》ったら、イエスだって。やったね。

オリヴィアはサイコーの女の子。おれは、いっしょにいるのが、めちゃくちゃ楽しい。

はじめてオーガストのことを話してくれたのは、三回目のデートのときだった。オーガストの顔を説明するのに「頭蓋顔面異常《とうがいがんめんいじょう》」という言葉を使ったと思う。いや、もしかしたら「頭部顔面異形《とうぶがんめんいけい》」だったかもしれない。でもとにかく「奇形《きけい》」という言葉は使わなかった。そんな言葉なら、忘《わす》れていないはず。

ね、どう思った？　オリヴィアが、自分の部屋に入ってすぐ心配そうに聞く。ショックだった？

いや、と、おれはウソをつく。

オリヴィアは、にこっとして、そっぽをむく。ショックだったのね。

ぜんぜん、と、おれはきっぱり言いきる。説明してもらったとおりの子じゃないか。

オリヴィアはうなずき、ベッドにドスンと腰《こし》をおろす。ベッドの上にまだぬいぐるみなんか置いていて、かわいい。オリヴィアは、なにげなくホッキョクグマを手に取ってひざにのせる。

おれは、机《つくえ》のわきのキャスター付きの椅子《いす》にすわる。チリひとつない部屋だ。

オリヴィアが話しはじめる。まだ小さかったころ、うちに一度遊びに来て、もう二度と来なくなった子が、いっぱいいたの。ほんとうにたくさん。友だちのなかには、オーガストがいるからって、わたしの誕生日《たんじょうび》パーティーに来ない子までいてね。直接《ちょくせつ》わたしに言いはしなかったけど、でも、伝わってくるんだよね。オギーとどうつきあえばいいのかわからない人が、けっこういるって、わかるでしょ？

おれはうなずく。

意地悪してるつもりなんてなくて、ただ、こわがってるのよ。だって、ホントに、オギーの顔がちょっとこわいのは、事実だものね？

そうかも、と、おれは答える。

オリヴィアがやさしい声で聞く。でも、ジャスティンは大丈夫《だいじょうぶ》？　ぎょっとしなかった？　こわくなかった？

ぎょっとしなかったし、こわくもない、と、おれはにこっとして見せる。

オリヴィアは、うなずいて、ひざにのせたホッキョクグマのぬいぐるみを見つめる。おれが言ったことを信じたのか、信じてないのか、わからない。でも、オリヴィアは、ぬいぐるみの鼻にキスをすると、にこっと笑っておれのほうに投げた。たぶん、おれを信じるってことだろう。じゃなかったら、少なくとも、信じたいってことだろう。

バレンタインデー

バレンタインデーに、おれはオリヴィアにハートのネックレスをあげ、オリヴィアからは、昔のフロッピーディスクを再利用《さいりよう》して作ったショルダーバッグをもらった。オリヴィアはこういうのを作るのがうまい。プリント基板《きばん》から作ったイヤリング、Tシャツで作ったワンピース、古いジーンズで作ったカバン。すごくクリエイティブ。アーティストになるべきだって、おれは言ったんだけど、研究者になりたいらしい。それも、遺伝学者《いでんがくしゃ》。弟みたいな人のために治療法《ちりょうほう》を見つけたいんだろう、たぶん。

今度おれは、オリヴィアの両親に会うことになった。エイムスフォート通りにある、オリヴィアの家の近くのメキシコ料理店で、土曜の夜に。

その日は一日中、ずっと緊張《きんちょう》しっぱなし。緊張すると、チックの症状《しょうじょう》が出てしまう。小さいころほどじゃない。今はせいぜい、何度か強くまばたきしたり、たまに首をきゅっとかしげたりするくらいだ。だけど、ストレスを感じると、ひどくなる。そしてもちろん、オリヴィアの家族に会うってのは、かなりのストレスになる。

おれが店につくと、みんなはもうレストランで待っていた。オリヴィアの父さんが立ちあがって握《あく》手《しゅ》してくれ、母さんはハグしてくれる。おれは、オギーとあいさつがわりのパンチを交わし、オリヴィアのほおにキスして、席につく。

ジャスティン、会えてよかった！　ヴィアからいろいろ聞いてたよ！

オリヴィアの両親はものすごく感じのいい人たちで、おれは、すぐ気が楽になった。ウェイターがメニューを持ってくる。オーガストを見た瞬間《しゅんかん》、表情《ひょうじょう》が変わる。でも、おれは、なにも気づかないふりをする。今夜は、みんなそろって、気づかないふりをするんだろう。ウェイターのことも、おれのチックのことも、そして、オーガストが、テーブルの上でトルティーヤ・チップスをこなごなにして、スプーンですくって口に入れることも。オリヴィアのほうを見ると、にっこりほほえんでくれる。わかってるんだな。ウェイターの表情も、おれのチックも気づいている。オリヴィアは、なんでも気づく女の子だ。

食事中ずっとしゃべったり笑ったりしていた。オリヴィアの両親は、おれの音楽に興味《きょうみ》があるみたいだ。どうして民族音楽のヴァイオリンを弾《ひ》くようになったのか。おれは、もともとクラシックのヴァイオリンを弾いていたけれど、アパラチア地方の民族音楽に興味を持ち、やがてザディコ音楽にひかれたと説明する。二人は、ひとことも聞き逃《のが》すまいと、とても熱心に聞いてくれる。そして、ぜひ聴《き》きたいから、おれのバンドが今度演奏《えんそう》するときは知らせてほしいと言う。

ほんとうのところ、こんなふうにあれこれ聞かれるのには慣《な》れてない。うちの親は、おれがなにをやりたがっているかなんて、見当もつかないだろう。一度だって聞かれたことがない。うちでは、こんなふうに話さない。二年前、おれがバロック・ヴァイオリンを、八本弦《げん》のハルダンゲル・ヴァイオリンに交換《こうかん》したことすら知らない。

食事のあと、オリヴィアの家で、アイスクリームを食べることになった。犬がドアのところで出迎《でむか》えてくれる。年寄《としよ》りの犬。すごく人なつこい。でも、廊下《ろうか》のあちこちに、食べたものを吐《は》いていた。オリヴィアの母さんが、あわててペーパータオルを取りにいき、父さんが、赤ちゃんみたいに犬を抱《だ》きあげる。

どうしたんだ？　いい子ちゃん？　オリヴィアの父さんが言う。犬は、舌《した》を出してしっぽをふり、足をだらっとたらして、うっとりしている。

パパ、デイジーが来たときのこと、ジャスティンに話してあげて。オリヴィアが言う。

話してよ！　オギーも言う。

オリヴィアの父さんは、犬を腕《うで》に抱いたまま、にこにこして椅子《いす》にすわる。プルマン家で何度もくりかえされてきた、定番のうれしい話らしい。こんな話だ。

ある日、地下鉄の駅から家に帰るとちゅう、このあたりじゃ見かけたことのないホームレスの男が、こいつをベビーカーに入れて押《お》していた。そして、近寄《ちかよ》ってくると、言ったんだ。「そこの旦那《だんな》、この犬を買いませんか？」ろくに考えもしないで、言っちゃったよ。「ああ。いくらほしいんだい？」十ドルだって言われたから、財布《さいふ》にあった二十ドル札を渡《わた》したら、その犬を手渡《てわた》されたんだ。ところがジャスティン、その犬がくさいのなんのって！　きみはあそこまでくさいにおいをかいだことがないと思うね。それで、そこからまっすぐ、近くの動物病院に寄《よ》って、それから家に連れて帰ったんだ。先に電話くらいくれてもいいのにね！　ホームレスの人の犬を連れ帰っても、かまわないかどうかって。オリヴィアの母さんが、床《ゆか》をきれいにしながら口をはさむ。

そのあいだ、犬はちゃんとオリヴィアの母さんを見ている。みんなが自分のことを話しているのが、全部わかっているみたいだ。幸せな犬だな。その日この家族に出会えて、ほんとうに運がよかったと思ってるんだろう。

この犬の気持ちが、なんとなくわかる。おれもオリヴィアの家族が好きだ。みんな、よく笑う。おれの家族と、まったくちがう。うちの両親は、おれが四歳《さい》のときに離婚《りこん》して、それからというものおたがいに憎《にく》みあっている。おれは週の半分はチェルシーにある親父《おやじ》のアパートで暮《く》らし、残りの半分はブルックリン・ハイツにあるおふくろの家で暮らしている。片親《かたおや》のちがう五歳上の兄がいるけれど、おれがいてもいなくても、ほとんど気づかない。物心がついてからずっと、うちの親は二人とも、おれが自分でなんでもやれるようになるのを待ちきれないって感じだった。「一人で買い物に行けるわね」。「アパートの鍵《かぎ》を持ってろ」。「過保護《かほご》」な親ってのは、けっこうよく聞くけれど、その正反対の子どもをちゃんと守らない親のことは、なんて言うんだ？ 保護不足？ 責任放棄《せきにんほうき》？ 自己中《じこ》心的？ 能力欠如《のうりょくけつじょ》？ ぜんぶ正解《せいかい》。

オリヴィアの家族は、「大好きだ」って、しょっちゅう言いあっている。おれは、最後に家族からそんなことを言われたのがいつか、覚えてもいない。家に帰るころ、チックはすっかりおさまっていた。

わが町

今年の春の演劇公演《えんげきこうえん》は、ソーントン・ワイルダーの『わが町』をやる。オリヴィアにぜったいやるべきと言われて、舞台監督《ぶたいかんとく》の役に応募《おうぼ》した。物語の進行係として登場する、重要な役だ。それが、なぜか通った。まぐれもいいところ。今まで、なんの大きな役もやったことがないのに。きっとオリヴィアのおかげ、と、おれはオリヴィアに言う。だけど残念ながら、オリヴィアは、女子の主役、エミリー・ギブス役にはなれなかった。ピンク色の髪《かみ》のミランダっていう子が選ばれた。オリヴィアはわき役をもらい、主役の控《ひか》えでその練習もすることになった。正直、オリヴィアよりも、おれのほうががっかりしている。本人はほっとしているみたいだ。大勢《おおぜい》に見つめられるのって、好きじゃないの、と言う。こんなかわいい子が言うと、なんだか変に聞こえる。もしかしたらわざとオーディションを落ちたのかも、と思ってみたりもする。

公演は、四月の終わりだ。今は三月の半ばだから、セリフを覚えるのに六週間もない。稽古《けいこ》にも時間を取られる。バンドの練習もあるし、期末試験もあるし、オリヴィアとすごす時間も大事だ。これから六週間、キッキッになるのはまちがいない。演劇担当《たんとう》のダーベンポート先生は、公演のことですっかり舞《ま》いあがっている。公演が終わるまで、しごきまくられるに決まってる。噂《うわさ》では、はじめ先生は『エレファント・マン』をやるつもりだったのに、最後の最後で『わが町』に変えたらしい。そのせいで、稽古期間が一週間短くなった。

すさまじい一か月半なんて、まったくうんざりだ。

テントウムシ

オリヴィアと二人で、オリヴィアの家の玄関《げんかん》前の階段《かいだん》にすわっている。セリフを覚えるのを手伝ってくれてる。三月なのに、夕方でもあたたかい。夏みたいだ。空はまだ水色だが、陽《ひ》は低くなり、歩道には長い影《かげ》が落ちている。

おれはセリフを暗唱する。

そう、太陽は何千回と空に昇《のぼ》った。夏や冬がおとずれて、少しずつ山をくだき、雨で土をいくらか流した。あのころ生まれていなかった赤ん坊《ぼう》は、もうちゃんと話せるようになっている。そして、自分は若《わか》くて元気だと思っていた人びとの多くが、かつてのように息切れすることなく、階段《かいだん》を駆《か》けあがることができない……。おれは首を横にふる。続きが思い出せない。

こうしたすべてが一千日のあいだに起こりうるのだ、と、オリヴィアが台本を読んで、セリフを教えてくれる。

そう、そう、そうだった。と、おれは首を横にふり、ため息をつく。オリヴィア、もうへとへとでダメだよ。どうしたら、こんなにたくさんのセリフを覚えられるんだ？

大丈夫《だいじょうぶ》。オリヴィアは自信たっぷりに言う。そして、腕《うで》をのばし、どこからか飛んできたテントウムシを、ふんわり両手で包む。ほらね？　うまくいくってことよ。オリヴィアはそう言いながら、ゆっくりと上の手をはずし、もう片方《かたほう》の手のひらの上でテントウムシが歩いているのを見せてくれる。

幸運のしるしか、暑いだけか、とおれは茶化す。

幸運に決まってるでしょ、とオリヴィアは答え、テントウムシが手首をのぼるのを見つめている。テントウムシに願い事をすると、かなうって言われてるよね。小さいころは、オギーといっしょにホタルに願い事をしてたのよ。オリヴィアは、はずした手を、ふたのようにもどして、またテントウムシを両手のなかに包む。ほら、願いをかけて、目を閉《と》じて。おれは、言われたとおりに目を閉じる。そして、しばらくしてから目を開ける。

願い事した？

ああ。

オリヴィアが、にこっとして両手を広げると、行け、と言われたみたいにテントウムシは羽を開いて飛び去る。

どんな願い事をしたか、知りたくない？　おれは、オリヴィアにキスしながら聞く。

ううん。オリヴィアははにかむように答え、空を見上げる。空は今、オリヴィアの目の色だ。わたしも願い事をしたの、と、なにか意味ありげに言うオリヴィア。願い事はものすごくたくさんありそうで、なにを考えているのか、おれにはぜんぜんわからない。

バス停

ちょうど帰ろうとしていたところに、オリヴィアの母さん、オギー、ジャック、それにデイジーが玄関《げんかん》前の階段をおりてきた。オリヴィアとロマンチックな長いキスの真っ最中だったから、ちょっときまりが悪い。

オリヴィアの母さんは、あら、こんばんは……と言って、そんなのは気づかなかった、というふりをするけれど、オギーとジャックはクスクス笑っている。

こんばんは、プルマンさん。

ジャスティン、イザベルって呼《よ》んでちょうだい、とオリヴィアの母さんがまた言う。これを言われるのも、もう三回目ぐらいだから、ほんとうにそう呼ばなきゃいけないんだろう。

帰るところなんです。おれは、なんだか言いわけがましく言う。

じゃあ、地下鉄の駅に行くの？　ジャックをバス停まで送ってくれるかしら？　オリヴィアの母さんが、新聞紙を片手《かたて》に犬の後ろを歩きながら言う。

いいですよ。

いいわよね、ジャック。そう聞かれて、ジャックは肩《かた》をすくめる。ジャスティン、バスが来るまでジャックといっしょに待っててもらえるかしら？

もちろんです！

みんな、さよならのあいさつを交《か》わし、オリヴィアが、おれにウィンクする。

少し歩いたところでジャックが言う。いっしょに待ってくれなくても、大丈夫《だいじょうぶ》です。いつも、一人でバスに乗ってるし。オギーのママは過保護《かほご》すぎるんです。

低くしゃがれた声のジャックは、小さいながらもタフで男っぽい。そういえば、昔のモノクロ映画《えいが》に出てくるわんぱく小僧《こぞう》のようにも見える。ハンチング帽《ぼう》に半ズボンが似合《にあ》いそうだ。

バス停につき、時刻表《じこくひょう》を見ると、次のバスは八分後に来る。いっしょに待つさ、とおれは言う。すると、ジャックは肩をすくめて答える。

ご自由に。一ドル借してもらえます？　ガムを買いたいんで。

おれがポケットから一ドル札を引っぱりだすと、ジャックは通りを渡《わた》って、角のスーパーに入っていく。なんだか、ジャックは、一人で街を歩きまわるには小さすぎるように見える。だけど、おれは、あの子ぐらいのときに一人で地下鉄に乗っていた。まだそんなことをする年齢《ねんれい》じゃないのに。いつか、おれは過保護な父親になるだろう。きっとそうだ。おれの子どもたちは、おれに大事にされていることがわかるはず。

一、二分ほど待ったころ、三人の子がむこうから歩いてきた。スーパーの前を通りかかると、一人がなかをのぞきこみ、あとの二人をつつく。それから、三人とも後もどりして店のなかをのぞきこんだ。なにかたくらんでいるにちがいない。たがいにひじでつつきあい笑っている。一人はジャックくらいの背丈《せたけ》だけど、あとの二人はずっと大きくて、まるで三つ四つ年上のように見える。三人は表の果物棚《だな》の後ろにかくれて、ジャックが出てくると、ゲーゲー吐《は》く真似《まね》をしながらすぐ後ろをついてくる。曲がり角でジャックがさっとふりかえってだれだか見ようとすると、三人は逃《に》げ、たがいにハイタッチをしながら笑っている。むかつくガキどもだ。

ジャックは、なにごともなかったかのように通りを渡《わた》ってもどってくると、停留所《ていりゅうじょ》のおれの横に立ち、風船ガムをふくらませる。

あいつら、友だちか？　やっとおれはたずねる。

ふんっ。ジャックはそう言って、笑おうとするが、怒《おこ》っているのが見え見えだ。

同じ学校のイヤなやつらで、ジュリアンっていうのと、そいつが飼《か》ってるゴリラ二頭、ヘンリーとマイルズ。

しょっちゅう、あんないやがらせをされてるのか？

いや、今まではなかったけど。それに、学校ではやらないです。先生たちにバレたら退学《たいがく》になるから。ジュリアンはこのあたりに住んでいないのに、たまたま運悪く出くわしちゃったんです。

ああ、そうか。おれはうなずく。

たいしたことないから、とジャックはきっぱり言い切る。

なんとなく二人そろって、バスが来ないか、通りのむこうをながめてしまう。

ぼくたち、戦争みたいなのしてるんです。一分後、ジャックが言う。そう言えばわかるはず、とでもいうように。そして、ジーンズのポケットからくしゃくしゃになったルーズリーフの紙を取りだして、おれに渡す。広げてみると、三つに分類された名前のリストが書かれている。ジュリアンは、学年全員がぼくの敵《てき》になるようにしむけたんです。ジャックが言う。

全員じゃないな、と、おれはリストを見ながら言う。

あいつは、ぼくのロッカーに「オマエは嫌《きら》われものだ！」とか書いた紙切れを入れるんです。

先生に言うべきだぞ。

こいつバカか……とでも言いたそうに、ジャックはおれを見つめ、首を横にふる。

とにかく、これだけ中立の子がいるんだから、この子たちをみんな味方にできたら、かなり対等に近くなる。おれはリストを指さしながら言う。

うん、まあ、そうでしょうね、とジャックは皮肉っぽく言う。

なら、やれば？

ジャックが、またおれを見つめる。こんな愚《おろ》か者と今まで話したことがないっていうような目つきだ。

なんだよ？　と、おれ。ジャックは、おれが救いようのないやつだと言いたそうに、首を横にふって言う。

ぼくは、学校でまったく人気のない子と仲良くしてるんですよ。

なるほど。はっきり言われなくてもわかった。オーガストだ。なにもかも、ただオーガストと友だちでいるせい。だけど、おれがオーガストの姉さんとつきあってるから、言いたがらない。ああ、そりゃそうだろう。もっともだ。

バスが通りをやってくるのが見える。

おれは、ジャックにリストを返しながら言う。じゃ、へこたれるなよ。その学年のころってのはいろいろサイアクで、高校ぐらいになると、だいぶマシになる。なんとかなるから。

ジャックは肩《かた》をすくめ、その紙をポケットにつっこんだ。

バスに乗りこみながら手をふる。おれも手をふり、バスが離《はな》れていくのを見つめる。

通りをふたつ越《こ》えて地下鉄の駅につくと、駅のとなりのベーグル店の前で、さっきの三人がたむろしていた。げらげら大笑いしあっていて、ちょっとした不良グループ気取りだ。高価《こうか》なスキニージーンズをはいた金持ちのお坊《ぼ》っちゃんたちが、悪ぶっている。

いったいなんでそんな気になったんだろう。おれは、メガネをはずしてポケットに入れ、ヴァイオリンケースのとがったほうを前にして小脇《こわき》に抱《かか》える。眉間《みけん》にしわをよせ、意地悪そうな顔つきで、つかつか近寄《ちかよ》っていく。三人はおれに気づく。おれを見て、口元から笑いが消える。三人の手にしたアイスクリームコーンが、かたむいたまま止まっている。

おい、よく聞け。ジャックに手出しするんじゃねえ。おれは、クリント・イーストウッドが演《えん》じるタフな男のような声で、ゆっくりとドスをきかせて言う。今度やったら、この先ずっと後悔《こうかい》することになるからな。そして、見せつけるようにヴァイオリンケースをコンコンとたたく。

わかったか？

三人はそろってうなずく。握《にぎ》ったアイスクリームが手にたれている。

よし。おれは、すごみをきかせてうなずき、地下鉄への階段《かいだん》を一段《いちだん》飛ばしに駆《か》けおりる。

リハーサル

公演《こうえん》が近づくにつれて、おれの毎日は劇《げき》一色に染《そ》まった。とほうもなくたくさんのセリフを覚えないといけない。長い一人語りもある。でも、オリヴィアのアイデアで、うまくいきそうだ。ヴァイオリンを持って舞台《ぶたい》に立ち、しゃべりながらちょこっと弾《ひ》くんだ。台本に書かれていることじゃないけれど、ダーベンポート先生は、舞台監督役《かんとくやく》のおれがヴァイオリンを弾くと、片田舎《かたいなか》の感じが強まると思ったらしい。おれにとっては大助かり。セリフにつまったら、ヴァイオリンを取って『ソルジャーズ・ジョイ』でも弾けば、思い出す時間がかせげるわけだ。

劇に出演するほかの生徒のことも、特に、エミリー役のピンクの髪《かみ》の女の子のことも、かなりわかってきた。いっしょにつるんでいる仲間たちの印象から、えらそうにふるまう女の子かと思っていたけれど、ぜんぜんそんなことはない。その子のカレは、学校の運動部系《けい》では有名な体格《たいかく》のいい花形スポーツ選手だ。おれとはまったくかかわりのない世界。だから、そのミランダっていう子がわりといい子だったことに、おれはびっくりしている。

ある日、おれとミランダは、舞台裏《ぶたいうら》の床《ゆか》にすわって照明係がメイン・スポットライトを調整し終えるのを待っていた。

ねえ、オリヴィアとつきあってどれくらいになるの？　とつぜんミランダが聞いてくる。

四か月くらい、とおれは答える。

弟にも会った？　ミランダが、ごくふつうに聞く。思いがけない質問《しつもん》に、おれは驚《おどろ》きをかくせない。

オリヴィアの弟を知ってるのか？

ヴィア、なにも言ってなかった？　あたしたち、親友だったの。オギーのことは、赤ちゃんのころから知ってるよ。

あっ、そうか。そうだったね、とおれは答える。オリヴィアからひとことも聞いていないなんて、知られたくない。ミランダがヴィアって呼《よ》んだのを聞いておれがびっくりしたのも、知られたくない。オリヴィアは、家族以外のだれからもヴィアって呼ばれていないはずだ。なのに、このピンク髪《がみ》の、今までまったく関係ないと思ってた子が、ヴィアって呼んでる。

ミランダは笑って首をふっているけど、なにも言わない。ぎこちない沈黙《ちんもく》のあと自分のかばんをごそごそまさぐって、財布《さいふ》を引っぱりだした。写真を二枚《まい》、ぱぱっと見ると、一枚をおれに渡《わた》す。明るく晴れた日に公園で撮《と》った、小さな男の子の写真だ。Tシャツと半ズボン姿《すがた》で——頭をすっぽりおおう宇宙飛行士《うちゅうひこうし》のヘルメットをつけている。

ミランダは、写真を見てにこにこしている。三十五度を超《こ》えた暑い日だったのに、なにがあってもヘルメットを取らなかったの。二年間ずっとかぶってたのよ。冬も夏も、ビーチでも。どうかしてるよね。

ああ、オリヴィアのうちで、写真を見たことがあるよ。

ヘルメットをあげたのは、あたし。ミランダはちょっと誇《ほこ》らしそうに言う。おれから写真を返されると大事そうに財布にもどす。

かっこいいじゃん、と、おれは言う。

じゃあ、平気なの？　ミランダがおれを見つめて聞く。

おれは、きょとんとしてミランダを見ながらたずねる。平気って、なにが？

ミランダは、信じられないというように眉《まゆ》をあげて驚いている。なんのことか、わかってるでしょ。

ミランダは、水筒《すいとう》の水をゆっくりと飲んでから続ける。現実《げんじつ》を見つめてみなよ。この世界はオギー・プルマンにやさしくなかったの。

小鳥

ミランダ・ナヴァスと友だちだったって、どうして教えてくれなかったんだ？　おれは、次の日、オリヴィアに言う。なにも言ってくれなかったことが、けっこう頭にきていた。

大事なことじゃないもの。オリヴィアは言い逃《のが》れっぽく答え、おれのほうがおかしいとでも言うようにおれの顔を見る。

大事なことだろ。まるで、おれがバカみたいじゃないか。なんで言ってくれなかったんだ？　いつも、ミランダなんか知らないってふりをしてさ。

知らないもの。あんなピンク髪《がみ》のチアリーダーなんか知らない。わたしが知ってるミランダはアメリカン・ガールの人形を集めてた、すごくダサい子よ。

おいおい、落ちつけ、オリヴィア。

そっちこそ、落ちついてよ。

ちょっとくらい言ってくれてもよかったのに。おれは小声で言って、オリヴィアのほほにぽろっと流れだした大粒《おおつぶ》の涙《なみだ》には気づかないふりをする。

オリヴィアは肩《かた》をすくめ、あふれる涙をおさえようとしている。

もういいよ。怒《おこ》ってないから。おれのせいで泣きだしたんだろうと思ってなだめる。

べつに怒ってたっていいよ。オリヴィアが意地悪げに言う。

やさしいね、まったく、と、おれも言い返す。

オリヴィアは、なにも言わない。また涙があふれそうだ。

オリヴィア、なんなんだよ？

言いたくなさそうに、オリヴィアは首を横にふる。だけど、とつぜん、ものすごいいきおいで涙があふれだした。

ごめんなさい。ジャスティンのせいじゃないの。ジャスティンのせいで泣いてるんじゃないの。オリヴィアが泣きながら言う。

じゃ、どうして、泣いてるんだよ？

自分が、ひどい人間だから。

なに言ってるんだよ？

オリヴィアは、こっちを見ずに手のひらで涙をふき、早口で答える。

うちの両親に劇《げき》のことをまだ話してないの。

おれは首を横にふる。どうしてそんなことを言うんだか、さっぱりわからない。大丈夫《だいじょうぶ》さ。まだ遅《おそ》くない。チケットも残ってるし……。

家族に来てもらいたくないのよ、ジャスティン。もどかしそうに、オリヴィアは口をはさむ。わたしの言いたいことがわからない？　来てほしくないの。だって、パパとママが来るなら、オギーを連れてくる。でも、わたし……。

ここまで言うと、またすごいいきおいで泣きだした。おれはオリヴィアの肩《かた》を抱《だ》きよせる。

わたし、ひどい人間よ！　オリヴィアが泣きながら言う。

ひどい人間なんかじゃない、と、おれはやさしく言う。

ひどい人間なのよ！　と、オリヴィアはしゃくりあげる。新しい学校に来て、すごく気が楽だったの。だれも弟のことを知らないから。わかるでしょ？　だれも、こっそりわたしの噂《うわさ》しない。それが居心地《いごこち》いいのよ、ジャスティン。でも、弟が劇に来たら、みんなに知られてしまう……。なんでこんなふうに思うのかわからない……弟のことを恥《は》ずかしいなんて、今まで思ったことなかったのに。

わかってる。わかってるさ。無理ないことだよ、オリヴィア。今までずっと、さんざん苦労してきたんだ。

オリヴィアがときどき、小鳥みたいに見えることがある。怒《おこ》ると羽をさかだてる小鳥。そして、こんなふうに弱っているときは、迷子《まいご》の小鳥みたいだ。

だから、おれの翼《つばさ》で守る。

世界

今夜は眠《ねむ》れない。いろんなことが頭のなかに浮《う》かび、いっこうに消えない。一人語りの長いセリフ。暗記しなきゃならない周期表の元素《げんそ》。理解《りかい》しておくべき数学の定理。オリヴィア。オギー。

ミランダの言葉が、何度もよみがえる――この世界はオギー・プルマンにやさしくなかったの。

ミランダの言葉と、その言葉の意味することを、ずっと考えてる。ミランダの言うとおりだ。この世界はオギー・プルマンにやさしくなかった。あの子が、なにかしたというのか？　こんなめにあっても当然なのか？　それともオギーの両親やオリヴィアが、なにかしたというのか？　医者はオリヴィアの両親に、なんとか症候群《しょうこうぐん》がいくつも重なってオギーの顔みたいになる確率《かくりつ》ってのは、四百万人に一人ぐらいだと説明したらしい。オリヴィアが前に言っていた。となると、この世界は、巨大《きょだい》なくじ引きってことになるのか？　生まれるときに、くじを買う。いいのに当たるか、悪いのに当たるかは、でたらめに選ばれる。すべては運だというのか。

考えるとめまいがしてくる。だけどそのとき、世界のやさしさに気づいて、ほっとした。まるで、民族音楽の音階で心やわらぐような気分。そう、まったくのでたらめなんかであるはずがない。もしもでたらめだけに頼《たよ》っているのなら、とっくに人類は滅《ほろ》びてる。でも、そんなことは起きてない。おれたちの目に見えない方法で、一番はかなげな生き物を守っている。たとえば、その子をいちずに愛してくれる両親がそばにいる。人間らしい気持ちを抱《いだ》くことさえ、弟に申し訳《わけ》なく感じる姉さんがいる。その子といっしょにいるせいで、ほかの友だちをみんな失った、しゃがれ声の男の子もいる。それから、その子の写真を財布《さいふ》に入れて持ち歩いている、ピンク髪《がみ》の女の子もいる。くじ引きかもしれないけれど、結局全部合わせて差し引きすると公平になる。この世界は、小鳥たちをみんな大事にしている。

part6

オーガスト
AUGUST

人間とはなんとすばらしい創造物《そうぞうぶつ》であることか！
気高い理性《りせい》、そして無限《むげん》の能力《のうりょく》を持ち、みごとな姿《すがた》と動きをしている！
天使のような行動と、神のような理解力《りかいりょく》！
まさにこの世の美しさの極《きわ》みである。

——シェイクスピア『ハムレット』より

北極

ぼくらのジャガイモ電池は理科研究大会で大変な注目の的《まと》だった。そして、ジャックもぼくもAの成績《せいせき》をもらった。ジャックは五年生になってからAを取ったことがなかったので大喜びしてたよ。

体育館に置かれたテーブルには、みんなが共同研究した作品がずらりと並《なら》べられた。十二月のエジプト博物館の日の展示《てんじ》とよく似《に》ているけど、並んでいるのはピラミッドやファラオじゃなくて、火山や分子の模型《もけい》など。ちがうことはもうひとつ、ぼくらは親といっしょに作品を見てまわるんじゃなく、自分の作品のそばに立って、見にくる人の相手をする。

ちょっと計算してみると、うちの学年には六十人の生徒がいるから、親は六十×二。これにおじいちゃん、おばあちゃんが来る場合もあるので、少なくとも百二十人以上の目がぼくにむく。ぼくを見《み》慣《な》れていない目ばかり。生徒たちの目とはちがう。ちょうど、方位磁石《じしゃく》の針《はり》がどっちにむけられても、必ず北をさすのと同じような感じ。ここに来る人たちの目が方位磁石の針で、ぼくが北極ってこと。

そういうわけで、親が来る学校行事ってのが、いまだに好きじゃない。学年のはじめのころよりはマシになったけどね。感謝祭《かんしゃさい》フェスティバルなんか最悪だったと思う。あのとき、はじめて同じ学年の親たちからいっせいに見られたんだ。そのあとエジプト博物館の日があったけれど、ぼくはミイラの姿《すがた》をしてたから、だれにも気づかれなかった。そしてその次が、イヤでイヤでたまらなかった冬の音楽会だ。コーラスで歌わなきゃならなかった。ぜんぜんちゃんと歌えなかったってこともあるけど、見世物になったような気がした。新年の展覧会《てんらんかい》はマシだったけれど、それでもわずらわしかった。学校中の廊下《ろうか》に作品が展示されて、全校生徒の親が見にくるんだ。だから、ぼくのことを知らなかった大人たちと階段《かいだん》ですれちがったりして、学校に通いはじめたときの経験《けいけん》をくりかえしたみたいだった。

とは言っても、ぼくは人がどんなふうに反応《はんのう》するかをいちいち気にしているわけじゃない。何万回も言ったと思うけど、そういうのにはもう慣《な》れているんだ。それっぽっちのことは苦にならない。外に出たら小雨が降《ふ》ってた、というていどのことだ。小雨くらいで、だれも長靴《ながぐつ》なんてはきやしない。傘《かさ》だってささないだろう。そのまま外を歩いたって、髪《かみ》がぬれたこともほとんど気づかない。

ところが、大きな体育館が大人でいっぱいになると、小雨じゃなくてハリケーンのようになってしまう。みんなの視線《しせん》が、いっせいにぼくに降《ふ》りそそいでくるんだ。

ママとパパは、長いことぼくらのテーブルのまわりにいた。ジャックの両親もいる。おもしろいことに、子どもが作る仲良しグループと同じ組み合わせで、その親たちも行動している。たとえば、ぼくの両親とジャックの両親とサマーのお母さんは、仲がいい。ジュリアンの両親は、ヘンリーの両親やマイルズの両親といっしょにいる。それから、マックスの両親は、もう一人のマックスの両親といっしょにいる。なんだか笑えるね。

家まで歩いて帰る道すがら、パパとママにそのことを教えたら、二人ともおもしろがっていた。

類は友を呼《よ》ぶっていうのは、その通りねって、ママが言った。

オギードール

このところ、「戦争」のことばかり、ぼくたちは話している。二月なんか、マジ最悪だった。あのころはほんとうにだれも口をきいてくれなかったし、ジュリアンがぼくたちのロッカーに紙切れを入れはじめた。

ジャックへの紙切れに書いてあるのは、ばかばかしいものばかり。たとえば「くせえぞ、マヌケ！」「オマエは嫌《きら》われものだ！」なんていうような悪口だ。

ぼくが受けとった紙切れのほうには、「奇形《きけい》！」とか、「オークめ！　この学校から出ていけ！」とか書いてあった。

サマーは、中等部生徒指導《しどう》のルービン教頭か、トゥシュマン校長に話すべきだって言うけど、それじゃ、ぼくたちがチクることになる。それに、こっちもやり返しちゃったんだよね。といっても、そんなにひどいものじゃないよ。笑えるようなやつだ。

ひとつはこんなの。「ジュリアンったら、なんてハンサムなの！　大好きよ。結婚《けっこん》してくれない？

愛をこめて、ビューラより」

それから、こんなの。「あなたの髪《かみ》が大好き！　キスして抱《だ》きしめちゃいたい。ビューラより」

こんなのも。「まったくかわいいんだから。ねえ、足をくすぐってよ。愛をこめて、ビューラより」

ビューラっていうのは、ぼくとジャックで考えた架空《かくう》の女の子。この子は、ものすごくキモい癖《くせ》の持ち主で、足の指のあいだの垢《あか》を食べたり、げんこつしゃぶりをしたりする。そんな女の子なら、テレビに出てくるアイドルみたいなジュリアンにきっと夢中《むちゅう》になると思ったんだ。

二月には、ジュリアンとマイルズとヘンリーが何度かジャックにいやがらせをした。ぼくにはしてこなかった。たぶん、ぼくへの「いじめ」が学校にばれちゃうと、ものすごい罰《ばつ》を受けることになるって、わかっているんだ。だから、ねらうのはジャックだけ。更衣室《こういしつ》で体育用の短パンをうばって、ジャックの手が届《とど》かないように投げあっていたことがあった。それからホームルームでジャックのとなりの席のマイルズが机《つくえ》の上のプリントを取ってくしゃくしゃに丸め、遠い席のジュリアンに投げたこともあった。ペトーサ先生がいたら、ジュリアンたちもこんなことをするわけがないけど、その日は代行の先生だった。代行の先生ってのは、たいていそういう事件《じけん》にまったく気づかない。このとき、ジャックはなかなかたいしたもので、怒《おこ》っているそぶりをぜんぜん見せなかった。ぼくの目はごまかせなかったけどね。

うちの学年の生徒全員がこの戦争のことを知っていた。はじめのころ、女子はサバンナのグループ以外は中立だった。だけど三月になるころには、いいかげんうんざりしてきていた。男子の一部も同じだった。たとえば、ジュリアンがジャックのバックパックを取りあげて、鉛筆《えんぴつ》けずりのゴミをぶちこんだことがある。そしたら、いつもジュリアンたちといっしょにいるエイモスが、ジュリアンの手からバックパックをつかんでジャックへ返したんだ。このころには、もう大部分の男子がジュリアンの言うなりになってないって、ぼくも感じていた。

そして数週間前、ジュリアンがとんでもない噂《うわさ》を広めはじめた。ジャックが「殺し屋」を雇《やと》って、ジュリアンとマイルズとヘンリーを「始末」しようとしているっていうんだ。あまりにばかばかしいウソなんで、みんな陰《かげ》で笑っていた。ここまでくると、まだジュリアンについていた男子たちも見切りをつけて、はっきり中立になった。そしてついに三月末、ジュリアンの味方はマイルズとヘンリーだけになった。きっとこの二人も、もう戦争にはあきあきしてたんじゃないかな。

それから、ペスト菌《きん》ごっこをしている子はいなくなった。ぼくとぶつかってびる子はもういないし、ペストの心配なんてしないで、ぼくの鉛筆を使うようになった。

それどころか、ぼくとじょうだんを言いあうような子まで、出てきたんだ。たとえばこんな感じ。

この前、マヤがへんてこりんなおばけのキャラクター、「アグリードール」の便せんでエリーに手紙を書いていたんだけど、それを見て、思わずぼくは言ってしまった。「ねえ、知ってる？　アグリードールのモデルは、ぼくなんだ」

マヤは目を丸くして、すっかり信じこんだようにぼくを見つめた。そして、じょうだんだと気づくと大ウケだよ。

「オーガストったら、めちゃめちゃおかしい！」マヤはそう言うと、エリーやほかの女の子たちに教えてまわった。どの子も大ウケ。っていうか、みんな耳にした瞬間《しゅんかん》はびっくりしたみたいなんだけど、ぼくが笑ってるのを見て、自分たちも笑っていいんだって気づいたんだ。その翌日《よくじつ》、ぼくの席にアグリードールのキーホルダーと、マヤからの短い手紙が置いてあった。

世界一ステキなオギードールへ！　マヤより

半年前にはありえなかったようなことが、今はどんどん起きるようになってきた。

それから、ぼくがつけはじめた補聴器《ほちょうき》のことでも、みんなはとても気持ちよく接《せっ》してくれた。

ロボット補佐官《ほさかん》

ぼくは小さいころからずっと、いつか補聴器《ほちょうき》が必要になると医者が両親に言うのを聞いてきた。そのたびに、なぜだかおびえていた。もしかしたら、自分の耳に関係することはとにかくイヤなのかもしれない。

だから聴力《ちょうりょく》がだんだん落ちていることを、だれにも言わなかった。いつも頭のなかでザザッ、ザザーと海の音がして、それがますます大きくなってきていた。水中にいるみたいで、人の声がよく聞こえない。教室の後ろのほうにすわると先生の声が聞こえない。でもパパやママに話したら、補聴器をつけることになるとわかっていた。そしてぼくは、なんとか五年生の終わりまで補聴器をつけないでいたかった。

でも、年一回の定期検診《けんしん》を十月に受けたら、聴力検査《けんさ》でひっかかり、お医者さんに言われてしまった。

「オギーくん、いよいよだ」

そして、ぼくは最新補聴器を扱《あつか》う耳鼻科《じびか》に行かされて、耳の型を取ってもらった。

自分の容姿《ようし》のなかで、一番嫌《きら》いなのは耳だ。ぼくの耳は、小さなげんこつを顔の横にくっつけたみたい。ついている位置も低すぎる。ちょうど、首のところからくしゃくしゃのピザ生地《きじ》が生えているみたいな感じ。うーん、まあさすがにそれは言いすぎか。でも、とにかく自分の耳が大っ嫌いなんだ。

はじめて耳鼻科の先生が補聴器をぼくとママに見せたとき、ぼくはやたらと文句《もんく》を言ってしまった。

「こんなの、つけないからね！」腕《うで》を組んで宣言《せんげん》した。

「大きく見えるかもしれないけど、ヘッドバンドにつけるしか耳に固定する方法がないんだよ」先生が言った。

そうなんだ。ふつう補聴器というものは、耳の後ろに引っかけて、イヤホン部分を耳の穴《あな》に固定できるようになっている。でも、ぼくにはちゃんとした外耳《がいじ》がない。だから、頭の後ろから両耳をはさむがんじょうなヘッドバンドに、イヤホン部分をくっつけて固定しなきゃならない。

「こんなのつけられないよ、ママ」

ぼくが文句を言うと、ママはわざと明るく答えた。

「きっと気にならないわ。ヘッドホンみたいに見えるじゃないの」

「ヘッドホン？　見てよ、ママ！　『スター・ウォーズ』に出てくるロボットってやつみたいに見えちゃうよ！」ぼくは怒《おこ》って言った。

「ロボットって、だれだったかしら？」ママが、おだやかにたずねる。

「おっ、あのロボットか！」先生がヘッドホンの点検《てんけん》と調整をしながら、にこっとして言った。「『帝《てい》国《こく》の逆襲《ぎゃくしゅう》』だよな？　頭の後ろ側から、かっこいいバイオニック通信機をつけてる、はげ頭の男だろ？」

「思い出せないわ」

「先生、『スター・ウォーズ』とか知ってるの？」

先生は補聴器《ほちょうき》をぼくの頭につけながら答えた。「知ってるかだって？　いいかい、ぼくは、『スター・ウォーズ』にも出てくるこの通信機を、じっさいに発明したんだぞ！」先生は椅子《いす》の背《せ》にもたれて、ヘッドバンドがぼくに合っているかたしかめてからはずした。そして、補聴器を指さしながら話してくれた。「さて、オギーくん、この補聴器のことを説明しよう。この丸みをおびたプラスチックは、耳に入れるイヤホンの管とつながっている。十二月に耳の型を取ったよね。あれを使って、ぴったり耳の穴《あな》におさまるように作ったんだ。こっちの部分はトーン・フックって言う。いいか？　これは、頭の後ろからはさむ部分につながる大事なものだ」

「あのロボットの頭にあるやつだ」ぼくはみじめったらしく言った。

「おい、あのロボット補佐官《ほさかん》はかっこいい男だぞ。なにも、ジャー・ジャー・ビンクスみたいなヘンテコ宇宙人《うちゅうじん》に似《に》ちゃうわけじゃないだろ？　あんなだったら、悲惨《ひさん》だよな」先生はまた注意深く、補聴器をぼくの頭につけなおした。「よし、できた。オーガスト、これでどうだ？」

「すごく変な感じ！」

「すぐに慣《な》れる」

ぼくは鏡を見た。涙《なみだ》が出る。目の前のぼくの頭の両側からは、チューブがつきでている。まるでアンテナみたいだ。

ぼくはなんとか泣くまいと、こらえながら言う。「ママ、どうしてもつけなきゃダメ？　いやだよ。つけたって、なんにも変わらないし」

「ちょっと試してごらん。まだ、スイッチを入れてないんだぞ。ちがいがわかれば、つけたくなるから」先生が言った。

「ならないよ！」

そして、先生が補聴器をオンにした。

聞こえる

補聴器がオンになったときに聞こえてきたものを、どう説明したらいいんだろう？　それとも、聞こえなくなったものを説明したほうがいいのかな。ぴったりの言葉を考えるのは、むずかしすぎる。

あの大きな海は、もうぼくの頭のなかにない。すっかり消えた。かわりに聞こえるのは、明かりがキラキラと輝《かがや》いてるみたいな音なんだ。たとえば、部屋の天井《てんじょう》についている電球がひとつ切れちゃったのに、暗いまま放っておく。だけど電球を替《か》えてもらったら、わあ、なんて明るいんだろうって、びっくりしちゃう。なんか、そんな感じ。そのときの「明るい」のような言葉で、この聞こえ方のちがいを説明できたらいいんだけど。ぴったりの表現《ひょうげん》を知ってたら、うまく言えるんだけどね。とにかく、今ぼくの耳に聞こえる音はすべて「明るい」んだ。

「どうだい、オギー？　先生の声が聞こえるかな？」

ぼくは先生の顔を見て、にこりとしたけれど、だまっていた。

「ねえ、今までとちがって聞こえるの？」ママがたずねる。

ぼくは、うれしくてうなずいた。「ママ、そんな大きな声を出さなくていいよ」

「よく聞こえてるんだね？」先生が言った。

「もう雑音《ざつおん》が聞こえない。耳のなかがすごく静かだよ」

「ホワイトノイズが消えたんだ」先生がうなずきながら言った。そして、ぼくを見てウインクする。「ほら、言ったとおりだろ、オーガストくん」先生は左側の補聴器《ほちょうき》の調整をした。

「つける前とぜんぜんちがうの？」ママが聞いた。

「うん、音が……明るくなったんだ」

「そりゃ、人工聴覚《ちょうかく》のおかげだよ」先生は右側の補聴器を調整している。「さあ、ここをさわってごらん」先生は、ぼくの手をつかんで補聴器の後ろ側にあてた。「わかるかな？　それがボリューム。自分でちょうどいい音量を探《さが》さなきゃいけない。今、調整してみよう。さあ、どうかな？」

先生は手鏡をつかみ、ぼくには大きな鏡をのぞきこませて、後ろから補聴器がどんなふうなのか見せてくれた。ヘッドバンドは、ほとんど髪《かみ》の毛でかくれている。髪のあいだからのぞいているのは、チューブの部分だけだ。

「最新式ロボット風補聴器は、気に入ってもらえたかな？」先生が鏡のなかのぼくを見つめている。

「はい、ありがとうございます」と、ぼく。

「ありがとうございます、ジェイムズ先生」ママが言った。

はじめて補聴器をつけて学校に行った日は、きっとみんなに騒《さわ》がれると思っていたのに、ぜんぜんだった。サマーはぼくの耳がよく聞こえるようになって喜んでくれたし、ジャックはぼくがＦＢＩ捜《そう》査官《さかん》みたいに見えると言った。それだけだ。ブラウン先生が、国語の授業《じゅぎょう》で聞いてきたけれど、それだって「いったい、頭になにをつけてるんだ？」なんて言い方じゃない。

「オギー、もう一度くりかえし言ってほしいことがあったら、必ず先生に言いなさい。いいね？」って、それだけ。

今思い返すと、どうしてずっとあんなにいやだったのか、よくわからない。おかしなことに、やる前は心配でしかたなかったのに、いざやってみたらぜんぜん平気だったってことは、ときどきあるんだよね。

ヴィアの秘密《ひみつ》

春休みが終わって二、三日目、ママは高校の演劇公演《えんげきこうえん》が次の週にあることをヴィア姉ちゃんがだまっていたのに気がついた。そして、ものすごく怒《おこ》った。ふだんママはあんまり怒ることがない（パパはそう思ってないかもしれないけど）。だけど今回は、ほんとうに怒った。大げんかになって、お姉ちゃんの部屋からどなりあう声が聞こえてきた。ぼくのロボット補佐官《ほさかん》の耳はママの言葉をはっきり聞きとった。

「ヴィアったら、最近どうしたのよ？　気分屋で、むっつりして、かくしごとして……」

「あんなつまらない劇のことをだまってたからって、なにが悪いのよ？　わたしの役にはセリフもないんだから！」

お姉ちゃんはわめいているような感じだった。

「ジャスティンにはセリフがあるでしょ！　ジャスティンが出るのに、家族に観にきてもらいたくないの？」

「そうよ！　来てもらいたくない！」

「どなるのはやめなさい！」

「ママが先にどなったんでしょ！　放っておいてくれる？　ママったら、今までずっとわたしのこと放っておいたくせに、高校に入ったとたんあれこれ口出して、なんなのよ……」

それにママがどう答えたのか、ぼくは知らない。急に静まりかえり、さすがのロボット補佐官の耳でさえ、なにも受信できなかった。

ぼくのほら穴《あな》

夕食のときにはもう、ママとヴィア姉ちゃんは仲直りしたみたいだった。パパはまだ残業中で、デイジーは眠《ねむ》っていた。その日、デイジーは、食べたものをずいぶん吐《は》いたので、朝になったら獣医《じゅうい》さんに診《み》てもらえるよう、ママが予約を入れていた。

ぼくたち三人はすわったまま、だまりこくっていた。

とうとう、ぼくが話しはじめた。「それで、ジャスティンが出る劇、ぼくたち観にいくの？」

お姉ちゃんは返事をせず、自分の皿を見つめている。

「あのね、オギー、どんな劇なのか、ママも知らなかったんだけど、オギーの年ぐらいだと、おもしろくないものだったのよ」ママが小さな声で言った。

「ぼくは招待《しょうたい》してもらえないの？」ぼくはお姉ちゃんを見つめる。

「そうは言わなかったでしょ。オギーにはつまらないだろうって言っただけよ」とママ。

「うんざりするに決まってる」お姉ちゃんの言葉は、ぼくを責《せ》めているように聞こえる。

「ママとパパは行くの？」

「パパが行くわ。ママはオギーといっしょに家にいる」

「うそ！　ひどい！　わたしが正直じゃなかったから、罰《ばっ》としてママは観にきてくれないってことなんだ！」お姉ちゃんは、ママにわめきちらした。

「もともと観にきてほしくなかったのよね？　そうでしょ？」

「でも、もう、ママは知ってるんだから、来てほしいに決まってるでしょ！」

「ママはね、みんなの気持ちを考えなきゃならないのよ、ヴィア」

「二人とも、なんのこと話してるの？」ぼくは大きな声で聞いた。

「べつに！」二人そろって、ぼくをはねつける。

「ヴィアの学校のことだから、オギーとは関係ないのよ」

「ママのウソつき！」ぼくは言った。

「なんですって?」ママはショックを受けたみたい。お姉ちゃんも驚《おどろ》いている。

「ウソついてるって言ったんだ! ウソつき! 二人とも、ぼくをばかにして! 面とむかってウソをつくなんて」ぼくはどなりながら、立ちあがった。

「オギー、すわりなさい!」ママがぼくの腕《うで》をつかむ。

ぼくは腕を引き抜《ぬ》いて、お姉ちゃんを指さした。「ぼくにはわからないとでも思ってるの? お姉ちゃんは、新しくできたばかりのすてきな友だちに、弟が奇形《きけい》だなんて知られたくないんだ!」

「オギー! ちがうわ!」ママが大声で言った。

「ウソ言わないで、ママ! ぼくを赤ちゃん扱《あつか》いしないで! バカじゃないんだよ! なんのことだか、ちゃんとわかってるさ!」

ぼくは廊下《ろうか》を走って自分の部屋に駆《か》けこんだ。バタンと乱暴《らんぼう》にドアを閉《し》めたせいで、壁《かべ》からぱらぱらとペンキの粉が落ちる。ベッドに倒《たお》れこみ、毛布《もうふ》にもぐった。むかつく自分の顔の上には枕《まくら》やクッションを重ね、その上にぬいぐるみを手当たり次第にのっけた。小さなほら穴《あな》のなかにいるような気がしてきた。もし、ずっと枕で顔をかくしたまま出歩くことができるんなら、そうしたい。

どうしてこんなに怒《おこ》っちゃったのか、自分でもわからない。夕食がはじまったときは怒ってなんかいなかったし、悲しくもなかった。なのに、いきなりぶち切れちゃったんだ。お姉ちゃんがぼくに劇《げき》へ来てもらいたくないってことはわかったし、その理由もわかっていた。

すぐにママが部屋まで追いかけてくると思ったのに、来なかった。ぬいぐるみのほら穴《あな》のなかにいるところを、ママに見つけてもらいたかったから、もうちょっと待ってみた。十分たってもママが来なかったんで、びっくりした。ぼくがなにかに怒《おこ》って自分の部屋にこもると、ママはいつだってようすを見にくるのに。

ママとお姉ちゃんがキッチンで話しているようすを思い浮《う》かべてみた。お姉ちゃんはすごくすごく悔《く》やんでいるだろう。悪いことをしたと後悔《こうかい》しているママの姿《すがた》も目に浮かぶ。きっと、パパが帰ってきたら、ママに腹《はら》を立てるにちがいない。

ぼくは枕《まくら》とぬいぐるみの山に小さなすきまを作り、壁《かべ》の時計をのぞいてみた。三十分もたったのに、ママはまだこの部屋にやってこない。ぼくは、ほかの部屋の音を聞きとろうと耳を澄《す》ましてみた。まだ食事中なんだろうか？　どうしたんだろう？

ようやくドアが開いた。お姉ちゃんだった。お姉ちゃんはぼくの予想とはちがって、ベッドに近づきもしないし、そうっとのぞいたわけでもなかった。すごくあわてていたんだ。

さよなら

「オギー！　早く来て。ママが話があるって」

「ぼく、あやまらないからね！」

「オギーのことなんかじゃない！　世の中、あんたを中心にまわってるわけじゃないんだから！　とっとと来て。デイジーの具合が悪いの。ママが救急の動物病院に連れていくから、さよならを言って」

お姉ちゃんが大声で言った。

ぼくは枕を押《お》しのけて、お姉ちゃんを見上げる。お姉ちゃんは泣いていた。

「さよならって、どういうこと？」

「早く！」お姉ちゃんが手をさしのべる。

ぼくはその手を取り、お姉ちゃんのあとについてキッチンへ行った。床《ゆか》の上でデイジーが足を投げだして横たわっている。ハアハア激《はげ》しくあえぎ、まるで公園を走りまわってきたばかりみたいな息づかいだ。ママがひざまずき、デイジーの頭をなでている。

「どうしたの？」ぼくは聞いた。

「いきなり、クーンクーンって苦しそうに鳴きだしたの」そう言って、お姉ちゃんもママのとなりにひざまずく。

見ると、ママも泣いていた。

「ダウンタウンの動物病院に連れていくわ。もうタクシーも呼《よ》んでるの」とママ。

「獣医《じゅうい》さんが治してくれるよね？」と、ぼく。

ママはぼくを見て、静かに言う。「そう願うけれど、正直言って、わからないわ」

「もちろん、元気にしてくれるさ！」

「オギー、このごろデイジーはだいぶ具合が悪かったし、もう年寄《としよ》りだから……」

「でも、治してもらえるよ」

うなずいてもらいたくてお姉ちゃんを見たのに、お姉ちゃんは顔をあげようとしない。

ママのくちびるがふるえている。「デイジーに、さよならを言うときなのかもしれない。オギー、つらいけど」

「いやだ！」

「デイジーに苦しい思いをさせたくないの、オギー」ママが言う。

電話が鳴った。お姉ちゃんが出て、「はい、わかりました」と答えると電話を切った。

「タクシーがついたって」お姉ちゃんは両手の甲《こう》で涙《なみだ》をぬぐいながら言った。

「わかった。オギー、ドアを開けてちょうだいね」ママはぐったりした大きな赤ん坊《ぼう》を抱《だ》くように、デイジーをやさしく抱きあげる。

「ママ、頼《たの》むから行かないで」ぼくはドアの前に立ちふさがって大声を出した。

「オギー、お願い。とても重いの」

「パパはどうするの？」ぼくはさけんだ。

「直接《ちょくせつ》病院に来るって。パパもデイジーを苦しませたくないの」

お姉ちゃんがぼくをどけて、ママのためにドアを開けて押《お》さえた。

ママがお姉ちゃんに言う。「なにかあったら携帯《けいたい》に電話してちょうだい。デイジーに毛布《もうふ》をかけてくれる？」

お姉ちゃんはうなずきながら泣きじゃくっている。

「さあ、二人とも、デイジーにさよならを言って」ママの涙は止まらない。

「大好きよ、デイジー。ものすごく大好き」お姉ちゃんはデイジーの鼻にキスしながら言った。

「さよなら、いい子ちゃん……大好きだよ……」ぼくはデイジーの耳にささやいた。

ママはデイジーを抱いて玄関《げんかん》前の階段《かいだん》をおりていく。タクシーの運転手がドアを開けてくれて、ママは後部座席《ざせき》に乗りこむ。ドアを閉《し》める前にママは玄関に立っているぼくらを見て、小さく手をふった。こんなに悲しそうなママは、今まで見たことない。

「母さんのこと、大好きよ！」ヴィアが言った。

「ママのこと、大好きだよ！　ごめんなさい！」ぼくも言った。

ママは、ぼくたちにこたえるようにそっとキスを投げるしぐさをして、車のドアを閉《し》めた。タクシーが行ってしまうと、ぼくらは家に入り、ヴィア姉ちゃんがドアを閉めた。お姉ちゃんはぼくを、ぎゅっと抱《だ》きしめてくれた。そのまま二人で百万粒《つぶ》の涙《なみだ》を流した。

デイジーのおもちゃ

三十分ほどたって、ジャスティンがやってきた。

「大変だったね、オギー」ジャスティンがぼくを抱きしめる。

リビングで、ぼくたち三人はなにも言わずにソファにすわった。お姉ちゃんとぼくはどういうわけか、家のあちこちからデイジーのおもちゃを集めて、テーブルの上に積みあげていた。そして、そのおもちゃの山をじっと見つめていた。

「デイジーは、なんてったって世界一すばらしい犬なの」ヴィアが言った。

「そうだね」ジャスティンはお姉ちゃんの背中《せなか》をさすりながら言った。

「ほんとうにいきなり、クーンクーンって鳴きだしたの？」

ぼくがたずねると、お姉ちゃんはうなずく。「オギーがキッチンを飛びだして、二秒後ぐらいよ。ママはオギーを追っかけようとしたんだけど、デイジーが、急にクーンクーンって苦しそうに鳴きだしたの」

「どんなふうに？」とぼくは聞いた。

「クーンクーンだってば」

「遠吠《とおぼ》えみたいに？」

「オギー、クーンクーンなの！」お姉ちゃんが、もどかしそうに答える。「うめきだしたのよ。どこかが痛《いた》かったみたい。それで、はあはあ息をしはじめて、それからバタンと倒《たお》れて、母さんが近づいて抱きあげようとしたら、きっとすごく痛かったのね。デイジー、母さんにかみついたの」

「えっ？」

「母さんがデイジーのお腹《なか》にさわろうとしたら、母さんの手をかんだの」

「デイジーはぜったい人をかまないよ！」

「わけがわからなくなってたんだよ。痛くてたまらなかったにちがいない」ジャスティンが言った。

「父さんが言ったとおりね。こんなに苦しい思いをさせるべきじゃなかったのよ」

「どういうこと？　デイジーが病気だって、パパは知ってたの？」

「オギー、この二か月で、母さんは三回もデイジーを獣医《じゅうい》さんに連れていったのよ。しょっちゅうあちこちで吐《は》きまくってたじゃない。気がつかなかったの？」

「だけど、病気だなんて知らなかったんだ！」

お姉ちゃんはだまって、ぼくの肩《かた》に腕《うで》をまわして抱《だ》きよせる。ぼくはまた泣きだしてしまった。

「ごめんね、オギー。いろいろほんとうに悪かったわ。ゆるしてくれる？　わたしが、どんなにオギーが大好きなのか、わかってるよね？」お姉ちゃんがやさしく言った。

ぼくはうなずく。さっきのケンカのことなんか、もう気にならなかった。

「ママ、血が出てた？」

「軽くかまれただけよ。このあたり」お姉ちゃんは親指のつけ根を指さして、デイジーがかんだところを教えてくれた。

「ママ、痛《いた》がってた？」

「母さんは大丈夫《だいじょうぶ》よ、オギー。なんともない」

パパとママは、二時間後に帰ってきた。ドアを開けたら、デイジーがいない。もう死んでしまったんだと、ぼくとお姉ちゃんにはわかった。みんなで、デイジーのおもちゃの山をかこんですわった。

パパが動物病院でなにがあったのかを話しはじめた。獣医さんがデイジーの血液検査《けつえきけんさ》をして、レントゲンを撮《と》ったら、胃のなかに大きなこぶが見つかったそうだ。デイジーは呼吸《こきゅう》がうまくできなくなっていた。パパもママも、それ以上デイジーを苦しませたくなかった。パパがデイジーをいつものお気に入りの抱き方でだっこした。四本の脚《あし》をぴんと上にのばす抱き方だ。そして獣医さんがデイジーの脚に注射《ちゅうしゃ》を打つあいだ、ママとパパは何度もさよならのキスをして、そっと話しかけた。それから一分後に、デイジーはパパの腕のなかで息をひきとった。とてもおだやかな最期《さいご》だった、とパパは言った。なんの痛みもなく、まるで眠《ねむ》りにつくようだったそうだ。パパは話しながら何度も声をふるわせ、咳《せき》ばらいをした。

その夜、パパが泣いているのをはじめて見た。眠るまでそばにいてもらおうと、ママを呼《よ》びに寝室《しんしつ》へ行ったら、パパがベッドのはじに腰《こし》かけてソックスを脱《ぬ》いでいた。背中《せなか》をドアのほうにむけていたから、ぼくが来たことに気づかなかったらしい。最初は笑っているのかと思った——肩をふるわせていたから。ところが、両手のひらで目をおおったので、泣いているんだってわかった。あんなに静かな泣き方があることを、ぼくははじめて知った。ささやいているみたいな泣き声。そばへ行こうとしたけど、声を殺して泣いているのは、みんなに知られたくないからかもしれないって気がついた。それで廊下《ろうか》に出て、お姉ちゃんの部屋へ行ったら、ママがお姉ちゃんといっしょにベッドで横になっている。ママは小さな声でお姉ちゃんになにか話し、お姉ちゃんは泣いていた。

ぼくは自分の部屋にもどって、言われなくても自分でパジャマに着替《きか》え、夜用の小さな明かりだけつけて電灯を消し、そのままにしてあったぬいぐるみの山のなかにもぐりこんだ。なにもかも百万年も前に起きたことのように思える。補聴器《ほちょうき》をはずして、ベッドのわきのテーブルに置き、布団《ふとん》を耳のところまで引きよせ、デイジーがぼくの体にすりよってくるのを思い浮《う》かべた。ぬれた大きな舌《した》で、ぼくの顔が世界一好きな顔だというように、ぺろぺろなめまわす。そうして、ぼくは眠《ねむ》りに落ちていった。

天国

目が覚めたら、まだ暗い。ぼくはベッドを抜《ぬ》けだし、パパとママの寝室《しんしつ》に行った。

「ママ?」小さな声で呼《よ》んだ。真っ暗で、ママが目を開けたのも見えなかった。「ママ?」

「オギー、大丈夫《だいじょうぶ》?」ママは寝《ね》ぼけ眼《まなこ》だ。

「ここで寝ていい?」

ママはパパのほうに体を寄《よ》せてくれ、ぼくはママにくっつくように横になった。ママが、ぼくの髪《かみ》にキスをした。

「手は大丈夫？　デイジーにかまれたって、お姉ちゃんから聞いたんだけど」

「軽くかまれただけよ」ママがぼくの耳にささやいた。

「ママ……、あんなこと言ってごめんなさい」また涙《なみだ》があふれてきた。

「しーっ……あやまることなんてないの」ママの声は小さくて、よく聞こえなかった。ママがほおをぼくの顔にすりよせてくる。

「お姉ちゃんはぼくのことが恥《は》ずかしいの？」

「ううん、ちがう。そんなわけないって、わかってるでしょ？　ヴィアは、新しい学校に慣《な》れようとしているだけなの。かんたんじゃないわ」

「わかってる」

「そうよね」

「ママのこと、ウソつきだなんて言って、ごめんなさい」

「おやすみ、ぼうや……ママはオギーが大好きよ」

「ぼくもママがすごく大好きだよ」

「おやすみ」ママが、とてもやさしく言った。

「ママ、デイジーは今、おばあちゃんといっしょかな？」

「そうね」

「天国にいるんだよね？」

「ええ」

「天国に行っても、みんな同じ顔かな？」

「わからないわ。同じとは思わないけれど」

「じゃあ、どうやって、だれがだれだかわかるんだろう？」

ママは、疲《つか》れきった声で答える。「知らないわ。ただ感じるのよ。だれかを好きになるのに、目で見る必要はないでしょ？　ただ自分のなかで感じるだけ。きっと天国はそんなふうなのよ。愛ってそういうもの。だれも愛する相手を忘《わす》れない」

ママはまたぼくにキスをする。

「もうおやすみ。遅《おそ》い時間よ。ママもくたくた」

でも、ぼくは寝《ね》られなかった。ママが寝てしまったあとも起きていた。パパの寝息《ねいき》も聞こえたし、廊下《ろうか》のむこうの部屋でお姉ちゃんが眠《ねむ》っている気配もした。デイジーも、今ごろ天国で眠っているんだろうか。もし眠っているのなら、ぼくの夢《ゆめ》を見ているだろうか？　いつか天国に行って、だれもがうぼくの顔のことを気にしないとしたら、どんな感じなんだろう。ちょうどデイジーが、ぼくの顔のことをまったく気にしなかったのと同じように。

控《ひか》えの俳優《はいゆう》

デイジーが死んでから数日がたって、お姉ちゃんは高校の演劇公演《えんげきこうえん》のチケットを三枚《まい》持って帰ってきた。あのときのケンカのことは、もうだれも口にしない。公演初日の夜、お姉ちゃんとジャスティンは、ぼくたちより先に学校へ行かなくてはならなかった。家を出るとき、お姉ちゃんはぼくを抱《だ》きしめ、ぼくが大好きで、ぼくのお姉ちゃんでいることが誇《ほこ》らしいと言った。

その夜、ぼくははじめてお姉ちゃんの新しい学校へ行った。前の学校よりずっと大きい。ぼくの学校の千倍くらいある。廊下がいっぱい。人のいる場所もいっぱい。ロボット補佐官《ほさかん》とおそろいの最新式補聴器《ほちょうき》をつけたせいで、ひとつだけ困《こま》るのは、野球帽《やきゅうぼう》がかぶれなくなったことだ。こんなときに野球帽はほんとうに便利だったんだ。ときどき、小さいころにかぶっていた、あの宇宙飛行士《うちゅうひこうし》のヘルメットをかぶって切り抜《ぬ》けられたらって思うことがある。まさかと思うかもしれないけど、たいていの人は、宇宙飛行士のヘルメットをかぶっている子を見ても、ぼくの顔を見たときほど、へんてこだと思わない。とにかく、ぼくはうつむいたままママのすぐあとについて、長く明るい廊下を歩いた。

大勢《おおぜい》の人の流れのなかで講堂《こうどう》へむかうと、正面の入り口で生徒たちがプログラムを配っていた。ぼくたちは前から五列目のまんなか近くにすわった。席につくとすぐ、ママはなにやらごそごそハンドバッグのなかを探《さが》しはじめた。

「やだ、信じられない！　メガネを忘《わす》れちゃったわ」とママ。

パパはやれやれと首を横にふる。ママはしょっちゅうメガネとか鍵《かぎ》とか、いろいろ忘れる。そういうところは、あてにならない。

「もっと前の席にしようか？」とパパが聞いた。

ママは目を細めて舞台《ぶたい》を見る。「ううん。なんとか見えるから」

「席を変えるなら今のうちだぞ。あとから言わないでくれよ」

「大丈夫《だいじょうぶ》よ」

「ほら、ジャスティンだ」ぼくはプログラムに載《の》っているジャスティンの写真を指さして、パパに言った。

「うまく撮《と》れてるな」パパがうなずいた。

「なんでお姉ちゃんの写真がないんだろう？」

「控《ひか》えだからよ。でも、ほら、ここに名前が載ってるわ」

「控えってなんなの？」

「わあ、見て。ミランダの写真よ。これじゃあ会っても、ミランダだとわからないわね」ママがパパに言った。

「ねえ、控えってどういうこと？」ぼくはもう一度ママに聞いた。

「劇《げき》に出る役者がなにかの理由で出られなくなったとき、かわりに演《えん》じる人のことで、いつでもかわれるように前もってちゃんと練習しておくの。芝居《しばい》の世界ではアンダースタディとも言うのよ」

「そういや、マーティンが再婚《さいこん》するって聞いたかい？」パパがママに言った。

「えっ、うそでしょ?!」ママはずいぶん驚《おどろ》いたみたいだ。

「マーティンってだれ？」と、ぼく。

「ミランダのお父さん」とママは答え、すぐパパにたずねる。「だれから聞いたの？」

「地下鉄のなかで、ばったりミランダのお母さんに会ったんだ。あんまりうれしそうじゃなかったな。赤ん坊《ぼう》も生まれるらしい」

「まあ」ママは首を横にふった。

「ねえ、なんの話？」と、ぼく。

「なんでもないさ」パパが言った。

「ねえ、どうしてアンダースタディって言うの？」ぼくは聞いた。

「パパは知らないよ、オギー・ドギー。控《ひか》えの役者が、正規《せいき》の役者の下《アンダー》で演技《えんぎ》を勉強《スタディ》できるからかな？　ほんとうに知らないよ」

ぼくは言いたいことがあったのだけど、ちょうどそのとき照明が暗くなった。たちまち観客席は静まりかえった。

「パパ、お願いだから、もうオギー・ドギーなんて呼《よ》ばないでくれる？」ぼくはパパの耳元でそっと言った。

パパはにっこりうなずくと、親指を立ててオッケーのサインを出している。

幕《まく》があがり、劇《げき》がはじまる。舞台《ぶたい》はがらんとして、ジャスティンがいるだけだ。古くてこわれそうな椅子《いす》にすわり、ヴァイオリンのチューニングをしている。昔風のスーツを着て、頭には麦わら帽子《ぼうし》。

観客にむかって話しはじめる。

「これから『わが町』という劇をはじめます。脚本《きゃくほん》、ソーントン・ワイルダー、製作《せいさく》と演出《えんしゅつ》、フィリップ・ダーベンポート……。町の名は、ニュー・ハンプシャー州グローヴァーズ・コーナーズ。マサチューセッツ州との州境《しゅうざかい》、北緯《ほくい》四十二度四十分、西経《せいけい》七十度三十七分。ときは、一九〇一年五月七日。太陽は、まさに昇《のぼ》ろうとしているところ」

この出だしを聞いただけで、ぜったいおもしろい劇だってわかった。今までに観た学校劇、『オズの魔法使《まほうつか》い』や『くもりときどきミートボール』なんかとは、ぜんぜんちがうんだ。いかにも大人むけの劇で、それを観ているなんて、自分の頭がよくなったような気がしてくる。

劇が進んでいくと、ウェッブ夫人が娘《むすめ》のエミリーを呼んだ。エミリーはミランダが演《えん》じるんだとプログラムを見て知っていたから、ぼくは身を乗りだして目を凝《こ》らした。

エミリーが登場すると、ママは目を細めて舞台を見ながら、ぼくにささやいた。

「あれミランダよ。ずいぶん変わったわね……」

「ミランダじゃない。お姉ちゃんだよ」ぼくは小声で言った。

「えっ！」ママの体が前につんのめった。

「しいっ！」とパパ。

「ヴィアよ」ママがパパにささやく。

パパはママににこっとして、ささやき返す。「わかってる。しいっ！」

エンディング

ほんとうにみごとな劇だった。話の結末をばらすつもりはないけれど、観客を泣かせるエンディングだった。エミリー役のお姉ちゃんがこのセリフを言うと、ママはもう涙《なみだ》をおさえきれなかった。

「さようなら、世の中よ、さようなら！　グローヴァーズ・コーナーズ、さようなら。……ママも、パパも、さようなら。ときを刻《きざ》む時計も、ママのひまわりも。食事とコーヒーも。アイロンをかけたばかりのワンピース。あったかいお風呂《ふろ》も。……おだやかな夜の眠《ねむ》りも、気持ちのいい朝の目覚めも。ああ、地上の世界！　すばらしすぎて、だれも気づくことはないけれど」

お姉ちゃんはこのセリフを言いながらほんとうに泣いていた。つまり、涙《なみだ》は本物。お姉ちゃんのほおをポロポロ流れていた。なんてすごいんだろう。

劇《げき》が終わると、拍手喝采《はくしゅかっさい》がわき起こった。出演者《しゅつえんしゃ》が一人ずつあいさつに現《あらわ》れ、最後にお姉ちゃんとジャスティンが出てきた。二人の登場に、観客全員が立ちあがった。

「ブラヴォー！」パパが両手を口にそえてさけんだ。

「どうしてみんな立ちあがったの？」

ママも立ちながら答える。「スタンディング・オベーションと言って、すごく感動したときに立ちあがって拍手をするのよ」

ぼくも立ちあがって思いっきり拍手した。あんまりたたき続けて、手が痛《いた》くなった。そのときふと、こんなふうにぼくも、総立《そうだ》ちの拍手喝采を浴びることができたら、どんなにすばらしいだろうって想像《そうぞう》しちゃったよ。世界中のだれもが、一生に一度はスタンディング・オベーションを受けなきゃならないっていう法律《ほうりつ》があるべきだと思う。

それから何分ぐらいたったのだろうか。舞台《ぶたい》に並《なら》んでいた出演者たちが後ろにさがり、幕《まく》がおりた。拍手はやみ、照明がつき、観客は立ちあがって帰りだす。

ぼくとママとパパは舞台裏《ぶたいうら》へむかった。たくさんの人たちが出演者をかこみ、背中《せなか》をたたいて、公《こう》演《えん》の成功にお祝いを言っている。人だかりの中心にお姉ちゃんとジャスティンが見えた。笑ったりしゃべったりしている。

「ヴィア！」パパがごった返すなかをかきわけて進みながら、手をふってさけんだ。やっと近くまでたどりつくと、お姉ちゃんを抱《だ》きしめ、ほんのちょっと持ちあげた。「ヴィア、みごとだったぞ！」

「すごいわ、ヴィア！」ママは興奮《こうふん》してさけんでいる。「すごいわ！　すごいわ！」

ママったら、そんなにきつく抱きしめたら、お姉ちゃん、息がつまっちゃうよ。でも、お姉ちゃんは笑っている。

「最高だったよ、ヴィア！」とパパ。

「ほんと最高だったわ！」ママはうなずくように首をふっている。

それから、パパはジャスティンの手を握《にぎ》りながら、抱きしめた。「ジャスティン、すばらしかったよ」

「ほんとすばらしかったわ！」ママはパパの言葉をくりかえしてばかり。たぶん、感激《かんげき》のあまり、ほとんど言葉が出なかったんだろう。

「ヴィアが舞台《ぶたい》に出てきて、びっくりしたよ！」とパパ。

「ママったら、最初お姉ちゃんだってわからなかったんだよ」ぼくが言った。

「わからなかったわ！」ママは手を口にあてている。

「ミランダの具合が悪くなったんだけど、劇《げき》がはじまる直前で、アナウンスする時間もなかったの」

お姉ちゃんが息をはずませて説明した。

それにしてもなんだか、お姉ちゃんが変に見える。舞台用の化粧《けしょう》をしたお姉ちゃんなんて、はじめて見たからね。

「じゃあ、ぎりぎりになって、いきなりかわったのかい？　すごいなあ」とパパ。

「ヴィアは、りっぱでしたよね」ジャスティンが片手《かたて》でお姉ちゃんを抱《だ》きよせながら言った。

「観客は一人残らず泣いていたよ」パパが言った。

「ミランダは大丈夫《だいじょうぶ》？」

ぼくの言葉はだれにも聞こえなかった。ちょうどそのとき、先生らしい男の人が拍手《はくしゅ》をしながら、
ジャスティンとお姉ちゃんに近づいてきたんだ。

「ブラヴォー、ブラヴォー！　オリヴィア、ジャスティン！」と言うと、お姉ちゃんの両ほおにキス

をした。

「ちょっとセリフをとちっちゃいました」お姉ちゃんが首を横にふって言った。

「でも、ちゃんとやりとげたじゃないか」その人は満面の笑《え》みを浮《う》かべている。

「ダーベンポート先生、わたしの両親です」お姉ちゃんが言った。

「こんなすばらしいお嬢《じょう》さんで、お二人とも、さぞご自慢《じまん》でしょう！」先生は両手で二人と握手《あくしゅ》しながら言った。

「はい、ありがとうございます」

「それから、弟のオーガストです」お姉ちゃんが言った。

先生はなにか言いかけたみたいだったけれど、ぼくを見たとたん凍《こお》りついた。

「先生、ぼくの母にも会ってください」ジャスティンが先生の腕《うで》を引っぱった。

お姉ちゃんがぼくになにか言いかけたとき、だれかがやってきてお姉ちゃんに話しかけた。そして、気がついたら、ぼくは人ごみのなかで一人ぼっちになっていた。もちろん、パパとママがいるところはわかっていたけれど、まわりは人だらけで、何度もだれかにぶつかられてよろけ、そのうえ連続パンチを受けるように驚《おどろ》きの目で見られ、ぼくは気分が悪くなってきた。暑さのせいかもしれないけれど、ちょっとめまいもする。人の顔がぼやけて見えるし、声もうるさすぎて、耳が痛《いた》いような気がしてくる。ぼくは、ロボット補佐官《ほさかん》の補聴器《ほちょうき》の音量を小さくしようとして、うっかり逆《ぎゃく》に大きくしてしまい、うろたえた。顔をあげてみても、パパとママとお姉ちゃんは見あたらない。

「お姉ちゃん?」ぼくは大声で呼《よ》んだ。そして、人ごみを押《お》しのけて、ママを探《さが》しはじめた。「ママ!」

ぼくの目に入ってくるのは、知らない人たちのお腹《なか》とネクタイばかり。「ママ!」

とつぜん、だれかが後ろからぼくを抱《だ》きあげた。

「だれかと思ったら!」

聞き覚えのある声がして、ぎゅっと抱きしめられた。お姉ちゃんかと思ってふりかえり、ものすごくびっくりした。

「よっ、トム少佐《しょうさ》!」

「ミランダ!」ぼくは、思いっきりミランダに抱きついた。

part7

MiRANDA《ミランダ》

見すごしてきてしまった、

たくさんの美しいものを。

忘れていた、

人生は自ら探し求めるものだということを。

――アンダイン『美しいもの』より

キャンプでのウソ

あたしが高校に入る前の夏、両親が離婚《りこん》した。そのあとすぐ、父さんはだれかと暮《く》らしはじめた。母さんは一度も言わなかったけれど、離婚はその人のせいだったんだと思う。

あれから、あたしはほとんど父さんに会っていない。母さんはなんだかおかしなふるまいが増《ふ》え、今までとちがう。情緒《じょうちょ》不安定なわけじゃない。ただ、よそよそしい。距離《きょり》ができた感じ。もともと母さんは、外でやたら愛想がいいぶん、逆《ぎゃく》に家では笑顔を見せないような人だった。自分の気持ちや生き方について話してくれたことも、あんまりない。母さんがあたしくらいの年のときにどんなだったのか、よく知らない。なにが好きで、なにが嫌《きら》いだったんだろう。母さんの両親のことは何度か聞いたけど、あたしはその二人に会ったことがない。母さんが話すことといえば、早く大人になって両親からできるだけ遠くへ離《はな》れたかったということばかり。その理由はまったく教えてくれない。何度かたずねてみたのだけど、母さんは聞こえないふりをしていた。

そんな夏に、キャンプなんかへ行きたくなかった。どこにも出かけないで、離婚で大変な母さんを支《ささ》えたかった。なのに母さんときたら、あたしをキャンプへ行かせたがって、あとに引かない。一人の時間がほしいのかと思って、あたしは母さんの言うとおりにした。

キャンプはサイテーだった。すごくイヤだった。小さい子のめんどうをみるジュニアリーダーにはじめてなったんで、今までよりマシかと思っていたのだけど、あてはずれだった。前の年のキャンプで知りあった子たちが来なかったから、知ってる子がいなかった。一人も。それでなんとなく、めんどうをみている女の子たちを相手に、ほかの人になりきる「ごっこ遊び」みたいなことをはじめた。自分のことを聞かれると、適当《てきとう》に話を作っちゃうの。両親はヨーロッパに住んでいるんだよって。あたしはノース・リバー・ハイツのすてきな街にある大きなタウンハウスに住んでいるって。デイジーっていう名前の犬を飼《か》っているんだよって。

ある日、あたしには奇形《きけい》の弟がいるって、なんの気なしに言ってしまった。いったいなんでそんなことを言っちゃったのか、自分でもぜんぜんわからない。言ったらおもしろそうな気がしただけ。そしてもちろん、キャンプ小屋の小さな女の子たちの反応《はんのう》は大変なものだった。「ほんとう?」「かわいそう!」「大変だね!」ほかにもいろいろ。ぽろりと言ってしまった瞬間《しゅんかん》、もちろん後悔《こうかい》した。自分がすごくインチキな人間に思えた。もしヴィアがこのウソを知ったら、どうかしてるって思うだろうな。自分でも、どうかしてるって思うもの。だけど正直なところ心のどこかでは、このウソをつく権利《けんり》が自分にはあるんじゃないかと思っていた。あたしは六歳《さい》のときからずっとオギーを知っている。あの子が大きくなるのを見てきた。いっしょに遊んできた。『スター・ウォーズ』の全六作だって、あの子のために観たんだよ。そしたらオギーと『スター・ウォーズ』に出てくる宇宙人《うちゅうじん》や賞金稼《かせ》ぎなんかのことを話せると思ったからね。それに、オギーが二年間かぶり続けた宇宙飛行士のヘルメットをあげたのも、あたし。だから、オギーを弟だと思う権利《けんり》を、少しは持っている気がする。

おかしなことに、このウソのおかげであたしの人気は急上昇《きゅうじょうしょう》。小さい子たちから話を聞いたジュニアリーダーたちが、みんなでちやほやしてくる。今までなにをやっても、「人気者」になったことなんて一度もなかった。けれど、あの夏のキャンプでは、理由はともかく、みんながあたしといっしょにいたがった。キャンプで一番イケてた三十二番バンガローの女の子たちでさえ、すっかりあたしに夢中《むちゅう》になった。すてきな髪《かみ》ねってほめてくれて（そのくせ、この子たちがいじって変えた）、メイクもかわいいってほめてくれた（そのくせ、やっぱりこの子たちがいじって変えた）。この子たちに教わってTシャツを切ってタンクトップにし、タバコも吸《す》った。あたしたちは夜遅《よるおそ》くに抜《ぬ》けだし、森のむこうの男の子たちのキャンプに行っていっしょに遊んだ。

キャンプから帰ってすぐ、会おうよってエラに電話した。どうしてヴィアに電話をしなかったんだろう。たぶん、ヴィアと話す気になれなかったんだと思う。ヴィアはきっと親のことやキャンプのことをたずねてくるから。でも、エラはぜったいにあれこれたずねてこない。そういう意味では、とっても気が楽な友だちだ。ヴィアみたいにマジメじゃない。ノリがいい子。あたしが髪をピンクに染《そ》めたら、イケてるって言ってくれた。それに、夜遅くの森むこうへの冒険《ぼうけん》について、なにもかも喜んで聞いていた。

学校

高校になって、学校でもあまりヴィアを見かけなかった。たまに会うと、気まずい感じだった。なんだか、ヴィアに批判《ひはん》されているような気がした。ヴィアがあたしのイメチェンを好きじゃないのはわかっていた。あたしの新しい仲間も好きじゃないってわかっていた。あたしも、ヴィアの新しい仲間があんまり好きじゃない。べつにケンカをしたわけじゃないけれど、なんとなく遠ざかってしまった。エラとあたしはおたがいにヴィアの悪口を言いあった。マジメすぎだの、なんだのと。そんなの意地が悪いとわかっていたけれど、ヴィアに問題があることにしたほうがノケモノにしやすかったんだ。ほんとうのところ、変わったのはヴィアじゃなくて、あたしたち。あたしたちが「別人」みたいになっちゃって、ヴィアはぜんぜん変わっていなかった。その事実にあたしはすごくむかついていた。いったいなんでだろう。

あたしはときたま、学校の食堂でヴィアがどこにすわっているか見つけたり、選択《せんたく》教科の生徒リストを見て、ヴィアがどの授業《じゅぎょう》を選んだのかチェックしたりしていた。だけど廊下《ろうか》で会っても軽くうなずきあってあいさつしたりするくらいで、ほとんど口をきくことはなかった。

学年半ばにさしかかったころ、あたしはジャスティンに気がついた。それまでは、スリムでちょっとイケメンの分厚《ぶあつ》いメガネと長めの髪《かみ》の子で、いつ見てもヴァイオリンを持ち歩いているってことしか知らなかった。ところがある日、その子が学校の前で、ヴィアに腕《うで》をまわしているのを見かけたんだ。

「ねえちょっと、あのヴィアにカレができた！」

あたしは一大事みたいに、エラに言った。ヴィアにカレができたくらいで、なんで驚《おどろ》いたんだろう。あたしたち三人のなかで、ヴィアはとびぬけてきれい。青く澄《す》んだ瞳《ひとみ》に、ウェーブのかかった長い黒髪《かみ》。なのに、男の子に関心のあるそぶりなんて、ぜんぜん見せたことがなかった。そんなことに興味《きょうみ》を持つには、頭がよすぎるとでもいうようにふるまっていた。

あたしにもカレができた。ザックっていう名前。選択《せんたく》教科に演劇《えんげき》をとるって言ったら、ザックは首を横にふった。「演劇オタクにならないよう、気をつけろよ」

あんまり思いやりのあるヤツじゃないけれど、すごくカッコいい。校内人気ランキングのトップのほうにいるスポーツバカの花形選手だ。

演劇の授業《じゅぎょう》をとるつもりなんて、最初はぜんぜんなかった。だけど申し込《こ》み用紙にヴィアの名前を見つけて、思わず自分の名前を書いていた。なんでそんなことをしたのかわからない。その学期中、あたしたちはおたがいまるで見知らぬ者同士のように避《さ》けあってきた。そんなある日、演劇の授業に少し早くついてしまい、ダーベンポート先生から春の演劇公演《こうえん》用の台本が足りないのでコピーをしてきてほしいと頼《たの》まれた。『エレファント・マン』というタイトルは聞いたことがあったけれど、どんな作品かは知らなかった。それで、コピー機があくのを待つあいだ、台本をざっと読んだ。『エレファント・マン』は、百年以上前に実在《じつざい》した、ジョゼフ・メリックという、ひどい奇形《きけい》のある男の話だった。

「先生、この劇《げき》はやれません」

あたしは教室にもどるとすぐ先生に話した。あたしの弟には、生まれたときから顔に奇形があること。そして、この劇はうちの家族のつらいところを描《えが》きすぎているということ。先生は、むっとしたようで、特に思いやろうとはしなかった。だけど、あたしは、もしこの劇をやることになったら、両親が学校を相手取って大騒《おおさわ》ぎするだろうって言った。それで結局、先生は『エレファント・マン』から『わが町』への変更《へんこう》を決めた。

あたしがエミリー・ギブスの役に立候補《りっこうほ》したのは、たぶん、ヴィアも立候補するとわかっていたからだと思う。けれどヴィアを負かして、エミリー役を勝ちとるとは、まったく思いもしなかった。

あたしが一番恋《こい》しいのは

ヴィアとの友だちづきあいをやめてから恋しくてたまらなかったもののひとつは、ヴィアの家族だ。ヴィアの父さんと母さんが大好きだった。いつもあたしを歓迎《かんげい》してくれて、とてもやさしかった。なにより自分の子どもたちを愛しているのが、あたしにもよくわかった。この二人のそばにいると、世界中のどこよりもすごく安心できた。自分の家にいるより、ほかの人の家のほうが安心するだなんて、情《なさ》けないもんだよ。それから、もちろん、あたしはオギーが大好きだった。こわいなんて思ったことは一度もない。うんと小さかったころでさえも。そりゃあ、ヴィアの家に遊びに行けるなんて、信じられないという友だちもいた。

「オギーの顔って気味悪い」

そういう子たちに、あたしは言ってやった。「バカじゃないの」

オギーの顔はいったん慣《な》れたら、そんなにひどいものじゃない。

一度、オギーと話したくて、ヴィアの家に電話をかけたことがある。もしかしたらヴィアが電話に出るかもって心のどこかで願っていたのかもしれないけれど、よくわからない。

「よっ、トム少佐《しょうさ》！」あたしだけの、オギーのニックネームだ。

「ミランダ！」あたしの声を聞いて、オギーがこんなに喜ぶなんて思いもしなかったから、驚《おどろ》いちゃったよ。

「ぼく、今、ふつうの学校に通ってるんだよ！」興奮《こうふん》しながら教えてくれた。

「ホント？　すごいじゃん！」

あたしは、ものすごくびっくりした。オギーがふつうの学校に通うなんて、考えたこともなかった。だって両親がオギーのことをいつも守ってきたから、学校に行かせるなんて考えられなかった。たぶんあたしは、オギーがずっと、あの宇宙飛行士《うちゅうひこうし》のヘルメットをかぶっていた幼《おさな》いころのままのように思ってしまっていたんだろう。電話で話しているうちにあたしとヴィアがもう仲良くはないことを、オギーはちっとも知らなかったんだと気がついた。

「高校って、新しいことばかりだよ。いろんな子と友だちになっちゃうんだ」あたしはオギーに説明した。

「ぼくにも新しい学校で友だちがいるんだよ。ジャックっていう男の子と、サマーっていう女の子」

「オギー、すごいじゃないの。今日はね、オギーの声を聞きたかったのと、元気でねって言いたかったから電話したの。オギー、いつでも好きなときに電話してきてちょうだい。わかった？　あたしがいつもオギーのこと大好きだって知ってるよね」

「ぼくもミランダが大好きだよ！」

「ヴィアによろしくね。このごろいっしょじゃなくてさみしいって伝えてちょうだい」

「わかった。じゃあね！」

「バイバイ！」

だれも観にこない

公演《こうえん》初日、母さんも父さんも劇《げき》を観にこられなかった。母さんは仕事が忙《いそが》しかったから。父さんは新しい奥《おく》さんの赤ちゃんが生まれそうで、いつでも病院に駆《か》けつけられるようにしてなきゃならなかったからだ。

ザックも来られなかった。大学のバレーボール・チームと対抗《たいこう》試合があり、出ないわけにはいかなかった。それどころか、あたしに劇をさぼって試合の応援《おうえん》に来てほしがったくらい。あたしの「友だち」も、もちろんみんな試合を見に行った。だって、みんなのカレも試合に出るんだもの。エラでさえ、その夜は劇に来てくれなかった。どっちか選ばなきゃいけないなら、当然あっちを選ぶよね。

そういうわけで、公演初日だというのに、あたしの関係者はだれも観にこなかった。リハーサルを三、四回するうちに、あたしはうまく演技《えんぎ》ができているって自信がついてきた。役になりきっていた。セリフも心から理解《りかい》していた。ほんとうに自分が考え、感じているかのようにセリフが出てくる。だから初日からうまくいくのはもちろん、すばらしい演技になると確信《かくしん》していた。でも、出来は抜群《ばつぐん》なのに、だれも観にこない。

出演者《しゅつえんしゃ》はみんな舞台裏《ぶたいうら》で緊張《きんちょう》しながら、セリフを頭のなかでおさらいしていた。幕《まく》のすきまからのぞくと、観客席がうまりはじめていた。ちょうどそのとき、オギーが両親、つまりネートおじさん、イザベルおばさんといっしょに通路を歩いて、前から五列目のまんなか近くの席にすわった。蝶《ちょう》ネクタイ姿《すがた》のオギーはわくわくして、あたりを見まわしている。一年近く前に会ったきりだけど、あれからずいぶん大きくなったように見える。髪《かみ》を短く切って、補聴器《ほちょうき》みたいなのをつけている。顔はちっとも変わっていない。

ダーベンポート先生は舞台装置《ぶたいそうち》のスタッフと大急ぎで最終調整をしている。ジャスティンは、舞台の上手《かみて》をそわそわ歩きながらセリフをつぶやいている。

「ダーベンポート先生、すみません。あたし、今日できません」あたしはそう言いながら、自分の言葉に驚《おどろ》いた。

先生がゆっくりふりむいた。

「なんだって？」

「すみません」

「じょうだんだろ?」

あたしはうつむきながらボソボソ答える。「あたし、今……気分が悪くて。ごめんなさい。吐《は》きそうなんです」これはウソ。

「ただの緊張《きんちょう》しすぎじゃ……」

「いえ！　ダメです！　ほんとうです」

先生は、かっとなったみたいだ。「ミランダ、なにを言ってるんだ?!」

「すみません！」

先生は深く息を吸《す》い、なんとか落ちつこうとしているようだ。でも実際《じっさい》のところ、顔を真っ赤にして今にもブチ切れそうだった。「ミランダ、今さら無理に決まってるだろ！　さあ、深呼吸《しんこきゅう》して……」

「あたし、出ません！」大声で言うと、とたんに涙《なみだ》がこみあげてきた。

「もういい！」先生はあたしを見もしないでどなると、舞台装置係《ぶたいそうち》のデイビッドのほうをむいた。「照明室へ行ってオリヴィアを見つけてこい！　今夜ミランダの代役で舞台に出るよう伝えるんだ！」

「はあ?」デイビッドはあまり飲みこみの早いほうじゃない。

先生はデイビッドのすぐ目の前で、どなるように言った。「行け！　今すぐだ！」

ほかの子たちが騒《さわ》ぎに気づいて集まってきた。

「どうしたんですか？」ジャスティンが聞いた。

「急きょ予定変更《へんこう》だ。ミランダの具合が悪い」と先生。

「吐き気がするんです」

あたしが具合悪そうに言うと、先生はぷりぷりして言った。

「じゃあ、どうしてまだここにいるんだ？　しゃべる余裕《よゆう》があるなら、さっさと衣装《いしょう》を脱《ぬ》いでオリヴィアに渡《わた》してこい！　いいな？　よし、みんな！　はじめよう！　持ち場について！」

あたしは、大急ぎで舞台裏《ぶたいうら》の楽屋へ走って衣装を脱ぎはじめた。その二秒後、ノックの音がして、ヴィアがドアを半開きにした。

「どうしたの？」とヴィア。

「急いでこれ着て」あたしはヴィアにドレスを渡す。

「具合が悪いの？」

「そうよ！　早く！」

ヴィアはあぜんとしたまま、Tシャツとジーンズを脱ぎ、ロングドレスを頭からかぶった。あたしは、そのドレスを下に引っぱって背中《せなか》のファスナーをしめてあげた。運のいいことに、エミリーの役は、劇《げき》のはじまりから十分後まで出番がない。だから、ヘアメイク担当《たんとう》の女の子がヴィアの髪《かみ》をねじってアップにしたり、急いでメイクしたりする時間があった。こんなにちゃんとお化粧《けしょう》をしたヴィアを見るのははじめてだった。モデルみたい。

「ちゃんと覚えてるか自信ないよ、わたしのセリフ。じゃなくて、ミランダのセリフ」ヴィアが鏡のなかの自分を見ながら言った。

「ヴィアなら、うまくできるよ」と、あたし。

ヴィアは、鏡のなかのあたしを見た。「ミランダったら、どうしてこんなことするの？」

そのときドアの外から、ダーベンポート先生がおさえた声でさけんだ。「オリヴィア！　あと二分で出番だ。二度とないチャンスだぞ！」

ヴィアが先生のあとについて行ってしまったから、あたしは聞かれたことに答えられなかった。どっちにしろ、なんて言ったらいいのかわからない。自分でも答えがわからない。

本番

あたしは舞台袖《ぶたいそで》の客席から見えないところで、ダーベンポート先生のとなりに立ち、劇を最後まで観た。ジャスティンはすばらしく、ヴィアもみごとだった。特に、あの胸《むね》がつまるようなラストシーン。一度だけ、ちょっとセリフをとちっていたけれど、ジャスティンがうまくカバーしていたし、観客は気づきもしなかったはず。

先生が小さな声でつぶやいているのが聞こえた。「よし、よし、いいぞ」

先生の緊張《きんちょう》ぶりときたら、生徒たち全員の緊張、つまり出演者《しゅつえんしゃ》、舞台装置《そうち》係、照明係、幕引《まくひ》き係とか全員の緊張を合わせてもかなわないくらい、すごかったんじゃないかな。はっきり言って、相当ぴりぴりしてた。

悔《く》やんだというほどではないけれど、一瞬《いっしゅん》、ほんのちょっとだけ惜《お》しいことをしたと思ってしまった。劇が終わって、みんながカーテンコールに出ていったときのことだ。ヴィアとジャスティンは出演者たちの最後に登場し、二人がおじぎをしたら、観客は総立《そうだ》ちだった。そのときだけは、正直、ちょっと切ない気分になった。そのすぐ数分後には、ネートおじさんとイザベルおばさんとオギーの三人が舞台裏《ぶたいうら》にやってくるのが目に入った。三人ともとってもうれしそう。舞台裏では大勢《おおぜい》の人たちが出演者の背中《せなか》を軽くたたいたりして、成功を祝っている。舞台裏ならではの盛《も》りあがりだ。汗《あせ》だくの出演者たちが誇《ほこ》らしそうに立ち、次から次へ人がやってきて数秒間ほめたたえる。人びとのごった返すなかで、オギーが迷子《まいご》になっているのが見えた。あたしは大あわてで人ごみをかきわけ、オギーのすぐ後ろに近づいて声をかけた。

「よっ、トム少佐《しょうさ》！」

終演後《しゅうえんご》

久《ひさ》しぶりにオーガストに会えてどれだけうれしかったか、抱《だ》きつかれてどんなに幸せだったか、言葉にできないよ。

「こんなに大きくなって、ウソみたい」あたしはオーガストに言った。

「ミランダが劇《げき》に出ると思ってたんだよ！」

「体調をくずしちゃったの。それにしても、ヴィアはすごかったよね」

オーガストがうなずく。そのすぐあと、イザベルおばさんがあたしたちを見つけた。

「ミランダ！」おばさんはうれしそうに、あたしのほおにキスをした。それからオーガストに言った。

「二度とさっきみたいに、だまっていなくならないでちょうだい」

「いなくなったのはママのほうじゃん」オギーが言い返した。

「具合はどうなの？　体調が悪いって、ヴィアから聞いたけど……」とイザベルおばさん。

「ずっとよくなりました」

「お母さんは来てるの？」

あたしは正直に答える。「いえ、母さんは仕事があって、だから、あたしのほうは、べつにたいしたことないんです。どうせ、あと二回公演《こうえん》があるんで。今夜のヴィアみたいにすてきなエミリーには、なれそうもないけど」

ネートおじさんもやってきて、あたしはまたそっくり同じやりとりをくりかえした。そして、イザベルおばさんが言った。「ねえ、ちょっと遅《おそ》い時間だけど、これからみんなで今夜の成功を祝って夕食を食べに行くの。もう大丈夫《だいじょうぶ》なら、いっしょに来ない？　ぜひ来てほしいの！」

「えっ、でも……」

「お願い、お願い！」とオギー。

「あたし、帰らなきゃ」

「来なきゃダメだぞ」とネートおじさん。

そのときヴィアとジャスティンと、ジャスティンのお母さんが近づいてきた。ヴィアがあたしに抱きついて言う。「ぜったい来て！」

前と変わらないヴィアの笑顔だ。そしてみんなで、あたしを人ごみの外へ連れだす。

もうずっと長いあいだ、こんな気持ちを忘《わす》れていた。心の底から幸せだった。

part8

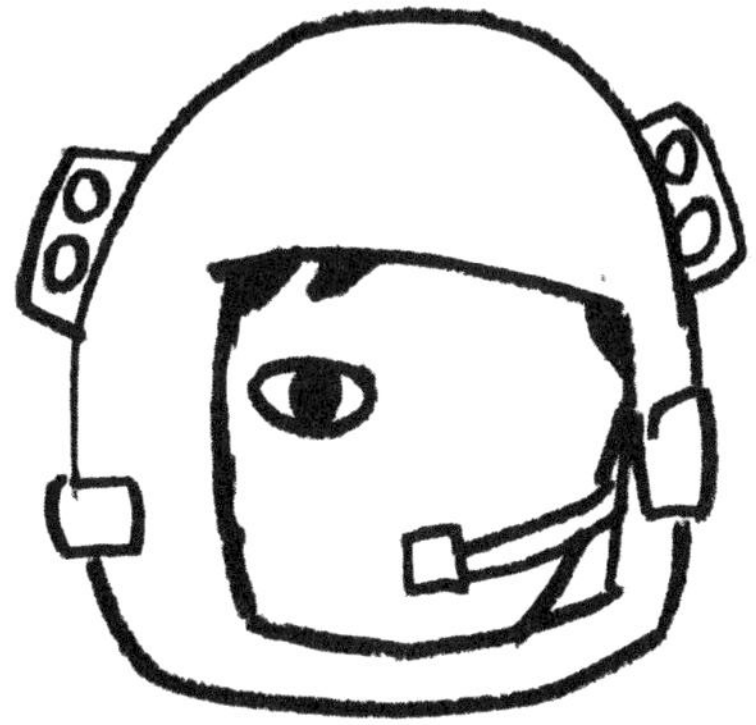

AUGUST《オーガスト》

あなたなら、空に手がとどく

飛びなさい……美しい子どもよ

――ユーリズミックス『ビューティフル・チャイルド』より

五年生の野外学習

毎年春になると、ビーチャー学園の五年生は、二泊《はく》三日でペンシルヴァニア州にあるブロアウッド自然保護区《ほごく》へ出かける。バスで四時間もかかるところなんだ。ロッジの二段《だん》ベッドで寝《ね》るんだよ。キャンプファイヤーでマシュマロを焼いて食べたり、森のなかでハイキングをしたりする。ぼくらは今学年がはじまってからずっと、先生たちといっしょにこの野外学習の準備《じゅんび》をしてきた。だから、みんなはとっても楽しみにしている。ぼく以外のみんなはね。ぼくだって、ぜんぜん楽しみにしてないわけじゃない。ただ、今までどこかへ泊《と》まりに行ったことがないから、ちょっと不安なんだ。

ぼくぐらいの年齢《ねんれい》の子は、たいてい、一人でどこかよそに泊まったことがある。泊まりがけの課外活動に行ったことのある子も多いし、親戚《しんせき》の家なんかに寝泊《ねと》まりしたりね。でも、ぼくは一度もしたことがない。入院したことはあるけど、そのときはパパやママが夜もいっしょにいてくれた。おじいちゃんとおばあちゃんの家とか、ケイトおばさんとポーおじさんの家とかにも泊まったことはない。小さいとき、ぼくの体はいろいろ大変だったからね。一時間に一度、気管に入れたチューブをきれいにしないといけなかったり、栄養チューブがはずれたら入れ直さないといけなかったり。じつは、少し大きくなってから一度だけ、クリストファーの家に泊まりかけたことがある。八歳《さい》のころで、まだ、ぼくらは親友だった。ある日、家族でクリストファーの家に遊びに行ったのだけど、『スター・ウォーズ』のレゴブロックがすごく楽しくて、帰る時間になってもぼくはもっと遊びたかったんだ。それで、クリストファーもぼくも「お願い、お願い！　お願いだから、今日はお泊まりしたい！」って頼《たの》んじゃった。パパとママは「いいよ」と言ってくれて、ヴィアといっしょに車で家に帰っていった。そのあと、ぼくらは真夜中まで遊んで、とうとうクリストファーのママのリサおばさんに「もう寝なさい」って言われた。そのとたん、ぼくはパニックになった。リサおばさんは眠《ねむ》れるように手をつくしてくれたのに、ぼくは家に帰りたくて泣きだしたんだ。結局、夜中の一時におばさんが電話をかけ、パパがブリッジポートまでまた車で迎《むか》えにくるはめになった。家にもどったのは午前三時。そういうわけで、人生で一度きりのお泊まりはさんざんなものに終わった。だから今度の野外学習は、ちょっと不安。

といっても、ほんとは楽しみにしている。

話題になる

ママに新しくキャスター付きのダッフルバッグを買ってほしいって頼んだ。前からあるのは『スター・ウォーズ』のキャラクターが描《か》いてあるバッグで、これを持って野外学習に行くわけにはいかないから。『スター・ウォーズ』はすごく好きだけど、『スター・ウォーズ』オタクで有名になりたくはないからね。中等部の子はみんな、それぞれの得意なものや熱中してることで知られている。たとえば、リードは海洋生物や海なんかにくわしい。エイモスは野球がうまい。シャーロットは六歳《さい》のときにテレビのコマーシャルに出たことがあるって、みんな知っている。そして、ヒメナはとても頭がいい。

つまり、学校では夢中《むちゅう》になっているものやなんかでイメージを決められてしまうんだ。だから、うんと気をつけておかないと。たとえば、マックス・Gとマックス・Wは『ダンジョンズ&ドラゴンズ』ゲームのオタクだってイメージがついちゃって、もう変えることはぜったいムリ。

そんなわけで、『スター・ウォーズ』マニアの暮《く》らしは、そろそろやめようかなって思ってる。そうは言っても、『スター・ウォーズ』はこれからもぼくには特別だ。補聴器《ほちょうき》を作ってくれた先生にとってお気に入りなのと同じように。でも、それで有名にはなりたくない。じゃあ、なにでみんなの注目を浴びたいのかって聞かれても、わからないけど、『スター・ウォーズ』じゃないってことはたしか。

いや、ホントはそうじゃない。ぼくは、実際《じっさい》のところ、自分がなにで話題をさらっているのか、よくわかってる。でも、そのことはどうしようもないじゃないか。『スター・ウォーズ』のバッグなら、自分でもなんとかできるからね。

荷作り

大旅行の前日、ママは荷作りを手伝ってくれた。二人で服を全部ベッドの上に並《なら》べて、ママがひとつずつきちんとたたみ、ぼくの目の前でバッグにつめていく。キャスター付きの青い無地のダッフルバッグで、ロゴも絵もなにもついてない。

「夜、眠《ねむ》れなかったらどうしよう？」ぼくはママに聞いた。

「本を持っていったら？　眠れなかったら、懐中電灯《かいちゅう》をつけて眠くなるまで本を読めばいいわ」

ぼくはうなずいた。「じゃあ、こわい夢《ゆめ》を見ちゃったら？」

「先生たちがいるでしょ。それに、ジャックもお友だちもいるわ」

「バブーを連れていこうかな」バブーは小さいとき大好きだったぬいぐるみだ。ちっちゃな黒いクマで、鼻も黒くてやわらかい。

「バブーとは、もういっしょに寝《ね》てないんじゃないの？」

「うん。でも、夜中に目が覚めて寝られなかったときのために、クローゼットに入れてあるんだ。ダッフルバッグのなかにかくしておけば、きっとだれにも気づかれないよ」

「じゃあ、そうしましょ」ママはうなずいて、バブーをクローゼットから取りだした。

「携帯《けいたい》を持っていけたらいいのに」とぼく。

「ええ、まったく！　でも、オギー、きっとものすごく楽しめるはずよ。ほんとうにバブーを入れておく？」

「うん。けど、だれにも見られないように、一番下に入れといて」

ママはバブーをダッフルバッグの奥深《おくふか》くに入れ、その上にTシャツを何枚《まい》かのっけた。「たった二日なのに、ずいぶんたくさんの服ね！」

「三日だよ。二泊《はく》するんだ」

「ええ」ママはにっこり笑ってうなずいた。「二泊三日ね」そう言いながら、バッグのファスナーを閉《し》めて持ちあげた。「あまり重くないわ。持ってみて」

ぼくも持ちあげてみる。「楽勝だね」ぼくは肩《かた》をすくめて言った。

ママがベッドにすわった。「あら？　『帝国《ていこく》の逆襲《ぎゃくしゅう》』のポスターはどうしたの？」

「ああ、ずいぶん前にはがしたよ」

「へえ、気がつかなかったわ」ママは首を横にふった。

「なんていうか、ちょっと、イメチェンしてみようと思ってさ」

「そうなの」ママはにこっとして、いいわね、と言うようにうなずいた。「ね、それはともかく、虫よけスプレーを忘《わす》れないようにしてちょうだい。両足にかけるのよ。特に森をハイキングするときは必ず。ここの前ポケットに入ってるから」

「うん」

「それから、日焼け止めを塗《ぬ》るのよ。ひりひり赤くなったらイヤでしょ。あと、何度も言うけれど、泳ぐときは補聴器《ほちょうき》をはずすのをぜったい忘れないように」

「そのままだと感電死しちゃうの？」

「そんなことないけど、パパの雷《かみなり》が落ちるわよ。それ、とても高いんだから！」ママは笑った。「レインコートも前ポケットに入れておくわ。オギー、雨のときは気をつけてね。補聴器をぬらさないようにフードをかぶって」

「アイアイサー」ぼくは敬礼《けいれい》しながら言った。

するとママはにっこり笑って、ぼくを引きよせた。

「オギー、この一年でほんとうにすごく成長したわね。信じられない」ママは両手でぼくのほっぺたを包み、やさしく言った。

「背《せ》が伸《の》びたように見える？」

「もちろん」ママはうなずいた。

「でも、学年で一番小さいんだよ」

「ママが言ってるのは、身長の話じゃないの」

「むこうでいやになったら、どうしよう」

「オギー、楽しいはずだから、大丈夫《だいじょうぶ》」

ぼくはうなずいた。ママは立ちあがって、ぼくのおでこに軽くキスをした。

「さあ、もう寝《ね》ましょう」

「ママ、まだ九時だよ」

「バスは朝の六時に出発よ。遅刻《ちこく》したくないでしょ。ほら、さっさと寝なさい。歯みがきはすませた?」

ぼくはうなずいて、ベッドにもぐりこんだ。ママもそばに横になった。

「今夜はそばにいてくれなくていいよ、ママ。眠《ねむ》くなるまで、自分で本を読んでるから」

「ほんと?」ママは感心したようにうなずき、ぼくの手をぎゅっと握《にぎ》りしめて、その手にキスをした。

「じゃあ、おやすみ」

「おやすみなさい」

ママはベッドのわきの小さな読書用ランプをつけてくれた。

「手紙を書くからね。手紙がつくより先に帰ってくるけど」部屋から出ようとしたママにぼくは言った。

「なら、いっしょに読めるわね」ママはキスを投げてくれた。

ママが部屋から出ると、ぼくはベッドわきの小さなテーブルから『ライオンと魔女《まじょ》』の本を手に取り、眠くなるまで読み続けた。

……魔女は昔からの魔術《まじゅつ》にくわしかったが、魔女さえ知らないはるか昔の魔術があった。魔女がくわしかったのは、ときがはじまってからのものだった。しかし、もしも魔女がもう少し昔にさかのぼり、ときのはじまりより前の静寂《せいじゃく》と闇《やみ》を見ることができたとすれば、まったくちがう呪文《じゅもん》をそこに見つけられたことだろう。……

夜明け

次の日、とても早くに目が覚めた。外はまだうす暗かったけど、もうすぐ朝になるのがわかった。寝返《ねがえ》りをうっても、ちっとも眠くなかった。ベッドのすぐそばにすわっているデイジーが見えたのはそのときだった。もちろん、デイジーがいるわけないってわかっていたけど、ほんの一瞬《いっしゅん》、デイジーみたいな影《かげ》を見たんだ。そのときは夢《ゆめ》じゃないと思ったけど、今になって考えればやっぱり夢だったんだろうな。デイジーに会っても、悲しいとはぜんぜん思わなかった。ただ、ものすごくあたたかい気持ちで胸《むね》がいっぱいになったんだ。デイジーはすぐに消えて、暗がりにはもうだれもいなかった。

それから、部屋はゆっくりと明るくなってきた。補聴器《ほちょうき》に手をのばして耳につけると、世界はもうすっかり目覚めていた。通りでゴミ収集車《しゅうしゅうしゃ》が大きな音を立てて走っていくのや、裏庭《うらにわ》の鳥のさえずりが聞こえてくる。そして廊下《ろうか》のむこうではママの目覚まし時計が鳴っていた。デイジーの幽霊《ゆうれい》に会って、すごく勇気がわいてきた。どこにいようとデイジーはいつもいっしょにいてくれるんだ。

ベッドから起きあがって机《つくえ》にむかい、ママに短い手紙を書いた。それからリビングに行った。ドアの近くに、荷物をつめたダッフルバッグが置いてある。バッグを開けてごそごそ探《さが》しものをした。

ぼくはバブーを持って部屋にもどり、ベッドに寝《ね》かせて、その胸《むね》にママへの手紙をテープで貼《は》りつけた。そして、ママがすぐに見つけないように、バブーに毛布《もうふ》をかけた。手紙はこんなもの。

> ママへ。バブーがいなくても大丈夫《だいじょうぶ》。でも、もしママがさびしくなったら、
> バブーを抱《だ》いててもいいよ。じゃあね。オギーより

一日目

バスのなかの時間はあっというまにすぎていった。ぼくはジャックといっしょにすわった。ぼくが

窓側《まどがわ》でジャックが通路側だ。すぐ前の席はサマーとマヤ。みんな、すごくうきうきしていた。にぎやかで笑い声があふれていた。ヘンリーとマイルズはいるのに、ジュリアンがバスに乗っていないことにぼくはすぐ気がついた。ほかのバスに乗っているのかなと思った。そしたら、マイルズがエイモスに話しているのが聞こえたんだ。ジュリアンは野外学習なんてダサいからさぼるんだって。ぼくは、もううれしくてたまらなかった。だって、この旅行が不安だったのは、ジュリアンと三日間も、二晩《ばん》の泊《と》まりつきでいっしょにいなきゃいけないからだったんだ。ジュリアンがいなけりゃ、ぼくはなにも心配しないでのびのびできるってわけ。

自然保護《ほご》区には お昼ごろについた。まず荷物をロッジに運んだ。部屋には二段《だん》ベッドが三つずつあった。どちらが上の段を取るかでジャックとじゃんけんをしたら、ぼくが勝った。やったね！　ほかにはリード、トリスタン、パブロ、ニノが同じ部屋だった。

本館で昼食をすませてから、森林ガイドといっしょに二時間、森を歩いた。ここの森は、セントラル・パークにある森なんかとはぜんぜんちがう。本格的《ほんかくてき》な森だ。高い木が多く、日の光はさしこまない。おいしげる葉、横たわる木。なにかの遠吠《とおぼ》えや虫の声、にぎやかに響《ひび》く鳥の声。うっすらもやがかかり、あたりは青白くかすんでいる。最高だよ。ガイドはまわりにあるものをひとつひとつ説明してくれた。目にするさまざまな種類の樹木《じゅもく》、山道に横たわる枯《か》れ木にすむ虫、森のなかのシカやクマの足跡《あしあと》、鳴き声が聞こえる鳥の特徴《とくちょう》と見つけ方。ぼくは、ロボット風補聴器《ほちょうき》のおかげで、みんなよりも音がよく聞きとれることに気がついた。鳥の鳴き声を一番最初に聞きつけるのは、たいていぼくだったんだ。

キャンプ場に引き返そうとしたときに、雨が降《ふ》りはじめた。ぼくはレインコートを着こみ、補聴器がぬれないようにフードをかぶった。でも結局ロッジにもどるまでに、ジーンズも靴《くつ》もぐしょぬれ。みんなもずぶぬれになった。楽しかったけどね。それからロッジで、靴下合戦《くつしたがっせん》がはじまった。びしょぬれのソックスでたたいたり、投げあったりして遊んだんだ。

そのあとも雨がやまなかったので、午後はレクリエーション・ルームでのんびりすごした。卓球台《たっきゅうだい》や、パックマン、ミサイルコマンドなどの昔のテレビゲームがあったので、それでずっと遊んでいたら夕食の時間になった。運よく、そのころには雨がやんで、キャンプファイヤーをすることになった。丸太のベンチはまだちょっとぬれていたから、ジャケットを敷《し》いて、キャンプファイヤーをかこんですわった。マシュマロを焼いたり、ホットドッグを焼いたりしたんだけど、今までで一番おいしいホットドッグだったよ。蚊《か》はママが言ったとおり、ものすごくいっぱいいた。でも、ぼくはロッジを出る前に、虫よけスプレーをふきつけといたから、ほかの子たちほど刺《さ》されないですんだ。

真っ暗な夜に、キャンプファイヤーをするのは、すごくわくわくするね。火の粉が舞《ま》いあがって、暗い空に消えていく。火に照らされたみんなの顔。パチパチと燃《も》える音。森も真っ暗で、自分のまわりもよく見えないのに、見上げると何十億もの星がきらめいているのもすてきだ。ここの空は、ノース・リバー・ハイツで見る空とちがう。モントークの田舎《いなか》の空と似《に》ている。まるで、つやつやの黒いテーブルに、だれかがぱらぱらと塩をまいたみたい。

ロッジにもどったときは、もうへとへとに疲《つか》れていたから、本なんていらなかった。あっというまに眠《ねむ》りに落ちた。たぶん星の夢《ゆめ》を見たんだろうな。覚えてないけど。

イベント広場

次の日も一日目と同じように、ものすごく楽しかった。午前中は乗馬をして、午後はすごく大きな木に登った——森林ガイドに助けてもらいながら、ロープを使って。ロッジにもどったときは、昨日と同じようにくたくたになっていた。夕食のあと、バスに乗って近くのイベント広場へ映画《えいが》を観にいく前に、一時間の自由時間があった。やっとママ、パパ、ヴィアへの手紙を書く時間ができた。だけど、手紙がつくより先にぼくは家に帰っているはずだから、自分で自分の手紙を読みあげることになるんだろうな。

広場についたときは、ちょうど陽《ひ》が沈《しず》みかけていた。七時半くらいかな。草の上に長い影《かげ》がのび、雲がピンクやオレンジに染《そ》まっている。まるで、だれかが大きなチョークで空じゅうを塗《ぬ》りたくったみたい。いままでにも、きれいな夕陽《ゆうひ》を見たことはあるよ。だけど、それは街の建物のあいだから夕陽の一部が見えるだけ。空一面の夕焼けを見たのは、これがはじめてだ。この広場にいると、昔の人たちが、地面が平らで空が半球だと信じたわけがよくわかる。こんなだだっ広い草原にいると、世界はそんなふうに見えるんだね。

ぼくらの学校が一番乗りだったので、思いきり広場を走りまわってから、映画《えいが》がよく観える特等席に寝袋《ねぶくろ》を並《なら》べた。広場のまんなかにある巨大《きょだい》なスクリーンの前で寝袋のファスナーをすっかり開いて、ピクニックの敷物《しきもの》みたいに地面に広げるんだ。それから、広場のはじに並んでいるフードトラックへ行って、お菓子《かし》やジュースをいっぱい買いこんできた。まるで青空市場みたいにいろんな出店が並んでいて、炒《い》りたてのピーナッツや綿菓子《わたがし》を売っている。ちょっと離《はな》れたところにはゲームの屋台もあって、まるでお祭りみたい。野球ボールをかごに入れられたら、ぬいぐるみがもらえるゲームとかね。ジャックもぼくも挑戦《ちょうせん》したけれど、失敗してなにももらえなかった。どうやらエイモスは、うまいこと黄色いカバのぬいぐるみをもらって、ヒメナにプレゼントしたらしい。たちまち、みんな大騒《おおさわ》ぎの噂《うわさ》になった。スポーツバカと優等生《ゆうとうせい》のカップルだってね。

食べ物の屋台のあたりからは、映画のスクリーンの裏《うら》にトウモロコシ畑が広がっているのが見えた。それ以外の場所はすっかり森にかこまれていた。太陽が沈《しず》んでいくにつれて、森の入り口にある高い木々が藍色《あいいろ》になってきた。

ほかの学校のバスが駐車場《ちゅうしゃじょう》に到着《とうちゃく》したころ、ぼくたちはスクリーン前のどまんなかに広げた寝袋のところにもどっていた。広場のなかで一番いい席だ。みんなでおやつをまわしあって、すごく盛《も》りあがっていた。ぼくとジャック、サマー、リード、マヤは、カードゲームをした。ほかの学校の生徒たちも到着した。大きな笑い声や話し声は聞こえてくるのに、その子たちの姿《すがた》はよく見えない。空はほんのりまだ明るかったけれど、太陽はすっかり沈み、地面の上はなにもかも濃《こ》い紫色《むらさきいろ》だ。雲はもう影《かげ》のようだし、目の前にあるゲームのカードもはっきり見えなくなってきた。

そのとき、なんのアナウンスもなく、広場をかこんでいる明かりがいっせいについた。まるで野球場のあかあかとした照明塔《しょうめいとう》みたい。ぼくは映画『未知との遭遇《そうぐう》』のワンシーンを思い浮《う》かべた。エイリアンの宇宙船《うちゅうせん》がやってきて「ターラーラーラーラー」っていうあの交信音が流れるシーンだ。広場の全員が、手をたたいて歓声《かんせい》をあげている。今にもすごいことが起こりそうだった。

自然を大切に

照明塔のとなりにある巨大なスピーカーからアナウンスが聞こえてきた。

「こんばんは、みなさん。第二十三回ブロアウッド自然保護《ほご》区野外映画の夕べにお越《こ》しいただき、ありがとうございます。公立ウィリアム・ヒース・スクールの先生方、生徒のみなさん、ようこそ……」

広場の左側から大きな歓声《かんせい》がわき起こった。

「グローバー学園の先生方、生徒のみなさん、ようこそ……」

今度は右側から大きな歓声。

「そして、ビーチャー学園の先生方、生徒のみなさん、ようこそ！」

ぼくたち全員、ありったけの歓声をあげた。

「今夜はみなさんをお迎《むか》えすることができて大変うれしく思います。雨も降《ふ》らず、まったくもって最高の夜じゃありませんか」

また、みんな大きな歓声をはりあげた。

「それでは、映画《えいが》の準備《じゅんび》ができるまで大事なお知らせを聞いてください。ご存《ぞん》じのように、当ブロアウッド自然保護区《ほごく》では自然資源《しげん》と環境《かんきょう》を守ろうと努めています。みなさん、どうかゴミは散らかしっぱなしにしないように。自分の使った場所は自分できれいにしましょう。自然を大切にすれば、自然もわたしたちに恵《めぐ》みをあたえ続けてくれるにちがいありません。ここにいるあいだ、このことを心にとめておいてください。広場の境界線《きょうかいせん》に並《なら》べてあるオレンジ色の三角コーンより先には行かないように。トウモロコシ畑や森は立ち入り禁止《きんし》です。どうしても必要な場合のほかは、勝手に歩きまわらないようにお願いします。

自分にはおもしろくない映画でも、ほかの生徒は楽しんでいるかもしれません。まわりの人の迷惑《めいわく》にならないよう、おしゃべりしたり、音楽をかけたり、走りまわったりしないようお願いします。トイレは売店のむこう側にあります。映画が終わりましたら、学校ごとに集まってバスへもどってください。先生方、野外映画の夕べでは必ず迷子《まいご》が出ます。大変暗いので、みなさんもどうか気をつけてください。さて、今夜、上映《じょうえい》する映画は……『サウンド・オブ・ミュージック』です！」

ぼくはすぐさま拍手《はくしゅ》した。ヴィアの大のお気に入りの映画だから、何度も見たことがあったんだけどね。ところが、びっくりしたことに、大勢《おおぜい》の子たちが大きな声で文句《もんく》を言った。ビーチャー学園以外の生徒たちだ。広場の右のほうからスクリーンにジュースの空き缶《かん》が投げつけられ、トゥシュマン先生も驚《おどろ》いたようだった。先生は立ちあがって、空き缶が飛んできたほうを見たのだけれど、真っ暗でなにも見えなかったはずだ。

それからすぐ映画がはじまり、照明が暗くなった。修道女《しゅうどうじょ》のマリアが山の上でくるくる舞《ま》っている。ぼくは寒くなってきたのでモントークで買った黄色いパーカーを着こんだ。それから補聴器《ほちょうき》の音量を調節して、バックパックによりかかって映画を観はじめた。

「丘《おか》は生きている……」マリアの歌が響《ひび》きわたった。

森は生きている

映画《えいが》は退屈《たいくつ》な場面にさしかかった。ロルフっていう男と一番上の姉さんが「きみは十六歳《さい》、もうすぐ十七歳」とか歌っているあたりで、ジャックがぼくをつついて言った。「おい、トイレに行きたくなっちゃったよ」

ぼくたちは立ちあがり、寝袋《ねぶくろ》の上にすわったり寝《ね》ころんだりしている生徒たちの上を、ぴょんぴょん跳《と》びこえていった。サマーが手をふってくれ、ぼくも手をふりかえした。

ほかの学校の生徒たちがいっぱい、フードトラックのそばを歩きまわったり、屋台のゲームをしたり、おしゃべりをしていた。

トイレの前には長い列ができている。

「待ってらんないよ。木の陰《かげ》でやってくる」ジャックが言った。

「そりゃマズイよ、ジャック。待ってよ」ぼくは言った。

でも、ジャックは広場のすぐとなりの森にむかっていた。オレンジ色のコーンの外へ出てはいけないと言われていたのに。当然ぼくはジャックのあとを追い、もちろん二人とも懐中《かいちゅう》電灯を忘《わす》れてきていた。あたりは真っ暗闇《くらやみ》で、森のほうにむかうと十歩先さえもぜんぜん見えなかった。懐中電灯の光が森からこちらにむかってくる。ちょうど映画の明かりがさして、それがヘンリーとマイルズとエイモスだとわかった。やっぱりトイレの列を待ちたくなかったんだろう。

マイルズとヘンリーはまだジャックと口をきかなかったけれど、エイモスはちょっと前から「戦争」をやめていた。それですれちがったときも、ぼくたちにうなずいてあいさつをした。

「クマが出るぞ！」ヘンリーが大声で言い、マイルズと笑いながら歩いていく。

エイモスは気にするなというようにぼくらに首をふって見せた。

ぼくとジャックはさらに少し歩いて、森へ入った。ジャックはちょうどよさそうな木を見つけて、やっと用をすませた。ぼくはなんだかすごく長い時間がたったように感じた。

森は、正体不明の鳥や虫や動物の鳴き声で騒《さわ》がしかった。まるで木々のあいだから音の壁《かべ》がせまってくるみたいだ。そのとき、わりと近くでパンパンっと大きな音が響いた。火薬を使うおもちゃのピストルみたいな音で、ぜったい虫の鳴き声じゃない。「バラのしずくに子猫《こねこ》のひげ……」という映画の歌がすごく遠くに聞こえて、まるで別の世界のことみたいに感じられた。

「ああ、スッキリした」ジャックがズボンのファスナーをあげながら言った。

「ぼくもしたくなっちゃったよ」ぼくはすぐそばの木で用を足した。ジャックみたいに暗いところへ入っていくなんて、ぜったい無理だ。

「におわない？　爆竹《ばくちく》みたい」ジャックがぼくのほうに来て言った。

「うん、におう。その音だったのか」ぼくはファスナーをあげながら答えた。

「変だよな」

「もう行こう」

エイリアン

ぼくらはいま来た道を巨大《きょだい》スクリーンのほうにむかって、もどりはじめた。すると、目の前に知らない生徒たちのグループが現《あらわ》れた。ちょうど森から出てきたところに鉢合《はちあ》わせしちゃったんだ。先生に知られたくないことをしていたにちがいない。まちがいなく煙《けむり》のにおいがする。爆竹とタバコの両方だ。懐中《かいちゅう》電灯をまっすぐぼくたちにむけてきた。全部で六人。男子が四人、女子が二人だ。七年生くらいに見えた。

「どこの学校？」男子の一人が聞いた。

「ビーチャー学園」

ジャックが答えかけたとき、いきなり女子がさけび声をあげた。

「ぎゃっ、やだっ！」すごい悲鳴をあげて、手で両目をおおっている。きっと大きな虫でも飛んできて顔にあたったんだろうと、ぼくは思った。

「うそだろっ！」男子の一人が熱いものにさわったみたいに手をふった。ふれちゃいけなかったのに、しまったというふうにだ。それから口をおおって言う。「うそだろ、こんなの！　ゼッタイうそだろ！」

それから、そいつら全員、笑ったり目をおおったりしながら、つっつきあって大声で騒《さわ》ぎだした。

「ありゃなんだ？」懐中電灯をぼくたちにむけていた男子が言って、そのときはじめて、ぼくは気がついた。懐中電灯が照らしているのは、ぼくの顔。そして、やつらが話しているのは――騒いでいるのは――ぼくのことなんだ。

「行こう」ジャックが小声で言い、ぼくのパーカーの袖《そで》を引っぱって、やつらから離《はな》れようとした。

「待て、待て、待て！」懐中電灯を手にしているやつがどなりながら、ぼくたちの行く手をふさいだ。そして、またぼくの顔に懐中電灯をあてた。今度はほんの一、二メートルしか離れていない。

「げっ！　げげえっ‼」そいつは口を大きく開けたまま、首を横にふった。

「その顔、どうしたんだよ？」

「やめなよ、エディー」女子の一人が言った。

「今夜の映画《えいが》が『ロード・オブ・ザ・リング』だなんて知らなかったぞ。ほら、ゴラムじゃねえか！」

そいつの仲間たちは大ウケだ。

　ぼくとジャックは、今度こそなんとか離《はな》れようと歩きだしたんだけど、またエディーってやつに前をふさがれた。ジャックはぼくより頭ひとつぶん背《せ》が高い。エディーはジャックよりもさらに頭ひとつぶん背が高いから、エディーはぼくからすれば巨大《きょだい》なやつだ。

「いや、エイリアンだ！」別のやつが言った。

「ちがう、ちがう。オークだ！」エディーがまた懐中《かいちゅう》電灯でぼくの顔を照らし、笑いながら言った。

ぼくたちの正面に立ちはだかっている。

「やめろよ」ジャックが、懐中電灯を握《にぎ》っているエディーの手をはらいのけながら言った。

「やなこった」エディーが言い返しながら、今度はジャックの顔を照らした。

「おい、なにか問題があるのかよ？」ジャックが言った。

「おまえの彼氏《かれし》が問題なんだよ！」

「ジャック、行こう」ぼくはジャックの腕《うで》を引っぱった。

「うわっ、こいつ口をきくぞ！」エディーが大声でどなり、またぼくの顔を照らした。ほかの一人がぼくたちの足元に爆竹《ばくちく》を投げた。

ジャックはエディーを押《お》しのけようとしたのだけど、エディーに両手で肩《かた》をつきとばされて、後ろに倒《たお》れてしまった。

「エディー!」女子の一人がさけび声をあげた。

「ちょっと」ぼくはジャックの前に割《わ》って入り、交通整理の警官《けいかん》みたいに両手をあげて言った。「ぼくたちは、きみらより、ずっと小さいんだぞ……」

「おれに言ってるのかよ?　そんな生意気なことすると後悔《こうかい》するぞ、みにくい化け物め」

全速力で逃《に》げなきゃって思った。だけど、倒れているジャックを残して行くわけにいかない。

「おい、おまえら、どうした?」別の声がぼくらの後ろから聞こえた。

エディーが声のほうをむいて懐中電灯で照らした。一瞬《いっしゅん》、ぼくはそれがだれだか信じられなかった。

「おい、そいつらに手を出すなよ」そう言ったのはエイモスだったんだ。すぐ後ろにはマイルズとヘンリーもいる。

「だれだ?」エディーの仲間の一人が言った。

「いいから、手を出すんじゃない」エイモスがおだやかにくりかえした。

「おまえも化け物かよ?」エディーが言った。

「こいつら、みんな化け物だぞ!」エディーの仲間が言った。

エイモスは無視《むし》して、ぼくとジャックのほうを見た。「おい、二人とも、行こう。トゥシュマン先生が待ってるぞ」

先生のことはウソだとわかったけれど、とにかくジャックを助け起こして、エイモスのほうに近づいた。するとエディーがすれちがいざまに、ぼくのパーカーのフードをつかんだ。ぐいっと強く引っぱられて、ぼくは背中《せなか》から倒《たお》れてしまった。いきおいよく倒れたんで、ひじを思いっきり岩にぶつけて、すごく痛《いた》かった。そのあとはなにがどうなったのか、よくわからなかった。わかったのは、エイモスがモンスタートラックみたいにエディーに突進《とっしん》して、二人そろってぶっ倒れたということだけ。

それからあとは、もうむちゃくちゃだった。だれかがぼくの袖《そで》をつかんで引き起こして「逃《に》げろ！」とさけんだ。同時に「逃がすな！」というどなり声も聞こえる。ぼくはパーカーの袖を片方《かたほう》ずつだれかにつかまれ、右と左へ引っぱられた。ののしりあう声がして、パーカーがやぶれた。引き起こしてくれたほうのやつが、ぼくの腕《うで》をつかんで引きずるようにして走りだした。ぼくも全速力で走った。すぐ後ろから追いかけてくる足音や、どなり声や女の子のさけび声が聞こえたけれど、真っ暗でどれがだれの声だかわからなくて、水中にいるみたいだった。ぼくたちは死にものぐるいで走り続けた。あたりは真っ暗で、ぼくがちょっとでもスピードを落とすと、手を引いてくれているだれかが「止まるな！」とどなった。

暗闇《くらやみ》のなかの声

永遠《えいえん》に走るのかと思ったころ、やっとだれかがさけんだ。「うまくふりきったみたいだぞ！」

「エイモス？」

「おれはここだ！」エイモスの声がほんの一、二メートル後ろから聞こえた。

「もう止まってもいいぞ！」マイルズが前のほうからどなった。

「ジャック！」ぼくはさけんだ。

「ここだよ！」ジャックが答えた。

「なんにも見えないよ！」

「ほんとうにもう追いかけてこない？」ヘンリーが聞いた。ぼくの腕を放しながら。それでやっとぼくは気がついた。ぼくを引っぱって走ってくれたのは、ヘンリーだったんだ。

「ああ」

「しいっ！　なにか聞こえる？」

ぼくらはまた足音がするのではないかと、暗闇に耳を澄《す》ました。けれども聞こえるのは、コオロギやカエルの鳴き声と、ぼくらのはあはあという息の音ぐらいだった。みんな息切れして、胃がきりきりして、ひざを抱《かか》えていた。

「もう大丈夫《だいじょうぶ》だ」ヘンリーが言った。

「うわあ、あぶなかった！」

「懐中《かいちゅう》電灯はどうした？」

「落としちゃったよ」

「どうして、ぼくたちがトラブってるってわかったんだ？」とジャック。

「先に、あいつらを見かけたんだよ」

「いかにも、いやなヤツって感じだった」

「もろ体当たりしたよな！」ぼくはエイモスに言った。

「うん、まあな」エイモスが笑った。

「つっこんでくるの、あいつには見えなかったよな！」マイルズが言った。

「『おまえも化け物かよ？』って言ったとたんに、バーン！　だもんな」とジャック。

「バンッ！」エイモスが、空中をパンチしながら言った。「でもさ、突撃《とつげき》したあとすぐ思ったよ。ありゃりゃ、おれって、なんてバカ。自分より十倍もでかいヤツじゃんってね。で、ぱっと飛び起きて、全速力で走ったってわけ！」

ぼくたち全員、大笑いしちゃったよ。

「とにかくオギーを引っつかんで『逃《に》げろ！』ってどなったんだ」とヘンリー。

「引っぱってくれたの、ヘンリーだったんだ。わからなかったよ」とぼく。

「すごかったな」エイモスが首をふりながら言った。

「めちゃめちゃすごかったよ」

「おい、くちびるから血が出てるぞ」

「二、三発、まともにパンチを食らったからな」くちびるをぬぐいながら、エイモスが言った。

「あいつら、きっと七年生だ」

「でかかったよな」

「負け犬め！」ヘンリーがすごく大きな声でさけんだので、みんながシーっと言った。

ぼくたちはちょっと耳を澄《す》まして、ヘンリーの大声がだれかに聞こえなかったかどうかたしかめた。

「ここ、いったいどこなんだ？　スクリーンも見えないぞ」エイモスが言った。

「トウモロコシ畑のなかだと思うんだけど」ヘンリーが言った。

「あたりまえじゃん。トウモロコシ畑のなかだよ」マイルズがそう言いながら、ヘンリーにトウモロコシの茎《くき》を押《お》しつけた。

「よっし。どこにいるんだかわかったぞ。こっちの方向にもどるんだ。そうすりゃ、畑の反対側に出られる」エイモスが言った。

「ねえ、みんな、助けにもどってきてくれたなんて、マジ、すごいよ。ホント、うれしかった。ありがとう」ジャックが片手《かたて》を高くあげて言った。

「たいしたことないって」エイモスは答えながら、ジャックの手にハイタッチをした。そして、マイルズとヘンリーもジャックにハイタッチをした。

「うん、みんな、ありがとう」ぼくもそう言ってジャックのように手をあげた。ハイタッチしてもらえるかどうか、わからなかったけど。

エイモスはぼくのほうを見て、うなずいた。「そっちこそ、あとに引かなかったの、スゴかったじゃん」そう言って、ぼくにハイタッチをした。

「そうだよ、オギー。『ぼくたち、きみらより小さいんだぞ』ってさ」と言って、マイルズもぼくにハイタッチした。

「なにを言えばいいのか、わからなかったんだよね」ぼくは笑った。

「カッコよかったぞ」ヘンリーもぼくにハイタッチして言った。「パーカーやぶっちゃって、ごめんよ」

そう言われて見てみると、パーカーはまんなかでやぶれていた。片方《かたほう》の袖《そで》は取れてしまい、もう片方はのびきって、だらんとひざのあたりまでたれている。

「おい、ひじから血が出てるぞ」ジャックが言った。

「うん」ぼくは肩《かた》をすくめた。けっこう痛《いた》くなってきていた。

「大丈夫《だいじょうぶ》かよ?」ジャックがぼくの顔を見ながら聞いた。

ぼくはうなずいた。急に泣きたくなったけど、なんとか泣くまいとこらえていた。

「おいっ、オギーの補聴器《ほちょうき》がないぞ!」ジャックが言った。

「えっ!」ぼくは耳をさわってみた。たしかに補聴器がヘッドバンドごとなくなっていた。だから水のなかにいるような気がしたんだ。「ああ、そんな!」

もうだめだった。いま起きたことがすべてどっと押《お》し寄《よ》せてきて、どうしようもなくなり、泣きだしてしまった。ママが見たら滝《たき》みたいねと言いそうなほど、わんわんと大泣きをした。ぼくは恥《は》ずかしくて、腕《うで》で顔をかくしたけど、涙《なみだ》を止めることはできなかった。

だけど、みんなはやさしく、ぼくの肩をたたいて、なぐさめてくれた。

「大丈夫だよ。大丈夫」みんながぼくに言った。

「おまえって、ほんとうに勇気あるよ。な?」エイモスがぼくの肩に片腕をまわして言った。だけど、ぼくの涙は止まらない。そしたらエイモスはパパみたいに両腕でぼくを抱《だ》いて、そのまま泣かせてくれた。

皇帝の護衛《ロイヤル・ガード》

　草むらのなかへ引き返し、補聴器《ほちょうき》を探《さが》して十分くらいうろうろしたけど、暗くてなにも見えなかった。となりの子のシャツをつかんで、連なって歩かないと、ぶつかりあって、こけてしまいそうだった。黒いインクをぶちまけたみたいに真っ暗だったんだ。

「こりゃぜったいムリ。どこかに落ちてても見えないよ」ヘンリーが言った。

「懐中《かいちゅう》電灯を取ってこよう」とエイモス。

「いや、もういいよ。もどろう。でも、ありがとう」ぼくは言った。

　トウモロコシ畑に引き返し、そのなかを歩いていくと、巨大《きょだい》なスクリーンの裏側《うらがわ》が見えてきた。裏側から森のほうまでまわると、ようやくちょっぴり明かりが見えはじめた。

　あの七年生たちの姿《すがた》はどこにもない。

「どこに行ったんだろう？」ジャックが言った。

「屋台のほうさ。おれたちが言いつけると思ってるんじゃないか」とエイモス。

「言いつけようか？」とヘンリー。

みんながぼくを見る。ぼくは首を横にふった。

「わかった。でもさ、相棒《あいぼう》、ここじゃあ一人でうろうろすんなよ。いいか？　どこかに行かなきゃならないときは言ってくれ。いっしょに行くから」エイモスが言った。

「うん」ぼくはうなずいた。

スクリーンに近づくにつれ、『一人ぼっちの羊飼《か》い』の歌が聞こえ、フードトラックの近くの屋台から綿菓子《わたがし》のにおいがただよってきた。そのあたりには大勢《おおぜい》の生徒たちがたむろしている。ぼくは、ぼろぼろのパーカーのフードをかぶってうつむき、両手をポケットに入れて人ごみをつっきった。長いあいだ補聴器なしで外にいると、地底の奥深《おくふか》くにいるみたいな感じがする。まるで、ミランダがよくぼくに歌ってくれた『スペース・オディティ』の歌みたい。「……地上管制塔《かんせいとう》からトム少佐《しょうさ》へ。きみの回線が故障《こしょう》した。なにか異常《いじょう》が……」

そのとき、エイモスがぼくのわきにくっつくように歩いているのに気がついた。反対側もジャックがぴったり寄《よ》りそってくれている。すぐ前にはマイルズがいて、後ろにはヘンリーがいる。ぼくは四人にしっかりかこまれたまま、混《こ》みあう生徒たちのあいだを通りぬけた。まるで『スター・ウォーズ』の皇帝の護衛《ロイヤル・ガード》だ。

眠《ねむ》り

……そして峡谷《きょうこく》を抜《ぬ》けたとたん、ルーシーにはその理由がわかった。そこに立っていたのはピーターとエドモンドとアスランの味方の軍全員で、恐《おそ》ろしい生き物たちを相手に必死に戦っていた。昨夜も見かけた生き物たちだったが、昼間の光のなかでは、もっと気味が悪く邪悪《じゃあく》そうで、みにくい姿《すがた》をしていた。……

ぼくはここで『ライオンと魔女《まじょ》』を読むのをやめた。一時間以上読んでいるのに、ぜんぜん眠くならない。もう午前二時近く。みんな眠っている。ぼくは寝袋《ねぶくろ》のなかで懐中電灯《かいちゅう》をつけていたから、その明かりのせいで眠くならないのかもしれない。だけど、消すのはこわかった。寝袋の外が真っ暗なのもこわかった。

あのあと、スクリーン前の元いた場所にようやくもどると、だれもぼくらがいなくなっていたことに気づいていなかった。トゥシュマン先生もルービン先生もサマーもほかの生徒たちも、みんなふつうに映画《えいが》を観ていた。ぼくとジャックがとんでもない目にあって大ピンチだったなんて、まったく知らなかったんだ。なんだかすごく変。ある人には人生最悪の夜でも、ほかのみんなにはふつうの夜にすぎないなんてさ。たとえば、ぼくは、家にある自分のカレンダーのこの日に人生最悪の日のひとつだと印をつけるだろう。この日と、デイジーが死んだ日。だけど、世界中のほかの人にとっては、ただのふつうの日にすぎない。それどころか、いい日の人もいるだろう。今日宝《たから》くじに当たった人だっていたのかも。

エイモスとマイルズとヘンリーは、ジャックとぼくをサマーやマヤやリードといっしょにいた場所へ送りとどけ、そのあとまたヒメナやサバンナたち仲間が集まっているところへもどった。トイレへ行こうとする前の状態《じょうたい》にもどったといえばもどったわけだ。空も同じ、映画も同じ、みんなの顔も同じで、ぼくの顔も同じだ。

なのに、なにかがちがう。なにかが変わった。

エイモスたちは仲間のみんなになにがあったのかを話しているみたいだった。こっちを見ながら話しているから、きっとそうなんだろう。映画はまだ続いているのに、だれもが暗闇《くらやみ》でひそひそ話をしていた。こういう話はあっというまに広まるものだ。

キャンプ場にもどるバスのなかも、その話題でもちきりだった。女子全員、よく知らない子まで、ぼくに大丈夫《だいじょうぶ》かと聞いてくる。男子はそろって、あの七年生のヤツらへの仕返しを相談し、どの学校の生徒なのかつきとめようとしていた。

ぼくは先生に言いつけるつもりはまったくなかったんだけど、どっちみち知られてしまった。ぼろぼろのパーカーや、血だらけのひじのせいかもしれない。もしかしたら、先生というのは地獄耳《じごくみみ》なのかもしれない。

キャンプ場にもどると、ぼくはトゥシュマン先生に救護室《きゅうごしつ》へ連れていかれた。キャンプ場の看護師《かんごし》さんにひじを消毒して包帯を巻《ま》いてもらっているあいだ、となりの部屋でトゥシュマン先生とキャンプ場の管理人さんがエイモス、ジャック、ヘンリー、マイルズに、騒《さわ》ぎを起こした生徒たちのことをくわしくたずねていた。そのあとぼくも質問《しつもん》されたので、そいつらの顔をぜんぜん覚えていないと答えた。ほんとは覚えていたけどね。

眠《ねむ》ろうとして目を閉《と》じると、浮《う》かんでくるのはヤツらの顔だ。あの女子がぼくを最初に見たときの恐怖《きょうふ》におののいた顔。懐中《かいちゅう》電灯を持ったエディーってヤツがしゃべりながらぼくにむけた、嫌悪《けんお》の目。と場《じょう》に引かれていく子羊。ずっと前にパパがそう言ったんだ。今夜やっと、その意味がわかった気がする。

余波《よは》

ママはほかの親といっしょに、学校の前でバスの到着《とうちゃく》を待っていた。バスのなかで、トゥシュマン先生が前の晩《ばん》ぼくの両親に電話をして、「問題」が発生したが全員無事だと伝えたことを聞いた。それから、その朝ぼくらが湖で泳いでいるあいだに、キャンプ場の管理人さんやスタッフたちが補聴器《ほちょうき》を探《さが》してくれたけど、見つからなかったそうだ。キャンプ場が弁償《べんしょう》してくれるんだって。今回のことを大変申し訳《わけ》ないと思ってくれているらしい。

エディーが補聴器をみやげがわりに持って帰ったんだろうか。オークに会った記念として。

ママは、ぼくがバスから降《お》りるなり、ぎゅっと強く抱《だ》きしめた。質問ぜめにあうかと思っていたのに、そんなことはなかった。ママに抱きしめられて、すごくいい気持ちだった。なかには、ハグしたがる親をふりはらっている子もいたけれど、ぼくはそんなことしなかった。

バスの運転手さんが荷物をおろしはじめたので、ぼくは自分のバッグを探しにいった。そのあいだに、トゥシュマン先生とルービン先生がママと話をした。ぼくがバッグを引っぱってママのところへもどるとちゅう、大勢《おおぜい》の子が――ふだんは口をきいたことのない子まで――ぼくにうなずいてあいさつをしたり、背中《せなか》をぽんとたたいたりしてくれた。

「もう帰れるの？」ぼくが来たのを見てママが言った。ママがダッフルバッグを持ったので、ぼくはさからわないで手を離《はな》した。ママに運んでもらってもいいと思った。ママがぼくを肩車《かたぐるま》したいって言うなら、されてもよかった。マジで。

ぼくがママと帰ろうとしたら、トゥシュマン先生がだまってぎゅっとハグしてくれた。

家

家まで歩いて帰るあいだ、ママとぼくはほとんど話さなかった。玄関《げんかん》前の階段《かいだん》のところまで来て、つい正面の出窓《でまど》をのぞいてしまった。いつもこの窓にデイジーが迎《むか》えにきてくれてたんだ。一瞬《いっしゅん》、もう来やしないんだってことを忘《わす》れていた。デイジーはいつもソファに乗り、前足を窓枠《まどわく》にかけて、家に帰るぼくたちを待っていた。家に足を踏《ふ》み入れたら、なんだか悲しくなった。ママはなかに入るなりバッグをおろし、ぼくを抱《だ》きしめて頭や顔にキスをした。まるでぼくを吸《す》いこんじゃいそうないきおいだ。

「なんともないんだよ、ママ。大丈夫《だいじょうぶ》だから」ぼくは笑顔で言った。

ママはうなずくと、両手でぼくの顔をはさんだ。ママの目がうるんでいる。

「わかってるわ、大丈夫だって。オギーに会いたかった」

「ぼくもだよ、ママ」

ママはまだまだ言いたいことがあるのに、がまんしているみたいだった。

「お腹《なか》すいてる?」

「ぺこぺこだよ。グリルドチーズサンドを作ってくれる?」

「もちろん」

ママはすぐにサンドイッチを作りはじめた。ぼくはジャケットを脱《ぬ》ぎ、キッチンのカウンターにすわった。

「お姉ちゃんはどこ?」

「今日はパパといっしょに帰ってくるわ。ヴィアったら、ずっとオギーに会いたくて、たまらなかったみたいよ」

「そう? あのキャンプ場、きっとお姉ちゃんも気に入るはずだよ。なんの映画《えいが》を観せてくれたと思う? 『サウンド・オブ・ミュージック』なんだ」

「オギー、ヴィアに話してあげなきゃね」
二、三分後、ぼくはほおづえをつきながらたずねた。「それで、いい話と悪い話と、先にどっちを聞きたい?」
「どっちでも、オギーが話したいほうから」

「えっと、最後の夜以外は最高だったよ。とにかくホントに最高。だから、なおさらがっかりなんだ。あいつらに旅行をすっかり台無しにされたような気がしちゃって」

「だめよ。そんなふうに考えないの。四十八時間以上もあった野外学習で、ひどい思いをしたのは一時間だけでしょう。それで全部が悪くなったなんて思わないで」

「そうだね」ぼくはうなずいて話し続けた。

「トゥシュマン先生から補聴器《ほちょうき》のこと聞いた？」

「ええ、今朝、電話をもらったわ」

「パパ怒《おこ》ってた？　すごく高いのにって」

「そんなまさか、オギー。パパはとにかくオギーが無事かどうかってことだけ心配していたわ。パパもママもそればかり気になってた。あとは、オギーがその子たち……ツッパリたちのせいで……野外学習をイヤにならないようにって」

ママったら、「ツッパリ」だって。思わず笑っちゃったよ。

「なによ？」

「ツッパリって、死語だよ」ぼくはママをからかった。

「じゃ、不良、能《のう》なし、大バカ？」ママは、フライパンの上のサンドイッチをひっくりかえしながら話し続けた。「ばか者《クレッチーノス》って、おばあちゃんなら言ったはずよ。オギーがどう呼《よ》びたいんだか知らないけど、もしママが外でその子たちを見かけたら、きっと……」ママは首を横にふっている。

「でっかいヤツらだよ、ママ。七年生、たぶん」ぼくはにやっとした。

ママは首をもっと大きくふりだした。「七年生？　トゥシュマン先生は言ってなかったわ。なんてこと」

「ジャックがぼくを守ってくれたって聞いた？　それにエイモスなんか、ドンって、リーダーみたいなやつに体当たりしたんだ。二人とも地面にぶっ倒《たお》れて、マジ、ケンカっぽかったよ！　すごかったんだ。エイモスのくちびるが切れて血が出てた」

「ケンカになったとはおっしゃってたけど……」ママはびっくりした顔でぼくを見つめている。「ママは、ただ……ああ、もうほんとに……ただただ、オギーとエイモスとジャックが無事でいてくれて、ほんとうにありがたく思うわ。もっとひどいことにならなくて……」

ママはまたサンドイッチをひっくりかえしながら、しりすぼみに話をやめた。

「モントークで買ったパーカー、ビリビリにやぶられちゃったよ」

「そう。新しいのを買えばいいわ」ママはサンドイッチを皿にのせてぼくの前に置いた。「ミルク？　それともグレープジュースがいい？」

「チョコレートミルクがいいな」ぼくはサンドイッチにかぶりつく。「ミルクを泡《あわ》だてた、あのママ特製《とくせい》のやつ。作ってくれる？」

「それにしても、どうしてジャックと二人で森へ入ったの？」ママが、背《せ》の高いコップにミルクを注ぎながらたずねた。

「ジャックがトイレに行きたくなったんだ」ぼくはサンドイッチをほおばったまま答えた。

ママはココアをスプーンでミルクに入れると、小さな泡《あわ》だて器を両手のひらにはさみ、くるくるころがした。

「だけど、すごく長い列だったからジャックが待ちきれなくて、二人で用を足しに森に入ったんだ」

ママが泡だて続けながら、ぼくのほうを見上げた。そんなことしちゃいけないって、思っているにちがいない。コップのなかのチョコレートミルクには五センチくらい泡がたっている。

「ちょうどいいよ、ママ。ありがとう」

「それから、どうしたの？」ママはコップを置いた。

ぼくは、ごくごくと飲んで言った。「いま話すのは、ここまででいい？」

「ええ、わかった」

「あとで全部話すって約束するよ。パパとお姉ちゃんが帰ってきたら、細かいところまで全部。最初から最後まで、何度もくりかえしたくないからね」

「まったくそのとおりね」

ぼくは二口で残りのサンドイッチを食べきり、チョコレートミルクを飲みほした。

「まあ、一気に食べちゃったわね。もうひとつ食べる？」

ぼくは首を横にふり、手の甲《こう》で口元をぬぐった。

「ママ、ぼくはこれからずっと、ああいう意地悪なヤツのことを心配しなきゃならないの？　大きくなっても、いつもこうなのかな？」

ママはすぐには答えないで、ぼくの皿とコップを流しに持っていって洗《あら》った。

それから、ぼくの顔を見て話しはじめた。

「オギー、いつどこにでも意地悪な人っているのよ。だけど、ママが信じてるのは――それからパパも信じてるのは――、この地球上には、悪い人よりもいい人のほうが多いってこと。いい人たちが、おたがいに見守ったり助け合ったりしているの。ちょうど、ジャックがオギーのためにしてくれたようにね。エイモスも。ほかの子たちも」

「うん、マイルズとヘンリーも、みんな、すごかったよ。なんか変だよね。マイルズもヘンリーも、今までぜんぜんぼくに親切じゃなかったのに」

「人には、びっくりするようなことができるのよ」ママは、ぼくの頭をなでながら言った。

「そうだよね」

「チョコレートミルク、もう一杯《いっぱい》飲む？」

「ううん、もういい。ありがとう、ママ。ちょっと疲《つか》れちゃったんだ。昨日よく寝《ね》られなかったから」

「昼寝したらいいわ。ねえ、バブーを置いていってくれてありがとう」

「ぼくの手紙を読んだ？」

ママはにっこりした。「二晩《ばん》ともバブーといっしょに寝たわよ」

ママがなにか言おうとしたとき、ちょうど携帯《けいたい》電話が鳴った。電話に出て話を聞きながら、ママの顔がぱっと輝《かがや》いた。

「まあっ、ホントに？　どんな種類？」わくわくして話している。「ええ、ここにいるわよ。昼寝するところなんだけど、ちょっと話す？　あら、そう、じゃあ、すぐあとで」

ママは電話を切った。

「パパよ。パパとヴィアは、もうすぐそこまでもどってるって」ママは興奮《こうふん》しながら言った。

「仕事じゃないの？」

「オギーに会うのが待ちきれなくて、仕事を早く抜《ぬ》けてきたのよ。昼寝はちょっと待っててちょうだい」

その五秒後に、二人がドアから入ってきた。ぼくがパパの腕《うで》に飛びこむと、パパはぼくを抱《だ》きあげてぐるっとまわってキスをした。ぼくが「もういいよ」と言うまで、まるまる一分くらい放してくれなかった。

それから次は、お姉ちゃんの番だった。お姉ちゃんときたら、顔中にキスを浴びせてきたよ。まだ小さかったころ、よくそうしてくれたみたいに。

お姉ちゃんのキスが止まって、ようやくぼくは二人が持って帰ってきた大きな白いダンボール箱に気がついた。

「それ、なに?」

「開けてごらん」パパがにっこりして言った。

パパとママは、なにかの秘密《ひみつ》を知ってるみたいに見つめ合っている。

「さあ、オギー!」お姉ちゃんが言った。

ぼくは箱を開けた。なかには、今まで見たことないくらいかわいい子犬がいた。ふさふさの黒い毛だ。とんがった小さい鼻、きらきら輝く黒い目、ちょっとたれた小さな耳。

ベアー

子犬は「ベアー」という名前にした。ママがはじめて見たとき、小さなクマ《ベアー》の赤ちゃんみたいって言ったから。それでぼくが、「じゃ、ベアーって呼《よ》ぼうよ」と言ったら、みんなも、ぴったりの名前だと賛成《さんせい》した。

次の日、ぼくは学校を休んだ。ひじも痛《いた》かったけれど、それが理由じゃない。ベアーと一日中遊びたかったからだ。お姉ちゃんも休んでいいことになったから、交代でベアーをだっこしたり、ベアーと綱引《つなひ》きをしたりして遊んだ。デイジーのおもちゃは全部とってあったから、どれが気に入るか、ベアーの前に出してみた。

一日中、お姉ちゃんと二人だけですごすのは楽しかった。ぼくが学校に通いはじめる前、そうだったように。あのころは、お姉ちゃんが学校から帰ってくるのがいつも待ち遠しかった。宿題をする前にいっしょに遊んでくれたからだ。今はもう大きくなったし、ぼくにも学校で仲のいい友だちができたから、そんなことはしなくなってしまった。

だから、お姉ちゃんと久《ひさ》しぶりに笑ったり遊んだりできて、すごくよかった。お姉ちゃんも楽しかったみたいだった。

変化

次の日、学校へ行ったら、なんだかようすが大きく変わっていた。記念すべき大変化、大地を揺《ゆ》るがすような変化。いや、宇宙《うちゅう》をひっくりかえすような変化だったかもしれない。呼《よ》び方なんてどうでもいいけど、とにかく大きな変化だった。すべての生徒——それもうちの学年だけじゃなくて全学年

――が、ぼくらと七年生の事件《じけん》のことを知っていた。ぼくはとつぜん、今まで有名だったのとはぜんぜんちがう理由、つまり、この事件で有名になった。噂《うわさ》は人から人へ伝わるたびに、どんどん大きな話になっていった。二日後には、なんとエイモスはあいつとものすごい殴《なぐ》り合いをしたことになって、マイルズとヘンリーとジャックもほかのやつらにパンチを食らわしたことになっていた。原っぱをつっきって逃《に》げたことも、トウモロコシ畑の迷路《めいろ》と深い森を通り抜《ぬ》ける大冒険《だいぼうけん》になっていた。なかでも、ジャックがした話が最高にふくらんでいたんじゃないかな。ジャックは話をおもしろくする名人だからね。だけど、どんな筋《すじ》になっていても、だれが話していても、必ず同じことがふたつだけあった。それは、ぼくが顔のせいでからまれたことと、そのぼくをジャックとあいつら、エイモスとヘンリーとマイルズが守ってくれたということだ。そして、四人が守ってくれたおかげで、ぼくは、みんなにとって今までとちがう存在《そんざい》、つまり仲間の一人になっていた。みんなに「相棒《あいぼう》」って呼ばれるんだ。運動部の花形選手の生徒たちからもだよ。今まで知りもしなかった大きいやつらが、廊下《ろうか》ですれちがいざまにグータッチをしてくるようになった。

もうひとつ、この事件のおかげでエイモスがものすごく人気者になった。いっぽうジュリアンはこの事件とまったくかかわっていなかったから、すっかり取り残されていた。マイルズもヘンリーも、エイモスといっしょにいるようになり、仲良くする相手が変わってしまった。そしてジュリアンは、ぼくにやさしくなった——そう言えたらよかったんだけど、それはなかった。ジュリアンは今でも教室のむこうのほうから、意地悪そうな目でぼくを見る。ぼくやジャックには口もきかない。けれども、今そんなことをするのはジュリアン一人だけだ。だから、ぼくもジャックもかまいやしない。

アヒル

学年最終日の前日にトゥシュマン先生に呼《よ》ばれて校長室に行った。野外学習のあの七年生たちの名前がわかったという。次つぎに読みあげられる名前には覚えがなかったけれど、最後がこの名前だった。

「エドワード・ジョンソン」

ぼくはうなずいた。

「聞き覚えがあるかい？」先生がたずねた。

「エディーって呼ばれてました」

「なるほど。それで、エドワードのロッカーでこれが見つかったそうだ」

先生に手渡《てわた》されたのは、補聴器《ほちょうき》の残骸《ざんがい》だった。右側はすっかりなくなり、左側はめちゃくちゃにこわれている。右と左をつなぐヘッドバンド、つまりロボット補佐官《ほさかん》風の部分は、まんなかでへし折れていた。

「警察《けいさつ》に訴《うった》えたいかどうか、むこうの学校が聞いてきたんだが」

ぼくは補聴器に目をやった。

「いえ、べつにいいです。新しいやつのが調子いいし」ぼくは肩《かた》をすくめた。

「そうか。今夜、ご両親とも話し合ってみてはどうかな？　わたしからもお母さんに電話を入れておこう」

「その子たちは刑務所《けいむしょ》へ行くんですか？」

「いや、刑務所には行かない。おそらく少年裁判所《さいばんしょ》に送られるだろう。そこでしっかり学ぶことになるんじゃないかな」

「無理むり。あのエディーがなにかを学ぶなんてありえませんよ」ぼくはじょうだんめかして言った。

先生は自分の席についた。

「オギー、ちょっとすわらないか」

ぼくは先生と机《つくえ》をはさんですわった。机の上にあるものはどれも、去年の夏に、ぼくがはじめてこの部屋に入ったときから変わっていない。鏡でできたルービックキューブも、宙《ちゅう》に浮《う》かぶ小さな地球《ちきゅう》儀《ぎ》も。あれはずいぶん昔のことみたいに感じられる。

「もう一年が終わるなんて、信じられないだろ？」ぼくの心を読んだように先生が言った。

「はい」

「いい一年だったかね、オギー？　うまくやれたかい？」

「はい、いい一年でした」ぼくはうなずいた。

「勉強に関してはすばらしい一年だったと思うよ。きみの成績《せいせき》はトップクラスだ。成績優秀者《ゆうしゅうしゃ》として表彰《ひょうしょう》されるよ。おめでとう」

「ありがとうございます。そりゃすごいや」

「だが、いいときも悪いときもあったのはわかっている」先生はそう言いながら眉《まゆ》をあげた。「たとえば、あの野外学習の夜も悪いときだったね」

ぼくはうなずいた。「はい。でも、いいときでもありました」

「どういうことかな？」

「ほら、だって、みんながぼくをかばってくれたんですよ」

「すばらしかったね」先生はにっこりとうなずいた。

「はい」

「ジュリアンのことで苦労したのも知っているよ」

正直言って、先生のこのひとことにはびっくりした。

「先生、知ってたんですか?」

「中等部の校長をやっている人間には、いろいろ情報源《じょうほうげん》があるんだよ」

「廊下《ろうか》に秘密《ひみつ》の監視《かんし》カメラがあるんですか?」ぼくはじょうだんを言った。

「あちこちに盗聴器《とうちょうき》もあるさ」先生が笑った。

「えっ、ほんとうに?」

先生はまた笑った。「まさか、あるわけないだろう」

「なんだ!」

「だがね、生徒が思っているよりも、先生たちは知っているものだよ、オギー。ロッカーに入れられた意地悪な紙切れのことは、きみかジャックから直接《ちょくせつ》話してもらいたかった」

「どうして知ってるんですか?」

「言っただろ。中等部の校長というものは、なんでも知ってるんだ」

「たいしたことじゃなかったので。それに、ぼくたちもやり返したし」

先生はにやりとした。

「もうみんなが聞いているのかわからんが——いや、どうせすぐ知ることになるから教えよう。ジュリアン・オールバンズは夏休みのあと、新学年からビーチャー学園の生徒ではなくなる」

「ええっ！」ぼくはびっくりしたよ。

「ご両親が、ビーチャー学園はジュリアンにむいていないと判断《はんだん》したんだ」先生は肩《かた》をすくめた。

「すごい。大ニュースです」

「ああ。きみには知らせておこうと思ったんだ」

そのときとつぜん、ぼくは気がついた。先生の机《つくえ》の後ろにあったカボチャの肖像画《しょうぞうが》がなくなって、かわりに、ぼくが新年の展覧会《てんらんかい》のために描《か》いた「動物にたとえた自画像《じがぞう》」が額《がく》に入って壁《かべ》にかかっている。

「あれ、それぼくの！」ぼくは指さした。

トゥシュマン先生がふりむいた。なんのことだかわからなかったみたいだ。

「ああ、そうだった！」先生は、自分のおでこをたたきながら言った。「きみに見せようと思ってたんだ。もう何か月も前から」

「アヒルにたとえたぼくの自画像」ぼくはうなずいた。

「先生はこの絵が大好きなんだ、オギー。美術《びじゅつ》の先生が見せてくれたとき、この部屋にかざらせてほしいと頼《たの》んだんだ。かまわなかったかな」

「はい、もちろん！　でも、カボチャの肖像画はどうしたんですか？」

「きみの後ろにある」

「あ、ほんとだ」

「この絵をかざってからずっと、きみに聞こうと思ってたんだが……」先生が、絵を見ながら言った。

「どうして自分をアヒルにたとえたんだい？」

「どういう意味ですか？　そういう課題だったからですけど」

「ああ、でも、なぜアヒルなんだい？　あの物語……その、アヒルの子が白鳥になる話のせいだと考えていいのかな？」

「いえ」ぼくは笑いながら首を横にふった。「自分がアヒルの姿《すがた》に似《に》てると思ったからです」

「ほう！」トゥシュマン先生は、目を丸くして笑いだした。「そうかい。なんだ。どういう意味があるのか、なにかの象徴《しょうちょう》だろうかと、ずっと考えていたんだが、なるほど……アヒルはただのアヒルってこともあるんだなあ！」

「はい、たぶん」ぼくはそう答えたけれど、どうして先生にはそんなにおかしいのか、よくわからなかった。先生は三十秒間ずっと一人で笑い続けて、やっと言った。

「とにかくオギー、話し相手になってくれてありがとう。ビーチャー学園にきみがいてくれて、ほんとうにうれしく思っているよ。そのことを言っておきたくてね。来年も楽しみにしている」

先生は机越《つくえご》しに手をのばし、ぼくと握手《あくしゅ》した。「明日《あした》、修了式《しゅうりょうしき》で会おう」
「はい、明日また、トゥシュマン先生」

最後の格言《かくげん》

教室に入ると、こんな言葉が黒板に書かれていた。今学年最後の国語の授業《じゅぎょう》だ。

ブラウン先生の六月の格言

今をただ生きろ。太陽をつかめ！（ポリフォニック・スプリーより）

五年B組のみなさん、楽しい夏休みを！
とてもいい一年でした。このクラスの生徒たちは、すばらしい子たちばかりだった。もし覚えていたら、夏休みのあいだに、きみ自身の格言を書いたハガキを先生に送ってほしい。自分で作った格言でもいいし、どこかで読んで自分なりの意味を感じた格言でもいい（出典を書くのを忘《わす》れずに！）。きみたちからハガキが届《とど》くのを楽しみにしている。

郵便《ゆうびん》番号一〇〇五三
ニューヨーク州ブロンクス
セバスチャン通り　五・六三番地
トム・ブラウン

車で

修了式の会場はビーチャー学園高等部の講堂《こうどう》だ。うちから高等部までは歩いてほんの十五分だけど、パパに車で送ってもらった。ちゃんと正装《せいそう》していたし、ぴかぴかにみがいた新品の黒い靴《くつ》だったから、足が痛《いた》くならないようにね。生徒は一時間前までに講堂に入ることになっていたけれど、ぼくたちはかなり早くについてしまったので、しばらく車のなかで待つことにした。パパがＣＤプレーヤーをオンにすると、ぼくらのお気に入りの曲が流れてきた。二人でにっこり顔を見合わせると、曲に合わせて頭をふりはじめた。

パパはいっしょに歌った。

……アンディーは雨のなか、自転車でキャンディーを、きみのために……

「ねえ、ぼくのネクタイ、曲がってない？」

パパは歌いながら、ぼくのネクタイを見て少し直した。

……ジョンもパーティーのドレスを買いに、きみのために……

「ぼくの髪《かみ》、おかしくない？」

パパはにこっとして、うなずく。「完ぺき。カッコイイぞ、オギー」

「お姉ちゃんが今朝、ジェルをつけてくれたんだ」ぼくはサンバイザーをおろし、そこについている小さな鏡をのぞきこんだ。「ふくらみすぎ？」

「いいや、すごくいいぞ、オギー。こんなに髪を短くしたことなかったよな？」

「うん。昨日カットしに行ったんだ。このほうが大人っぽく見えると思うんだけど、どう？」

「そのとおり！」パパはにこにこしてぼくを見つめながら、うなずいている。

……だけどローワー・イースト・サイドで一番ラッキーな男はおれ。だって車を持っていて、きみはドライブに行きたがってる……

「まったくなあ、オギー。ホントに成長してかっこよくなったぞ。五年生を修了《しゅうりょう》するなんて信じられないよ」パパが満面の笑《え》みを浮《う》かべて言った。

「うん、なかなかすごいよね」ぼくはうなずいた。

「おまえが学校に行きはじめたのが、昨日のことのように思えるよ」

「まだ頭の後ろに『スター・ウォーズ』の三つ編《あ》みしてたんだよね」

「おっ、そうだったな」パパは手のひらでひたいをなでた。

「あの三つ編み、パパは嫌《きら》いだったよね？」

「嫌いというのは言いすぎだけど、たしかに気に入ってはいなかった」

「嫌ってたよ。ホント。そうでしょ？」ぼくはパパをからかった。

パパは首を横にふりながら、ほほえんでいる。「いや、嫌いじゃなかった。でもな、おまえがずっとかぶってた宇宙飛行士《うちゅうひこうし》のヘルメット。あれはイヤだった。覚えてるか？」

「ミランダがくれたやつ？　もちろん覚えてるよ！　ずーっとかぶってたよね」

「まったくなあ。ありゃ嫌いだったよ」パパが笑った。でもなんだか自分のことを笑っているみたい。

「なくなっちゃって、すごくがっかりしたんだよ」

するとパパがさらりと言ったんだ。「あれはなくなったんじゃなくて、パパが捨《す》てたのさ」

「えっ、なに？」

正直、聞きまちがいかと思った。

……なんて美しい日、なんて美しいきみ……

パパは歌っているだけ。

「パパ！」ぼくは音楽の音量をしぼった。

「なんだい？」

「パパが捨《す》てたの？」

パパはぼくの顔を見つめ、やっと、ぼくがすごく怒《おこ》っているのに気づいた。こんなことを平気で言うなんて、信じられない。ぼくにとっては重大な事実なのに、べつにたいしたことないっていう顔をしてるなんて。

「オギーがあんなもので顔をかくしているのを、見たくなかったんだ」きまり悪そうにパパが言った。

「パパ、ぼくはあのヘルメットが大好きだったんだよ！　すごく大切だったんだ！　なくなって、めちゃめちゃ落ちこんでたんだよ。覚えてるだろ？」

パパはおだやかに答えた。「もちろん覚えてるさ。なあ、オギー、怒らないでくれ。パパが悪かった。おまえがあれをかぶっているのを見るのは、もうたくさんだったんだ。わかるか？　おまえのためにもならないと思ったんだ」

パパはぼくの目を見ようとしていたけど、ぼくは目をそらした。

「おいおい、オギー。わかってくれよ」パパはぼくのあごを持って、自分のほうをむかせようとした。

「ずっとあのヘルメットをかぶっていたじゃないか。ほんとの、ほんとの、ほんとのことを言うと、オギーの顔が見たかったからだ。おまえが自分の顔をそれほど好きじゃないってのは知ってる。けどな、わかってほしい……パパは、おまえの顔が大好きなんだ。おまえのこの顔が大好きなんだよ、オギー。とにかくどうしようもなく好きなんだ。だからずっとかくしているのを見ると、胸《むね》がはりさけそうだった」

パパは目を細めて、わかってほしいというように、ぼくを見つめている。

「ママは知ってるの？」

ぼくが聞くと、パパは目を丸くした。「まさか！　とんでもない。ばれたらママに殺されてたよ！」

「ママは家中ひっかきまわして、あのヘルメットを探《さが》してたんだよ、パパ。まるまる一週間かけて、クローゼット全部ひっくりかえして、洗濯機《せんたくき》のまわりも、家のなか全部」

パパはうなずいた。「知ってるよ。だから、殺されてたって言ったじゃないか」

パパはぼくを見つめている。ぼくはそのパパの顔を見ていたら、なんだか笑いだしてしまった。パパは、はっとしたように口を大きく開けた。

「いいか、オギー。このことはママにはぜったいにないしょだ。約束だぞ」パパはぼくを指さしながら言った。

ぼくはニンマリ笑い、ずるそうに両手をこすりあわせた。

「うーん、どうしようかな」あごに手をあてて言ってやった。「新しいＸｂｏｘ《エックスボックス》が来月発売なんだ。ほしいなあ。それから、あと六年くらいしたら、自分の車もほしい。赤いポルシェなんかいいな。それに……」

パパは笑いだした。ぼくは、うまくパパを笑わせられるとすごくうれしい。だって、おかしなことを言ってみんなを笑わせるのはいつもパパのほうだからね。

「やれやれ、おまえときたら、ほんとうに成長したもんだ」パパは首を横にふった。

そのときＣＤの曲がぼくらの大好きなサビの部分になったので、ぼくはボリュームをあげた。パパとぼくは声をそろえて歌いだした。

……ローワー・イースト・サイドで一番ブサイクな男だけど、おれは車を持っていて、きみはドライブに行きたがってる。ドライブに行きたがってる。行きたがってる、行きたがってる、ドライブに
―――――!!

ぼくたちはいつも、この最後の部分で声をはりあげ、最後の音をＣＤの歌手と同じくらい長くのばそうとして、結局笑っちゃうんだ。二人で大笑いしていたら、ジャックが到着《とうちゃく》して、うちの車に近づいてくるのが見えた。ぼくが車から出ようとしたら、パパが言った。

「待て。たしかめておきたいんだが、パパをゆるしてくれたのかい？」

「うん、ゆるしてあげる」

パパが感謝《かんしゃ》をこめた目でぼくを見る。「ありがとう」

「でも、もうぼくのものを勝手に捨《す》てないでよ！」

「約束する」

ぼくがドアを開けて外に出ると、ちょうどジャックが来た。

「やあ、ジャック」

「やあ、オギー。おはようございます、プルマンさん」

「おはよう、ジャック」パパが言った。

「じゃあ、パパ、あとでね」

ぼくがドアを閉《し》めると、すぐパパが窓《まど》を開けてさけんだ。「二人とも、おめでとう！　じゃあ、修《しゅう》了式《りょうしき》のあとで！」

パパがエンジンをかけて車を動かしはじめたので、ジャックとぼくは手をふった。だけど、ぼくはふと思いついて走り寄《よ》り、パパは車を停《と》めた。ぼくは、ジャックに聞こえないように、窓から頭をつっこんで小さな声で言った。

「修了式《しゅうりょうしき》のあと、ぼくに何回もキスするのはやめてよね。ちょっと恥《は》ずかしいから」

「できるだけ気をつけるよ」

「ママにも言っといてくれる?」

「ママはがまんできないぞ、オギー。でも、言うだけ言っておくよ」

「じゃあね、ドギー・ダディ」

パパはにっこりと笑った。「バイバイ、息子よ、息子よ」

全員着席

ジャックとぼくは六年生の生徒に続いて校舎《こうしゃ》へ入り、講堂《こうどう》へついていった。

講堂の入り口でミセスGがプログラムを配りながら、みんなに行く場所を教えている。

「五年生は通路を進んで左側よ。六年生は右に行ってね。みんな入って、入って。おはよう。自分の控《ひか》え室に行ってください。五年生は左、六年生は右……」

講堂のなかはとても広かった。大きな輝《かがや》くシャンデリア、赤いベルベットが張《は》られた壁《かべ》。クッションのついた座席《ざせき》が何列も何列も、大きな舞台《ぶたい》のほうまで続いている。ぼくらは幅広《はばひろ》い通路を通り、貼《は》り紙に書かれたとおりに進んで、舞台の左側にある広い五年生の控え室に入った。折りたたみの椅子《いす》が四列並《なら》んでいる。その前にはルービン先生が立っていて、ぼくたちが入るとすぐに手をふった。

「はい、みんな、席について。席について」

先生は、ずらりと並んだ椅子を指さして言った。

「名前のアルファベット順にすわるのを忘《わす》れないで。さあ、みんな、席についてください」

といってもまだあまり生徒は来ていなくて、来ている子たちもみんな先生の言うことをちゃんと聞いていない。ぼくとジャックはプログラムを丸めてフェンシングごっこをした。

「おはようっ」

サマーだった。明るいピンクのワンピースを着て、どうやら、軽くメイクしているみたい。

「わあっ、サマー、きれいだね」ぼくはサマーに言った。ほんとうにきれいだった。

「そう？　ありがとう。オギーもステキ」

「うん、悪くないよ、サマー」ジャックがやけにそっけなく言った。ぼくはこのときはじめて、ジャックはサマーを好きなんだと気がついた。

「わくわくするね」サマーが言った。

「うん、なんかね」ぼくはうなずいた。

「おい、見ろよ、このプログラム。丸一日かかっちゃうぜ」

ジャックが、おでこをかきながら言った。
ぼくは自分のプログラムを見た。

学園長による開式の言葉：
ハロルド・ジャンセン学園長

中等部校長によるあいさつ：
ローレンス・トゥシュマン校長

『ライト・アンド・デイ』：
中等部コーラス

五年生代表によるスピーチ：
ヒメナ・チン

『パッヘルベルのカノン』：
中等部室内楽団《がくだん》

六年生代表によるスピーチ：
マーク・アントニアック

『アンダー・プレッシャー』：
中等部コーラス

中等部教頭によるあいさつ：
ジェニファー・ルービン教頭

表彰《ひょうしょう》（裏面《うらめん》参照）

点呼《てんこ》

「なんでそう思うんだよ?」ぼくは聞いた。

「ジャンセン先生の話はいつまでたっても終わらないんだ。トゥシュマン先生より長いんだぞ!」とジャックが答えた。

「うちのママなんか、去年は居眠《いねむ》りしちゃったんだって」とサマー。

「表彰《ひょうしょう》って、なに?」ぼくは聞いた。

「一番頭のいいやつがメダルをもらえるんだ。つまり、五年生では全科目でシャーロットとヒメナが表彰される。四年生のときも、三年生のときも、成績優秀者《せいせきゆうしゅうしゃ》がもらったんだよ」

「二年のときは、ちがったの?」とぼくは笑った。

「二年のときには賞はなかったんだ」ジャックが答えた。

「もしかしたら今年はジャックがもらうかもしれないじゃん」ぼくはジャックをからかった。

「成績《せいせき》ぎりぎりピンチで賞ってのがなきゃムリだよ!」ジャックが笑った。

「みんな、席について!」ルービン先生の声が大きくなった。だれも聞いてないので、いらいらしているみたいだ。「これからやることがいっぱいあるんだから、席について。アルファベット順にすわるのを忘《わす》れないように! 苗字《みょうじ》のイニシャルがAからGの人は一列目。HからMは二列目。OからQは三列目、RからZの人は四列目。さあ、動いて」

「すわらなきゃ」サマーはそう言うと、最前列へ歩きだした。

「二人とも、あとでうちに来るよね？」ぼくはサマーの後ろから声をかけた。

「もちろん！」サマーはそう答えて、ヒメナ・チンのとなりにすわった。

「サマーはいつのまにあんなきれいになったんだ？」ジャックがぼくの耳元でぼそぼそ言った。

「静かにしろよ」ぼくはそう言って、笑いながら三列目へむかった。

「マジ、いつからだよ？」ジャックは小さな声で言いながら、ぼくのとなりの席にすわった。

「ウィル君！　わたしが知るかぎり、WはRとZのあいだにあるはずなんだけど」

ジャックは先生を見て、ぽかんとしている。

「おいジャック、列をまちがえてるぞ」ぼくが言った。

「そう？」

ジャックは自分の列へ移《うつ》ろうと立ちあがったのだけど、わけがわからないような、ふざけているような、へんてこりんな顔をしたんで、ぼくはふきだしてしまった。

単純《たんじゅん》なこと

それから一時間後、ぼくたちは巨大《きょだい》な講堂《こうどう》の席にすわって、トゥシュマン先生が「中等部校長によるあいさつ」をはじめるのを待っていた。講堂《こうどう》は思っていたよりずっと広くて、お姉ちゃんの学校の講堂よりも大きい。あたりを見るかぎり、ざっと百万人は入っている。いや、まあ百万人は大げさとしても、とにかくすごく大勢《おおぜい》だ。

「ジャンセン学園長、大変あたたかい開式の言葉をありがとうございました」

トゥシュマン先生は演台《えんだい》に立ち、マイクを使って話しはじめた。

「ご家族、ご友人、そしてご来賓《らいひん》のみなさま、ようこそお越《こ》しくださいました……。教職員《きょうしょくいん》のみなさん、ようこそ。そしてなにより五年生と六年生のみなさん……、ビーチャー学園中等部修了式《しゅうりょうしき》にようこそ！」

みんな歓声《かんせい》をあげた。トゥシュマン先生は、鼻先近くまでずりおろしたメガネでメモを見ながら続ける。

「毎年わたしは、ふたつの修了式でスピーチをまかされます。ひとつは今日の五、六年生の修了式。もうひとつは明日《あす》行われる七、八年生の修了式です。そして毎年こう思います。同じスピーチを二回すればいいじゃないか、そのほうが楽だ。ところが毎年そう思っているのに、やはりふたつのスピーチを用意してしまう。今年、ようやくその理由がわかりました。明日話す相手はきみたちより年上で、中等部の高学年。一方、きみたちはまだ中等部の前半にいる生徒。そのちがいと思うかもしれませんが、そうではありません。わたしは二十年以上教師《きょうし》をしてきて、同じ年代のたくさんの生徒に接《せっ》してきました。それでもまだ、一人ひとりに新たな感動をもらっている。それが、ふたつのスピーチが必要な理由なのです。生徒のみなさんは今、ある変わり目にいます。子ども時代と、その次に来る時代の境目《さかいめ》にいる。変化のまっただなかにいるのです」

先生はメガネをはずし、そのメガネで会場のみんなをさしながら続けた。

「ご家族、ご友人、そして教師たちが、今日ここにこうして集まっているのは、ビーチャー学園中等部の生徒たちがこの一年でなしとげたことを祝うだけでなく、みなさんの限《かぎ》りない可能性《かのうせい》を祝うためでもあります。

この一年をふりかえり、今の自分と、一年前の自分とを比《くら》べてみてください。みんな少し背《せ》が伸《の》び、少し強くなり、少し賢《かしこ》くなりました……というか、そうであってほしいのですが」

クスクス笑っている人もいる。

「ところが、自分がどれだけ成長したかということは、身長が何センチ伸びたとか、運動場を何周走れるようになったとか、通知表の成績《せいせき》がどうとか、そういうことで測《はか》れるわけではありません。たしかにそういった数字も大事なことは大事ですね。けれど、それよりも、自分の時間になにをしたか、毎日のすごし方を自分でどう選んできたか、この一年だれの心を動かしたか。それらが、みなさんの成長を測《はか》る重大な目盛《めも》りになると、わたしは思います。

ジェームス・バリーの本に、こういうすばらしい一文があります。バリーといっても『ピーター・パン』ではありませんし、おとぎ話を信じる人は手をたたいてください、なんて言うつもりはありません……」

ここでまた、みんなが笑った。

「ジェームス・バリーによる別の作品『小さな白い鳥』のなかに、こんな文章があります……」

先生は演台《えんだい》に立ったまま小さな本のページをぱらぱらめくり、そのページを見つけると、またメガネをかけた。

「『人生の新しい規則《きそく》を作ろうか……いつも、必要だと思うより、少しだけ余分《よぶん》に人に親切にしてみよう』」

トゥシュマン先生は顔をあげ、みんなを見た。

「必要だと思うより、少しだけ余分に親切に。なんてすばらしい言葉でしょう。ただ親切なだけではじゅうぶんではありません。必要だと思うより、少しだけ余分に親切に。わたしがこの文章、その言わんとすることに心を動かされた理由は、わたしたちが人間として持っている能力《のうりょく》を思い出させてくれるからです。人間には、親切である能力だけでなく、親切であろうとすることを選ぶ能力もあります。これはいったいどういう意味でしょう？　また、どうやって測るのでしょう？　ものさしは使えません。さっきも言ったように、この一年でどれだけ背《せ》が伸《の》びたかを測るようなわけにはいきません。数字で示《しめ》せるものではないのです。では、親切だったかどうか、どうしたらわかるのでしょう？　そもそも、親切であるとはどういうことなのでしょう？」

先生はまたメガネをかけ、さっきとちがう小さな本のページをめくった。

「こちらの本にも、みなさんに知っていただきたい一節があります。見つけますから、ちょっと待ってくださいね。ああ、ありました。クリストファー・ノーランによる『アンダー・ザ・アイ・オブ・ザ・クロック』です。この本の主人公は、大変大きな困難《こんなん》を抱《かか》えている少年です。この場面では、ある人物が主人公を助けます。同じクラスの生徒です。表面的には、ほんの小さな行為《こうい》でしかありません。しかし、この少年、ジョゼフにとっては……ええっと、ちょっと待ってください……」

先生は咳《せき》ばらいをして本を朗読《ろうどく》しはじめた。

「『このような瞬間《しゅんかん》にジョゼフは人の形を借りた神の顔を見た。ジョゼフへの親切のなかにかすかに現《あらわ》れ、熱意のなかで輝《かがや》き、心遣《こころづか》いのなかで気配を見せ、じつに、まなざしのなかでやさしくジョゼフをなでた』」

先生は一息ついてメガネをはずした。

「親切のなかにかすかに現《あらわ》れ」

先生はにっこりしながらくりかえした。

「親切というのは、とても些細《ささい》なことです。必要なときにかける励《はげ》ましの言葉。友情《ゆうじょう》にあふれた行為《こうい》。さりげないほほえみ」

先生は本を閉《と》じて置き、前に乗りだした。

「生徒のみなさん、今日、わたしがみなさんにお伝えしたいのは、この親切という小さなことの価値《かち》を理解《りかい》しようということです。言いたいのはそれだけです。ご存知《ぞんじ》のように、わたしはあることで少々有名のようですが……そう……口数が多いとか……」

またみんなが笑った。先生は自分が長い演説《えんぜつ》で有名だと知っていたようだ。

「……生徒のみなさん、中等部での経験《けいけん》から身につけてほしいことがあります。それは、それぞれ自分たちが築《きず》いていく未来では、どんなことも可能《かのう》なのだと信じることです。もし今ここにいる一人ひとりが、いつどこにいようとも、必要とされる以上に親切にしようということを規則《きそく》にしていれば、世界はもっとすばらしい場所になることでしょう。そして、もし、きみたちが実行したら――それぞれが一歩踏《ふ》みこんで、必要だと思う以上に親切にしたら――、いつか、どこかで、だれかが、きみたちのなかに、きみたち一人ひとりのなかに、神様の顔を見るのかもしれません」

先生は言葉を止め、肩《かた》をすくめた。

「いや、宗教《しゅうきょう》の自由を考慮《こうりょ》に入れた正しい言い方をすれば、見えるのは、それぞれが信じる普遍的《ふへんてき》な善《ぜん》の象徴《しょうちょう》ですかね」

先生が笑いながらさっと言い足すと、大きな笑いと拍手《はくしゅ》がわき起こった。特に講堂《こうどう》の後ろのほう、親たちがすわっているあたりから。

表彰《ひょうしょう》

トゥシュマン先生のスピーチは気に入ったんだけど、正直なところ、ほかの人のスピーチは少々ぼうっとしてちゃんと聞いてないときもあった。

でも、ルービン先生が成績優秀者《せいせきゆうしゅうしゃ》の名前を読みあげだしたとたん、気持ちを集中させた。自分の名前を呼《よ》ばれたら起立しないといけないからだ。しっかり耳を澄《す》まして自分の番を待った。先生はアルファベット順に読みあげている。リード・キングスリー、マヤ・マルコウィッツ、オーガスト・プルマン。ぼくは立ちあがった。優秀者全員の名前が発表され、ぼくたちは先生の合図で会場の人たちのほうをむいて、おじぎをした。みんな拍手《はくしゅ》してくれた。

講堂は人が多すぎて、パパとママがどこにいるのかなんて見当もつかない。目に入ってくるのは、カメラのフラッシュや子どもに手をふる親たちばかり。見えないけど、どこかでママが手をふってるって、勝手に想像《そうぞう》した。

それから、優秀賞《ゆうしゅうしょう》の表彰《ひょうしょう》のためにトゥシュマン先生がまた演台《えんだい》に立った。ジャックが言っていたとおり、ヒメナ・チンが「総合《そうごう》で最優秀成績《さいゆうしゅうせいせき》をおさめた五年生」の金メダルをもらい、シャーロットが銀メダルをもらった。シャーロットは音楽の金メダルももらった。エイモスがスポーツ全般《ぜんぱん》の活躍《かつやく》でメダルをもらったんで、ぼくはとてもうれしかった。というのも、あのキャンプ場の事件《じけん》以来、エイモスはぼくの親友の一人になったからだ。そして、すごくうれしくて興奮《こうふん》したのは、トゥシュマン先生が作文の金メダル受賞者はサマーだと発表したときだ。サマーはびっくりして手で口を押《お》さえていた。舞台《ぶたい》にあがったサマーに、ぼくはできるかぎりの声をはりあげて「いいぞ、サマー！」とさけんだ。たぶんサマーには聞こえなかったと思うけど。

そして最後の名前が発表されると、受賞した生徒全員が舞台の上で並《なら》び、トゥシュマン先生が会場のみんなにむかって言った。

「みなさん、ビーチャー学園において学業・運動面ですばらしい成績をおさめた本年度の受賞者です。おめでとう、きみたち！」

舞台の受賞者がおじぎをし、ぼくは拍手をした。サマーのことが誇《ほこ》らしくてたまらなかった。

舞台にいた生徒たちが席にもどると、トゥシュマン先生はまた話しはじめた。

「さて、本日最後に授与《じゅよ》するのはヘンリー・ウォード・ビーチャー賞です。この賞は、この一年のあいだになんらかの分野で注目や称賛《しょうさん》に値《あたい》すると評価《ひょうか》された生徒に贈《おく》るものです。これまではボランティア活動や学校への貢献《こうけん》に対し、学校から感謝《かんしゃ》の気持ちを伝える意味もこめられていました」

シャーロットが受賞するだろうと思った。不用になったコートを集めて寄付《きふ》する慈善《じぜん》活動のリーダーだったからだ。ぼくはまた、ぼうっと上の空になった。腕時計《うでどけい》を見ると十時五十六分。もうお腹《なか》がすきはじめている。

「……ヘンリー・ウォード・ビーチャーは、ご存知《ぞんじ》のように、十九世紀に奴隷制度廃止《どれいせいどはいし》を主張《しゅちょう》し、人権《じんけん》についても熱心に説いてまわった人物で、この学校は彼《かれ》の名にちなんで名付けられました」

ぼくはまた先生の話に耳をかたむけた。

「今回の賞を準備《じゅんび》するにあたり、ヘンリー・ウォード・ビーチャーの一生について調べていたところ、彼が書いたある一節が目にとまりました。それはわたしが先ほど話した内容《ないよう》と重なり、さらに、この一年間わたしが考えていたこととも通じるものがありました。単なる思いやりではなく、一人ひとりが持つ本質的《ほんしつてき》な他人をいたわる気持ち、友情《ゆうじょう》の力、人間形成における試練、勇気の強さ――」

このとき、いつもとちがって先生の声がふるえた。まるで息がつまったみたいに。先生は咳《せき》ばらいをして、ごくりと水を飲んだ。このときには、先生が次になにを言うのか、ぼくは引きこまれていた。

「勇気の強さ」

先生はうなずいてにっこりしながら、小さな声でくりかえした。そして、右手をあげてたしかめるように話した。

「勇気、親切、友情、人格《じんかく》。こうした資質《ししつ》がわれわれを人間たらしめ、ときに、偉大《いだい》なものへとむかわせるのです。これこそ、ヘンリー・ウォード・ビーチャー賞が意味するものです。その人の偉大さを認《みと》めるものなのです。

しかし、どうやって？　偉大さなどというものを、どうやって測《はか》るのでしょう？　こういったものに対するものさしは、やはり、ありません。そもそも偉大さとはなんでしょう？　さて、実際《じっさい》ビーチャーはこれに対する答えも出していました」

先生はまたメガネをかけて本をぱらぱらめくると、読みはじめた。

「ビーチャーは書いています。『偉大さは、強さのなかにはない。正しく強さを使うことのなかにあるのだ……もっとも偉大な人とは、自分自身の魅力《みりょく》で多くの心を……』」

そして先生はまた声をつまらせ、ちょっと両手の人さし指で口を押《お》さえてから、やっと話を続けた。

「『もっとも偉大な人とは、自分自身の魅力で多くの心を動かす力を持っている』。前置きはここまでにしましょう。今年度のヘンリー・ウォード・ビーチャー賞を、その静かな強さで大勢《おおぜい》の心をつかんだ生徒に授与《じゅよ》できることを大変うれしく思います。

オーガスト・プルマン君、表彰《ひょうしょう》を受けにきてください」

ふわふわと浮《う》かぶ

ぼくがトゥシュマン先生の言葉をはっきり理解《りかい》する前に、みんな拍手《はくしゅ》していた。となりの席のマヤは、ぼくの名前を聞いたとたんにうれしそうにさけび、もう一方のとなりにいたマイルズはぼくの背《せ》中《なか》をポンとたたいた。

「立って、立って！」まわりの子たちが口ぐちに言い、いくつもの手がぼくを座席《ざせき》から押しあげ、座席の列のはしへ導《みちび》き、背中をたたき、ハイタッチをした。

「やったね、オギー！」

「スゴイよ、オギー！」

ぼくの名前を連呼《れんこ》する声まで聞こえてくる。「オーギー！　オーギー！　オーギー！」

ふりかえると、連呼のリーダーはジャックで、握《にぎ》りこぶしをふりあげながら、笑顔でぼくに前へ行けと合図している。エイモスも両手をメガホンのようにしてさけんでいた。「いいぞっ、相棒《あいぼう》！」

歩きながら、サマーがにこにこしてるのが見えた。ぼくの視線《しせん》に気づいたサマーは、そっと親指を立てて声を出さずに言った。「やったね！」

ぼくは笑って、信じられないというように首を横にふった。ホントに信じられなかったんだ。

ぼくは笑顔だったんじゃないかな。たぶん、笑ってたんだろうけど、わからない。舞台《ぶたい》にむかって通路を進みながらぼーっと目に入ってくるのは、うれしそうにぼくを見つめる顔や、拍手《はくしゅ》している手だけ。

「がんばったね、オギー！」

「おめでとう、オギー！」

通路側にはぼくが習った先生たちがすわっていた。ブラウン先生、ペトーサ先生、ロッシュ先生、アタナビ先生、保健室《ほけんしつ》のモリー先生、そのほかの先生も。その先生たちまでもがぼくに声援《せいえん》をおくり、歓声《かんせい》をあげ、口笛を吹《ふ》いている。

自分が空中にふわふわ浮《う》かんでいるような気がした。すごく変。かんかん照りの太陽に顔をむけて、強い風に吹かれているような感じ。舞台に近づくと、ルービン先生が一番前の列から手をふっているのが見えた。そのとなりのミセスGはぼろぼろ泣いていた。泣きながら、ほほえんで拍手してくれている。そして、ぼくが舞台への階段《かいだん》をあがっていくと、ものすごいことが起きた。みんなが立ちあがったんだ。最前列の人だけじゃなくて、会場中の人たちがとつぜん立ちあがり、割《わ》れんばかりの歓声と拍手が鳴り響《ひび》いた。スタンディング・オベーション！ ぼくのために。

舞台を横切ってトゥシュマン先生のところへ行くと、先生は両手でぼくの手を取り、耳元でささやいた。「おめでとう、オギー」

先生はまるでオリンピックみたいに金メダルをぼくの首にかけると、ぼくを会場のみんなのほうへむかせた。ぼくは自分が出ている映画《えいが》でも観ているような、自分が自分じゃないような気がしていた。『スター・ウォーズ　エピソード4／新たなる希望』の最後の場面、宇宙要塞《うちゅうようさい》デス・スターを破壊《はかい》したルーク・スカイウォーカーとハン・ソロとチューバッカが拍手喝采《はくしゅかっさい》を浴びているあの場面みたいだ。舞台にあがった瞬間《しゅんかん》から、頭のなかで『スター・ウォーズ』のテーマ音楽が流れていた。

どうしてぼくが選ばれたのかは、よくわからなかった。ほんとに。

いや――そうじゃない。ほんとはどうしてだか、わかっていた。

だれかを見かけて、もし自分がその人だったらどうかなんて、ぜんぜん想像《そうぞう》がつかないってこと、あるよね。車椅子《くるまいす》の人や、話せない人を見たときとか。そして、ぼくがほかの人にとってそういう存《そん》在《ざい》なんだってことくらいわかっている。たぶん、この講堂《こうどう》のなかにいる一人ひとりにとって、ぼくはそういう人間だ。

でも、ぼくにとって、ぼくはただのぼく。ふつうの子ども。

うん、だけど、ぼくがそのままのぼくでいることにメダルをくれるっていうんなら、それでいい。喜んでもらうよ。ぼくはデス・スターを破壊《はかい》するようなすごいことはしなかった。ただ五年生を無事に終えただけなんだけど、それって、かんたんなことじゃないんだよね。べつにぼくじゃなくても。

写真

修了式《しゅうりょうしき》のあと、学校の裏《うら》に張《は》られた大きな白いテントで五年生と六年生のためのパーティーが開かれた。みんな無事に自分の親を見つけた。パパとママにはめちゃくちゃ抱《だ》きしめられたし、お姉ちゃんにも両腕《りょううで》ではがいじめにされて右に左に二十回くらいふりまわされたけど、ぜんぜんイヤじゃなかった。おじいちゃんとおばあちゃんもハグしてくれた。ケイトおばさんとポーおじさん、それにベンおじさんも。みんな目がうるんで、ほおはぬれていた。それから最高におかしかったのはミランダだ。ミランダときたら、だれよりも大泣きしていて、ぎゅうぎゅうぼくを抱きしめた。それを、お姉ちゃんが力ずくで引きはなさなきゃならなくて、最後には二人で大笑いしてた。

みんながぼくの写真やビデオを撮《と》りはじめた。パパが、ぼくとサマーとジャック三人いっしょの写真を撮ってくれた。三人で肩《かた》を組んでポーズをとった。ぼくは覚えているかぎりはじめて、写真を撮られるときに自分の顔のことを気にしなかった。あちこちでシャッターを切るカメラにむかって、思いっきりにこにこした。パシャ、パシャ、ピカッ、ピカッ。ジャックの両親やサマーのお母さんがむけるカメラにも、にっこりした。そして、リードとマヤもやってきた。パシャ、パシャ、ピカッ、ピカッ。シャーロットもやってきて、いっしょに撮ってもいいかと聞いたんで、ぼくたちは「もちろん！」って答えた。それからシャーロットの両親がぼくたちのグループの写真を撮って、ほかの親たちもいっしょに写真を写していた。

いつのまにか、二人のマックスも来ていたし、ヘンリーとマイルズとサバンナもやってきていた。それからエイモスが来て、ヒメナも来た。みんなでがっちり身を寄《よ》せあい、親たちが次つぎとシャッターを切った。レッドカーペットの上にでもいるみたいだよ。ルカ、アイゼア、ニノ、パブロ、トリスタン、エリー。ほかにだれがいっしょだったのか、もうわかんない。きっと全員だね。たしかなのは、ぼくらはそろって笑いながら、引っつくように固まっていて、ぼくの顔がすぐとなりに来たって、だれ一人気にしなかったってことだ。自慢《じまん》じゃないけど、みんなはもう、ぼくを避《さ》けるどころか、そばにいようとしてるみたいだった。

帰り道

パーティーが終わって、ぼくたちは、ケーキとアイスクリームの待つ家に歩いて帰った。ジャックとジャックの両親と弟のジェイミー。サマーとサマーのお母さん。ポーおじさんとケイトおばさん。ベンおじさんとおじいちゃんとおばあちゃん。ジャスティンとお姉ちゃんとミランダ。パパとママ。すばらしくお天気のいい、六月のある日。真っ青な空に太陽が輝《かがや》いているけど、ここより海にいたいと感じるほど暑くはない。まさに完ぺきな日だ。みんな喜んでいる。ぼくはまだ空中にふわふわ浮《う》かんでいるような気がして、頭のなかでは『スター・ウォーズ』の英雄《えいゆう》たちの音楽が鳴り響《ひび》いていた。サマーとジャックといっしょに歩きながら、三人とも笑いが止まらなかった。どんなことでも笑えちゃったんだ。なんでもおかしくてたまらない気分で、とにかく目を合わせてはふきだしていた。

パパの声が前から聞こえてきたから、ぼくはそっちを見た。エイムスフォート通りを歩きながら、パパはみんなにおもしろい話をしていた。大人たちもみんな笑っている。ママがいつも言うとおり、パパはコメディアンになれたかもしれないね。

大人たちのなかにママがいないので、ぼくは後ろをふりかえった。すると、ママはちょっと遅《おく》れて、なにかステキなことを考えているみたいに、一人でにこにこしながら歩いている。とても幸せそうだった。

ぼくはちょっとあともどりして、ママに抱《だ》きついてびっくりさせた。ママはぼくに片腕《かたうで》をまわして、ぎゅっと抱いた。

「学校に行かせてくれてありがとう」ぼくは静かに言った。

ママはぼくをしっかり抱きしめ、前かがみになって、ぼくの頭のてっぺんにキスをした。

「ありがとう、オギー」ママはそっと言った。

「なにに？」

「オギーがママたちの人生にくれた、すべてのものに。うちの家族に生まれてきてくれて、ありがとう。そのままのあなたに、ありがとう」

ママはかがみこみ、ぼくの耳元にささやいた。

「オギーはほんとうに奇跡《きせき》。すばらしい奇跡」

ブラウン先生の格言《かくげん》

九月
正しいことをするか、親切なことをするか、どちらかを選ぶときには、親切を選べ。
——ウェイン・W・ダイアー

十月
あなたの行いは、あなたの記念碑《きねんひ》だ。
——エジプト人の墓《はか》の碑文《ひぶん》

十一月
自分に及《およ》ばない友を持つな。
——孔子《こうし》

十二月
幸運は勇者に味方する。
——ウェルギリウス

一月
人はだれも、孤島《ことう》ではない。――ジョン・ダン

二月
すべての答えを知っているよりも、いくつかの質問《しつもん》を知っているほうがいい。
――ジェームズ・サーバー

三月
親切な言葉にお金はかからない。それでいて大きな効果《こうか》がある。
――ブレーズ・パスカル

四月
美しきものはよきもので、よき人はじき美しくなる。――サッフォー

五月

君ができるすべての善《ぜん》を行え、
君ができるすべての手段《しゅだん》で、
君ができるすべての方法で、
君ができるすべての場所で、
君ができるすべてのときに、
君ができるすべての人に、
君ができるかぎり

――ジョン・ウェスレーの規則

六月

今をただ生きろ。太陽をつかめ！　――ポリフォニック・スプリー『光と日』より

ハガキで届《とど》いた格言《かくげん》

シャーロット・コーディの格言
愛想よくするだけじゃだめ。友だちにならなくちゃ。

リード・キングスリーの格言
海を救え、世界を救え！――ぼくの言葉！

トリスタン・フィードルホルツェンの格言
もし人生でほんとうにほしいものがあるなら、それを手に入れる努力をしなくちゃ。さあ、静かに。宝《たから》くじの番号が発表されるから！――ホーマー・シンプソン

サバンナ・ウィッテンバーグの格言《かくげん》
花もいいけど、愛のほうがいい。――ジャスティン・ビーバー

ヘンリー・ジョプリンの格言《かくげん》
むかつくヤツらと友だちになるな。 ――ヘンリー・ジョプリン

マヤ・マルコウィッツの格言《かくげん》
愛こそはすべて。 ――ビートルズ

エイモス・コンティの格言《かくげん》
あんまり必死にかっこつけようとするな。ぜったいバレバレで、かっこいいもんじゃない。 ――エイモス・コンティ

ヒメナ・チンの格言《かくげん》
自分自身には正直であれ。 ――シェイクスピア『ハムレット』より

ジュリアン・オールバンズの格言《かくげん》
はじめからやり直すのも、ときにはいいものだ。——ジュリアン・オールバンズ

サマー・ドーソンの格言《かくげん》
だれも傷《きず》つけずに中学時代をすごせたら、ホントにイケてるじゃん。
——サマー・ドーソン

ジャック・ウィルの格言《かくげん》
冷静に、そのまま続けよう！——第二次世界大戦中のだれかの言葉

オーガスト・プルマンの格言《かくげん》
世界中のだれもが、一生に一度はスタンディング・オベーションを受けるべきだ。
だって人は必ずこの世に打ち勝つんだから。——オギー

R・J・パラシオ　R.J.Palacio

アメリカの作家。長年、アートディレクター、デザイナー、編集者として、
多くの本を担当してきた。本書がデビュー作。夫と２人の息子、２匹の犬と
ニューヨーク市に住んでいる。
くわしくは、ほるぷ出版のホームページへ
http://www.holp-pub.co.jp/

中井はるの　なかいはるの

翻訳家。出産をきっかけに児童書の翻訳に携わるようになる。

2013年、『木の葉のホームワーク』（講談社）で第60回産経児童出版文化賞翻訳作品賞受賞。

他の翻訳作品に『グレッグのダメ日記』（ポプラ社）など。

WONDER ワンダー

作＝R・J・パラシオ

訳＝中井はるの

2015年７月20日　第１刷発行
2016年５月20日　第９刷

発行者＝高橋信幸

発行所＝株式会社ほるぷ出版
〒101-0061　東京都千代田区三崎町3-8-5
電話03-3556-3991／ファックス03-3556-3992
http://www.holp-pub.co.jp

印刷＝共同印刷株式会社

製本＝株式会社ブックアート

NDC933／421P／209×145mm／ISBN978-4-593-53495-1